10
18

12, AVENUE D'ITALIE. PARIS XIIIe

Sur l'auteur

John Maddox Roberts est né en 1947 dans l'Ohio. Il est l'auteur d'une trentaine d'ouvrages de science-fiction, de *fantasy* et de policiers historiques, dont la série SPQR plusieurs fois en lice pour les Edgar Awards, et qui compte déjà neuf tomes. John Maddox Roberts vit aujourd'hui au Nouveau-Mexique.

JOHN MADDOX ROBERTS

ÉCHEC AU SÉNAT

Traduit de l'américain
par Alexis CHAMPON

10
18

« Grands Détectives »

dirigé par Jean-Claude Zylberstein

Du même auteur
aux Éditions 10/18

Série SPQR : Au nom du Sénat
et du peuple romain

Titre original :
The King's Gambit

Cartes de Loston Wallace

ISBN 2-264-03925-6

Pour Martha Knowles et Ken Roy,
amis fidèles, historiens éclairés
et de si bonne compagnie !

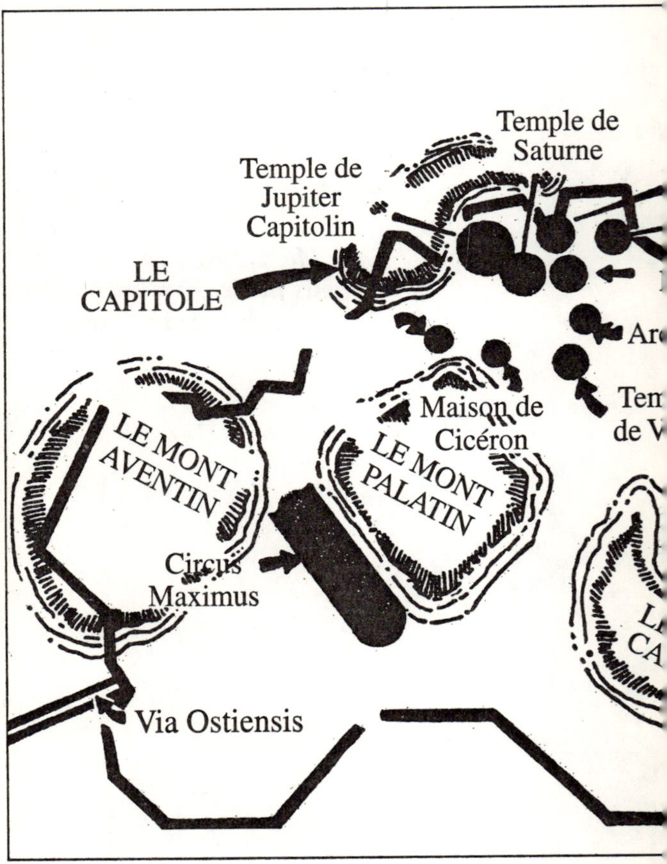
Temple de Saturne
Temple de Jupiter Capitolin
LE CAPITOLE
Maison de Cicéron
LE MONT AVENTIN
LE MONT PALATIN
Circus Maximus
Via Ostiensis
Ar
Tem
de V

La Curie
LE MONT
QUIRINAL
LE MONT
VIMINAL
SUBURE
LE
MONT
ESQUILIN
O
N
S
E
ROME v. ~70 avant J.-C.
Carte de Loston Wallace

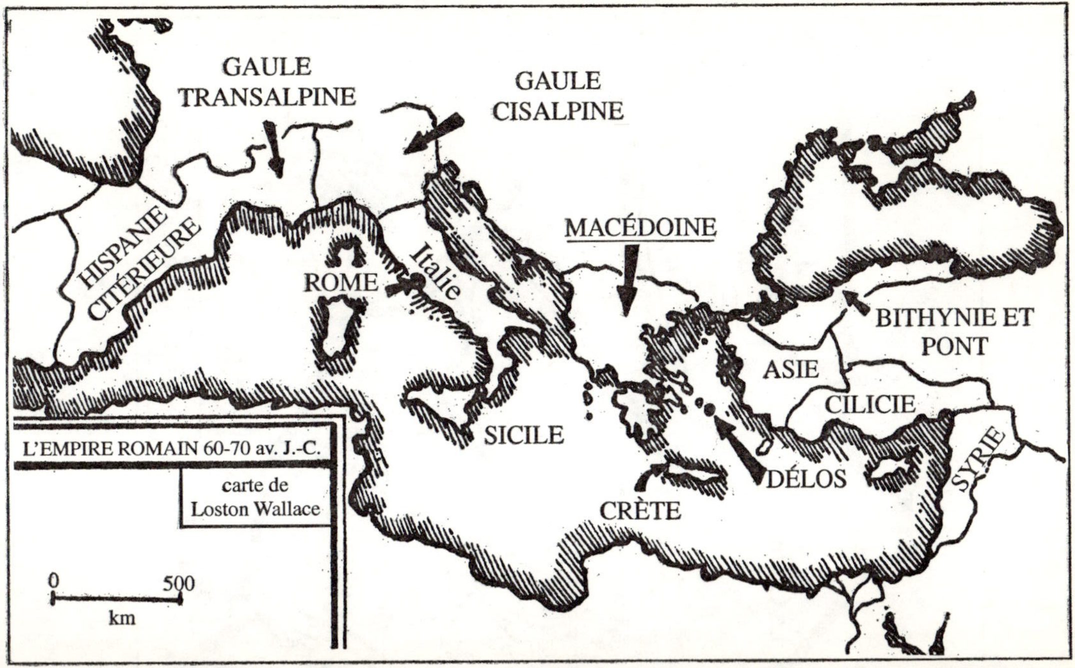
GAULE TRANSALPINE
GAULE CISALPINE
HISPANIE CITÉRIEURE
ROME
Italie
MACÉDOINE
BITHYNIE ET PONT
ASIE
CILICIE
SYRIE
SICILE
DÉLOS
CRÈTE
L'EMPIRE ROMAIN 60-70 av. J.-C.
carte de Loston Wallace
0
500
km

I

Comme chaque matin depuis mon affectation à la commission des Vingt-Six, je reçus le capitaine des vigiles* du quartier dans mon atrium. Je ne suis pas un lève-tôt, et ma charge ne comportait pas d'autre responsabilité. Il faisait toujours nuit et mes clients* ne s'étaient pas encore présentés devant moi. Mes vigiles étaient avachis sur le banc, le dos calé contre le mur de l'atrium, endormis, leur godet de cuir à leurs pieds. Mon vieux *janitor** leur versait des coupes de vin aigre, chaud et fumant.

— Pas de feu à signaler, commissaire, déclara le capitaine. Pas dans ce quartier, en tout cas.

— Rendons grâce aux dieux, dis-je. Et ailleurs ?

— On déplore un incendie important près du cirque. On le voyait du Viminal. Il brûle peut-être encore.

— D'où vient le vent ? m'inquiétai-je.

Si le feu prenait dans l'entrepôt d'huile, entre le cirque et le fleuve, il gagnerait la ville entière avant midi.

— Il souffle du nord.

* Les termes suivis d'un astérisque figurent dans le glossaire en fin d'ouvrage (*N.d.T.*).

Je poussai un profond soupir et fis vœu de sacrifier une chèvre à Jupiter s'il acceptait de laisser Borée diriger les vents.

— Rien d'autre ?

— Deux propriétaires ont signalé des cambriolages, annonça le vigile en étouffant un bâillement, et nous avons trouvé un cadavre dans la ruelle entre l'apothicaire syrien et le magasin de vin de Publius.

— Assassiné ?

— Étranglé, avec un lacet. Nous avons tiré Publius de son lit et il nous a dit que l'homme se nommait Marcus Ager ; il louait une chambre au-dessus du magasin de vin depuis deux mois.

— Un homme libre ou un affranchi* ?

— Ce devait être un affranchi. Certains de mes hommes l'ont identifié, c'est un gladiateur* thrace qui combattait sous le nom de Sinistrus. Cela dit, il ne s'est plus battu depuis deux ans. Sans doute a-t-il économisé assez pour acheter sa liberté.

— Alors, ce n'est pas une grosse perte. Faisait-il partie de la bande de Macron ou d'une autre ?

— Je l'ignore, avoua le vigile d'un air las.

— Quel ennui ! Il va falloir vérifier les listes d'allocation des céréales, et retrouver ensuite son ancien propriétaire, au cas où il voudrait s'occuper de la dépouille.

En règle générale, je désapprouve qu'on affranchisse des gladiateurs. Un homme qui a passé sa vie à tuer légalement ne deviendra jamais un citoyen responsable. La plupart du temps, il gaspille ses économies en quelques mois, s'inscrit sur la liste d'allocation des céréales et s'acoquine avec les bandes ou loue son glaive au premier politicien venu.

Enfin, il n'y avait eu qu'un meurtre, je devais m'estimer heureux. Les nuits où les bandes se déchaînaient, on ramassait facilement une douzaine de cadavres, sinon plus, dans les ruelles de Subure*. Nous venions de célébrer les jeux Plébéiens, et la ville était souvent calme après ce genre de festivités. Pendant un jour ou deux, en tout cas.

Tu dois comprendre, lecteur, qu'à cette époque régnait dans Rome, maîtresse de la moitié du monde, la sauvagerie d'un village de Pygmées du Nil. Les soldats romains assuraient la paix dans des centaines de cités, mais nul ne patrouillait dans les rues de Rome. La tradition l'interdisait. Livrée à elle-même, la ville était contrôlée par les bandes dont chacune prospérait sous la protection d'une famille influente ou d'un politicien pour qui elle exécutait des tâches obscures, passibles des tribunaux.

J'envoyai les vigiles se reposer et me hâtai de recevoir mes clients. Comprends-moi, lecteur, ma carrière commençait à peine et j'avais peu de clients : un couple d'affranchis, un soldat démobilisé que j'avais rencontré dans une légion où j'avais servi brièvement et un locataire issu d'une famille plébéienne dont les Caecilii assuraient traditionnellement la protection. J'aurais pu m'en passer, mais mon père tenait à ce qu'un homme qui débute dans la carrière ait quelques clients qui s'attroupent devant chez lui tous les matins, lui conférant ainsi une certaine dignité. Ils me saluèrent comme leur maître et me demandèrent si j'avais besoin de leurs services pour la journée. Il faudrait encore plusieurs années avant que j'aie réellement besoin d'une cour de clients, mais telle était la coutume.

Mon *janitor* leur apporta en présent de la nourriture qu'ils enveloppèrent dans des linges, et nous partîmes de concert rendre visite à mon maître. C'était mon père, Décius Cécilius Métellus l'Ancien, porteur d'un nom vénéré, mais connu du ban et de l'arrière-ban sous le sobriquet de Nez-Coupé depuis que, servant sous le général Marius, une épée cimbre l'avait rasé d'un peu trop près à la bataille de Raudine. Il parlait sans cesse de ses exploits guerriers et s'attribuait le mérite de cette grande victoire. Parfois, après quelques coupes de vin, père admettait, par pure bonté d'âme, que Marius n'y avait pas été étranger.

Père, vieux Romain jusqu'à la moelle, enchaînait son *janitor* à la porte d'entrée, bien que la chaîne fût fixée, comme chacun pouvait le voir, à un simple crochet. Le bonhomme pouvait donc se libérer si l'envie lui en prenait.

— Décius Cécilius Métellus le Jeune et ses clients viennent présenter leurs respects au maître ! annonçai-je.

L'esclave nous fit entrer dans l'atrium, où se pressaient une foule de clients. Cette année, père était préteur* urbain, poste d'une haute dignité. Il se présenterait au consulat dans deux ans, or quand on prononce d'innombrables et interminables allocutions, on a besoin d'être encouragé par un chœur d'approbations. La majorité des hommes présents ce matin-là avaient eu en permanence la voix enrouée à force de souligner, avec enthousiasme, chaque propos novateur, chaque phrase particulièrement bien tournée, quand père, avocat à l'époque, donnait libre cours à son éloquence. Aujourd'hui, le tribunal siégerait et les licteurs* de père étaient présents, appuyés nonchalamment sur leurs haches. Au moins, cette année, père, élevé au rang de président, s'abstiendrait de plaider, une bénédiction pour les gosiers et les tympans.

La pièce bourdonnait des ragots habituels de la ville ; les gens de basse extraction causaient courses et combats, les bien-nés parlaient politique, affaires étrangères et actions de nos généraux intrépides et querelleurs. Tous échangeaient les derniers présages et supputaient les chances des conducteurs de char, des gladiateurs, des politiciens et des généraux. On parlait aussi beaucoup de l'incendie qui dévastait les approches du cirque. Les Romains vivaient dans la hantise perpétuelle du feu.

Enfin, le grand homme apparut. Sa toge* était blanche comme celle d'un candidat, excepté la large bande pourpre qui l'ornait. Contrairement aux politiciens modernes, père n'était pas accompagné d'une canaille de garde du corps, tel que feu Marcus Ager. Il trouvait avilissant pour la dignité d'un sénateur de circuler parmi ses camarades citoyens avec méfiance. Il est vrai qu'il avait peu d'ennemis personnels, et à peine plus d'ennemis politiques ; le danger n'était donc pas démesuré. Après avoir salué ses clients les plus influents, il me fit signe d'approcher. Nous échangeâmes des paroles de bienvenue, puis il me donna une vigoureuse tape sur l'épaule.

— Décius, mon fils, j'ai entendu dire le plus grand bien de ton travail à la commission des Vingt-Six.

Il avait éprouvé une vive déception devant mon manque d'aptitude et mon peu d'intérêt pour la carrière militaire. J'avais servi juste le minimum pour avoir le droit d'occuper un poste public, et j'avais prétexté une blessure bénigne pour être rapatrié à Rome et y rester. Cependant, maintenant que ma carrière civile démarrait, père était prêt à me soutenir.

— Je ne fais que mon devoir, dis-je. Et je me suis découvert un flair pour fureter là où il faut.

— Bien, très bien… concéda-t-il d'un geste large qui semblait ne pas accorder de cas à mon propos. Mais pourquoi ne pas laisser cela à tes subordonnés ? Tu devrais te concentrer sur les affaires dignes de ton rang : arrêter ceux qui présentent un danger pour la communauté et rédiger un rapport pour le Sénat*.

— Il faut parfois questionner les riches ou les gens bien nés, père, expliquai-je. J'ai découvert que les notables se confient plus facilement à un noble qu'à un affranchi.

— N'essaie pas de me mystifier, jeune homme, riposta père d'un air sévère. Je sais que tu aimes ça. Tu as toujours eu un goût pour les basses compagnies et les relations déshonorantes.

Je l'admis, dépité.

Je dois ouvrir une parenthèse : dans cette époque moderne où les distinctions sociales s'estompent, le sens de ce dernier échange s'est peut-être perdu. Nous, les Caecilii Metelli, descendons d'une vieille et honorable famille, mais nos ancêtres arrivèrent à Rome un rien trop tard pour bénéficier du statut de patricien*. Nous appartenons à la noblesse plébéienne, ce qui, à mes yeux, représente le statut le plus enviable : nous pouvons servir dans la haute administration sans les obligations cérémoniales que doivent assumer les patriciens. En termes de carrière, cela signifie que nous n'avons pas accès à certaines prêtrises, ce qui n'est pas un mal. Les charges sacerdotales empoisonnent la vie publique, et je n'ai jamais rencontré de prêtre qui m'ait plu.

Toujours debout, père prit son déjeuner sur un plateau que lui tenait un esclave. Le déjeuner consistait en deux croûtes de pain, assaisonnées de sel, qu'on faisait passer avec une coupe d'eau fraîche. C'est une coutume de la vieille vertu romaine, certes admirable, mais inadéquate pour sustenter un homme qui va travailler toute sa journée au Sénat. J'avais, quant à moi, pris l'habitude de manger copieusement au lit. Père dénonçait cette pratique barbare, tout juste bonne pour les Grecs et les Orientaux ; peut-être étais-je l'un de ceux qui corrompaient la République et précipitaient sa chute ? Qu'importe, je continuerais de prendre mon déjeuner au lit.

Heureusement, comme c'était un jour où le tribunal siégeait, père ne nous obligea pas tous à l'accompagner à la réception de *son* patron*, l'avocat Quintus Hortensius Hortalus, grand orateur et fieffé coquin. Au lieu de cela, nous lui tînmes seulement compagnie jusqu'à la basilique*, précédés par ses licteurs, et nous nous assurâmes que son entrée avait la solennité et la dignité requises, avant que les litiges tapageurs ne commencent. Dès qu'il fut installé sur sa chaise curule*, je retournai au Forum* pour les rencontres et les salutations qui précédaient toujours les actions de la journée. Je considérais ces formalités comme des pertes de temps. J'occupais un poste subalterne dans l'administration, et je ne brillais pas par mon importance, mais mon père était préteur, bientôt consul* peut-être, et j'étais très courtisé.

Dans cette Rome splendide et diverse, c'est encore le Forum que je préfère. Depuis mon enfance, j'y ai passé presque tout mon temps. Pendant mes brèves absences involontaires, c'était le Forum qui m'avait le plus manqué. Lorsque j'écris ces lignes, le Forum est une merveilleuse imbrication de temples, certains toujours en bois, d'échoppes de marchands, de baraques de bonne aventure, de monuments érigés à la gloire de guerres passées, de pigeonniers pour les oiseaux qu'on offre en sacrifice. Au milieu, le centre du monde, espace où traînent les badauds, où naissent et s'amplifient les rumeurs. Maintenant, bien sûr, c'est un monument en marbre érigé à la gloire d'une seule famille ; ce n'est plus l'ancien marché tribal que j'adorais. Je dois toutefois modérer ma nostalgie : les pigeons décorent sans discrimination les nouveaux monuments comme les anciens.

Je me souvins de mon vœu matinal et me dirigeai vers le temple de Jupiter, sur le Capitolin. Ayant appris que le feu était circonscrit, je réduisis mon sacrifice à une colombe. Mes revenus étaient modestes et ma fonction ne m'enrichissait pas en pots-de-vin, il m'appartenait donc de surveiller mes dépenses.

Je déployai un pli de ma toge pour couvrir ma tête et j'entrai dans le lugubre intérieur enfumé du vieil édifice. Je pouvais presque sentir la présence des Caecilii qui avaient vécu dans le village de Rome fait de bois et de chaume, et qui avaient exécuté leurs rituels dans ce même temple. Je parle, bien sûr, du temple originel, avant la restauration qui l'a transformé en une fade copie du temple grec dédié à Zeus.

Je donnai ma colombe au prêtre de fonction, qui tua l'oiseau pour satisfaire Jupiter. Pendant le bref rite, je remarquai un homme, tout près de moi. Un pan de sa toge rabattu devant ses yeux ne laissait deviner qu'un visage jeune, de mon âge, probablement. Sa toge était d'un tissu précieux, et ses sandales portaient le petit croissant en ivoire que les patriciens attachent à leurs chevilles.

Alors que je quittais le temple, l'homme me suivit d'un pas vif, comme s'il voulait engager la conversation. Dehors, sous le large portique d'où on a la plus belle vue de la ville, nous dénudâmes nos chefs. Son visage m'était familier, mais ce fut la fine chevelure qui encadrait sa figure juvénile qui me rafraîchit la mémoire.

— Je te salue, Décius des illustres Caecilii, dit-il en m'étreignant et en m'octroyant le baiser que tous les fonctionnaires romains doivent supporter.

J'eus l'impression que ce salut purement formel recelait un enthousiasme déplacé.

— Je te salue, Caius Julius Caesar.

Malgré le voile qui nous sépare, je devine ton sourire, lecteur. Mais le nom le plus glorieux de l'histoire de Rome n'avait pas encore atteint la notoriété qui deviendrait la sienne. À cette époque, le jeune César était surtout connu pour sa débauche et pour ses dettes extravagantes. Toutefois, à la surprise de tous, il avait soudain affiché une conscience civique et postulait à la questure en tant que défenseur de l'homme ordinaire.

Ses nouvelles idées démocratiques en dérangeaient plus d'un, car l'ancienne gens* Julia, bien qu'elle n'eût produit aucun homme élu à une distinction publique, avait toujours siégé avec le parti aristocratique. Caius le Jeune brisait une solide tradition familiale en se rapprochant des *populares**. Il est vrai que son oncle par alliance, Marius, était ce même général auprès de qui mon père avait gagné son surnom. Ce vieux soldat sanguinaire avait terrorisé Rome dans ses dernières années de consul et de chef du peuple, mais il conservait de nombreux admirateurs à Rome et à travers toute l'Italie. Je me souvins aussi que César était marié à la fille de Cinna, collègue de Marius au consulat. Oui, décidément, le jeune Caius Julius Caesar était un homme à surveiller.

— Puis-je m'enquérir de la santé de ton très estimé père ? demanda-t-il.

— Il a une santé de Thrace, répondis-je. Il siège au tribunal, aujourd'hui. Quand je l'ai laissé, la basilique était remplie de sénateurs qui intentent des procès pour recouvrer leurs biens confisqués par Sylla.

— Cela risque de leur prendre des années, remarqua César avec une grimace éloquente.

Lorsque César était jeune homme, Sylla, alors dictateur*, lui avait ordonné de divorcer de Cornélia, la fille de Cinna. Dans un rare moment d'intégrité, César avait refusé et avait été obligé de s'exiler jusqu'à la mort de

Sylla. Ce défi l'avait rendu un moment célèbre, mais Rome avait ensuite traversé des temps troublés et la plupart des survivants l'avaient quasiment oublié.

Nous descendîmes le Capitole, et César me demanda ma destination. Il semblait s'intéresser étrangement à mes affaires. Il faut dire que lorsque Caius Julius postulait pour une charge officielle, il savait se montrer aussi aimable et flatteur qu'une prostituée de Subure.

— Nous approchons du *ludus** de Statilius, répondis-je, je vais en profiter pour y faire un saut. J'enquête sur la mort d'un homme qui y a sans doute appartenu.

— Un gladiateur ? Un fonctionnaire doit-il se soucier du décès d'un tel coquin ?

— Oui, si le coquin en question a été émancipé et figure sur la liste des allocations.

— Bien sûr, soupira César. Dans ce cas, laisse-moi t'accompagner. Voilà quelque temps que j'attends l'occasion de rencontrer Statilius. Après tout, toi comme moi serons un jour des édiles*, nous organiserons des jeux et nous aurons besoin de ce genre de relations.

Là-dessus, il me tapota l'épaule en souriant comme si nous étions des amis intimes. Nous nous connaissions à peine.

L'école d'entraînement de Statilius était aménagée dans une grande cour carrée bordée de baraquements. Les trois quarts étaient habités par les gladiateurs, or l'école en comptait en permanence près d'un millier. Les Statilii étaient voués aux sports de l'amphithéâtre et tenaient l'école avec une telle poigne que même pendant la rébellion des esclaves trois ans plus tôt, elle était restée ouverte et avait ainsi pu fournir son lot de gladiateurs expérimentés pour les jeux.

Nous restâmes un instant sous le portique à observer les gladiateurs dans la cour ; les débutants s'entraînaient avec des bâtons pendant que les plus anciens ferraillaient entre eux à armes réelles. J'avais toujours été un admirateur de l'amphithéâtre et du cirque ; j'avais été jusqu'à prendre des cours dans cette même école avant mon service militaire. Le *ludus* de Statilius était situé sur l'emplacement actuel du théâtre de Pompée, et je me souviens, après toutes ces années, que nous devions nous tenir à peu près à l'endroit précis où Caius Julius devait mourir vingt-six ans plus tard.

L'entraîneur principal s'approcha pour nous saluer. C'était un géant recouvert d'écailles de bronze ; il tenait sous son bras un casque aussi grand qu'un seau de vigile. Son visage et ses bras portaient plus de cicatrices que le dos d'un esclave après une fugue : un ancien champion, à l'évidence.

— Puis-je vous aider, mes bons maîtres ? demanda-t-il avec une courbette déférente.

— Décius Cécilius, de la commission des Vingt-Six, dis-je. J'aimerais parler à Lucius Statilius, s'il est là.

L'entraîneur cria qu'on aille quérir le maître et un esclave s'élança en courant.

— N'es-tu pas Dracon, de l'école samnite ? demanda César.

L'homme acquiesça. Le nom était célèbre, mais je n'avais encore jamais vu le gladiateur sans son casque.

— Tu avais quatre-vingt-dix victoires à ton actif quand j'ai quitté Rome, il y a dix ans.

— Cent vingt-cinq quand j'ai pris ma retraite, maître, et cinq *munera** *sine missione*.

Laisse-moi, lecteur, t'expliquer cette expression, qui est tombée en désuétude. Avant leur interdiction, les *munera sine missione* étaient des jeux spéciaux au cours desquels une centaine d'hommes combattaient jusqu'au dernier, parfois en séquence, parfois tous ensemble. Cet homme avait donc survécu à cinq de ces terribles épreuves, en dehors de ses cent vingt-cinq combats singuliers.

Cela explique pourquoi je préfère que ces hommes soient emprisonnés, sauf quand ils exercent leur activité officielle en public. Pendant que nous attendions Statilius, Dracon et Julius causaient des jeux et, bien sûr, le gladiateur se lamentait du piteux état dans lequel l'art du combat était tombé depuis sa retraite.

— De mon temps, disait-il en se frappant la poitrine dans un grand bruit d'écailles, nous combattions en armure ; c'était un exercice d'adresse et d'endurance. Aujourd'hui, on se bat torse nu et la lutte est déjà finie avant d'avoir commencé. Si ça continue, on enverra les esclaves s'entre-tuer dans l'arène nus comme des vers, sans même leur avoir appris le maniement des armes. Les combats ne sont plus honorables.

J'ai souvent remarqué que même le plus dépravé des hommes s'accroche à un sentiment d'honneur. Statilius arriva, accompagné d'un homme habillé à la grecque, le front ceint d'un bandeau, le médecin de l'école sans aucun doute. Grand, Statilius portait une toge de bonne qualité. Il présenta le médecin, qui répondait au nom pompeux d'Asclépiade. J'interrogeai brièvement Statilius sur Marcus Ager.

— Ah, tu veux dire Sinistrus ? Oui, il a vécu quelque temps ici ; c'était un gladiateur de troisième catégorie. Je l'ai vendu il y a deux ans à quelqu'un qui cherchait un garde du corps. Je vais consulter mes registres, si tu veux.

Il se hâta vers son bureau. César et moi patientâmes en conversant avec l'entraîneur et le médecin.

Le Grec m'étudia longuement, puis déclara :

— Tu t'es battu en Espagne, n'est-ce pas ?

— Euh… oui, en effet, dus-je admettre, surpris. Comment le sais-tu ?

— La cicatrice, fit-il en montrant la fine balafre qui barrait ma mâchoire et qui faisait depuis six ans le désespoir de mes barbiers. C'est un javelot ibère qui te l'a infligée.

Bras croisés, il attendait avec fierté nos applaudissements ébahis.

— Est-ce vrai ? demanda Julius. Quand as-tu été blessé, Décius ? Pendant la rébellion de Sertorius ?

— Oui, acquiesçai-je. J'étais tribun militaire sous le commandement de mon oncle, Quintus Cécilius Métellus. Si un bruit ne m'avait pas fait tourner la tête au dernier moment, le javelot m'aurait transpercé de part en part. Eh bien, maître Asclépiade, comment as-tu deviné ?

— Je n'ai pas deviné, protesta le Grec d'un air suffisant. Il suffit de savoir regarder. Le javelot ibère possède un tranchant denté, et on voit bien que la blessure provient d'une arme de ce type. D'autre part, le javelot a touché en montant, or les Ibères se battent à pied et cet homme est d'un rang digne de combattre à cheval. De plus, il a l'âge d'avoir servi comme jeune officier dans les campagnes des généraux Pompée et Métellus en Espagne. Voilà pourquoi il a été blessé en Espagne, il y a quelques années.

— Qu'est-ce ? m'exclamai-je avec un amusement non feint. Une nouvelle forme de sophistique ?

— Du tout. J'effectue un vaste travail de recherche sur les blessures de guerre et sur leur traitement. Avec mon équipe de chirurgiens, j'ai travaillé dans les *ludi* de Rome, de Capoue, de Sicile et de Gaule Cisalpine. J'en ai davantage appris en quelques années qu'en vingt ans de légion.

— J'admire ta sagacité, dit César. Les arènes donnent l'occasion d'observer les blessures que causent les armes de toutes sortes de pays étrangers sans perdre son temps à parcourir le monde.

La discussion fut interrompue par le retour de Statilius. Il portait des rouleaux de parchemin et des tablettes.

— J'ai là ce que tu cherches, dit-il en déroulant les parchemins et en ouvrant les tablettes.

Il y avait un reçu de vente, certifiant que Statilius avait acheté un esclave gaulois en bonne santé âgé d'environ vingt-cinq ans et pourvu de toutes ses dents. Comme son nom était imprononçable, on l'avait appelé Sinistrus. Sur un autre parchemin étaient consignés les résultats de l'homme à l'école et à l'amphithéâtre. Sinistrus avait montré peu d'aptitudes pour l'épée et pour la lance ; on l'avait enrôlé dans l'école thrace pour combattre à la dague. Son unique distinction dans l'arène était d'avoir survécu : quelques victoires, deux combats nuls et trois défaites au cours desquelles il avait montré assez de bravoure pour être épargné. Il avait été souvent blessé.

Une tablette portait la transcription d'une vente au régisseur d'un certain H. Ager, accompagné d'un tas de documents officiels concernant le transfert de propriété. Je me souvins que l'année en question avait vu la rébellion des esclaves et que les ventes, surtout celles des adultes en âge de porter les armes, avaient été soumises à des restrictions draconiennes. Pendant que j'étudiais les documents, César fit une cour éhontée à Statilius. Il lui parla de sa future élection et de son exigence d'un « changement » dans les combats pour les jeux qu'il entendait donner. Cinq ans plus tard, j'assisterais à ce « changement » qui devait révolutionner les jeux.

— Tiens, voilà où on lui a donné son nom d'affranchi, remarquai-je. Avec ta permission, Lucius, j'aimerais garder ces documents tant que mon enquête n'est pas terminée. C'est une simple affaire tribale, l'un de mes affranchis te les rapportera dans quelques jours.

— Je t'en prie, fit Statilius. Comme je n'avais pas l'intention de le racheter, j'aurais probablement détruit ces pièces. Sauf le reçu de la vente, bien sûr.

Nous saluâmes Statilius et le Grec, et nous revînmes au Forum, moi pour vérifier les registres au bureau des céréales, et Caius Julius pour continuer sa tournée politique. Mais mes fastidieuses recherches allaient être interrompues : un messager du Sénat, juché sur les Rostres*, scrutait la foule. Il devait avoir un regard d'aigle, car il m'aperçut dès que je débouchai de la Via Sacra*. Aussitôt, il sauta à terre et se précipita à ma rencontre.

— Tu es bien Décius Cécilius Métellus, de la commission des Vingt-Six ?

— En effet, fis-je, résigné.

L'arrivée d'un tel messager ne présageait jamais rien de bon.

— Au nom du Sénat et du peuple de Rome, tu es convoqué à la Curie pour une réunion extraordinaire de la commission des Trois.

— Pas un instant de répit quand on travaille pour le Sénat et le peuple, remarqua Caius Julius.

Je le quittai pour couvrir la faible distance qui me séparait de la Curie*. Comme j'étais précédé du messager du Sénat, personne ne s'avisa de me retenir pour un brin de conversation.

J'ai toujours ressenti une sorte d'appréhension devant la Curie. Derrière ses vieux murs de brique, des débats animés et des intrigues avaient amené nos victoires sur les Grecs, les Carthaginois, les Numides, et j'en passe. De l'enceinte sacrée étaient sortis des ordres et des décisions qui avaient changé Rome : le petit village sur le Tibre était devenu la plus grande puissance du monde qui borde la mer Intérieure. Je suis bien conscient, naturellement, qu'il s'agit aussi d'un nid de serpents et que le Sénat a conduit Rome au bord de la ruine aussi souvent qu'il l'a sagement et noblement conseillée, mais je préfère encore l'ancien système à celui qui prévaut aujourd'hui, temporairement, je l'espère.

Mes pas résonnèrent dans la grande chambre du Sénat, déserte, mis à part quelques sièges occupés dans la rangée inférieure. Mes deux collègues de la commission des Trois m'attendaient, flanqués de Junius, un affranchi du Sénat qui servait de secrétaire. Comme toujours, Junius avait des piles de tablettes devant lui et un style de bronze posé derrière l'oreille.

— D'où viens-tu ? demanda Rutilius, le commissaire du quartier Trans-Tibère, un homme prudent et somme toute ordinaire. Nous t'attendons depuis la deuxième heure.

— Je suis allé offrir un sacrifice au temple de Jupiter. Ensuite, j'ai commencé une enquête sur un meurtre qui a eu lieu dans mon district. Comment pouvais-je savoir qu'une réunion extraordinaire se tiendrait ? Que s'est-il passé qui justifie une attention si prompte ?

— Quel meurtre ? s'enquit Optimius.

C'était mon autre collègue, chargé des quartiers de l'Aventin, du Palatin et de Célius, un petit arriviste dédaigneux qui devait mal finir quelques années plus tard.

— Oh, un gladiateur affranchi qu'on a retrouvé étranglé ce matin. Pourquoi ?

— Oublie le coquin pour l'instant, dit Rutilius. Une chose beaucoup plus importante réclame ton attention. As-tu entendu parler de l'incendie qui s'est déclaré près du cirque, la nuit dernière ?

— On ne parle que de ça ! m'exclamai-je, ennuyé. Notre rôle est de faire la police, pas d'éteindre des incendies. En quoi le feu nous concerne-t-il ?

— Il s'est déclaré dans un entrepôt, sur le fleuve. Tout indique qu'il s'agit d'un incendie criminel.

Optimius avait prononcé cette dernière phrase avec l'indignation que les Romains réservent aux incendiaires. La trahison est traitée avec autrement plus d'indulgence. Oui, l'affaire était sérieuse.

— Continue, l'incitai-je.

— Comme tu le sais, l'incendie était dans mon district, poursuivit Optimius, mais il semble que le propriétaire de l'entrepôt habitait dans Subure.

— Habitait ? dis-je.

— Oui. Un messager envoyé lui notifier le feu a découvert l'homme chez lui, mort. Poignardé.

— Étrange, n'est-ce pas ? intervint Rutilius. Junius, comment s'appelait cet homme ?

Junius jeta un coup d'œil sur ses tablettes.

— Paramédès, dit-il. Un Grec d'Antioche.

— Un moment, dis-je, entrevoyant la possibilité de repasser le bébé à un autre. Si le défunt est un étranger, l'affaire est du ressort du préteur *peregrinus*.

— Il semble qu'il y ait des complications, déclara Optimius. Certains aspects... ajouta-t-il avec un geste embarrassé, comment dire ?... délicats, exigent du tact.

— Il a été décidé, précisa Rutilius, de conduire l'enquête au niveau le plus bas, avec le moins de publicité possible.

Je compris que notre réunion n'était pas la première de la journée ; des discussions avaient dû la précéder.

— Pourquoi tant d'intrigues ? demandai-je.

— Il semble qu'il y ait des implications internationales, expliqua Rutilius. Ce Paramédès, ou quel que soit son nom, n'était pas le simple importateur de vins et d'huile qu'il prétendait être. Il avait aussi des contacts avec le roi du Pont.

La chose méritait d'être considérée. Le vieux Mithridate était depuis longtemps une épine dans le flanc de Rome.

— Je suppose que votre homme était placé sous surveillance depuis un bout de temps. Qui s'en chargeait ? Si je dois m'occuper de cette affaire, j'aurai besoin de consulter le dossier de cet individu.

— Ah ! fit Optimius.

Je craignis le pire.

— Il semble que... euh... comme cette affaire touche à la sécurité de l'État, le dossier a été déclaré secret. Il est placé sous le sceau du Sénat et gardé dans le temple de Vesta*.

— Tu parles sérieusement ? aboyai-je. Suis-je censé conduire une enquête alors qu'on me cacherait des preuves importantes ?

Mes collègues s'absorbèrent soudain dans la contemplation du plafond de la Curie qu'ils étudièrent d'un air hautement intéressé. À l'évidence, on espérait une enquête de pure forme. Sécurité de l'État ! C'était clair : la réputation des sénateurs était en jeu, et on envoyait le plus jeune des membres du gouvernement balayer les saletés, les entasser dans une pièce obscure et refermer soigneusement la porte.

— Nous servons le Sénat et le peuple de Rome, déclara Rutilius quand je me fus un peu calmé.

— C'est ça, maugréai-je. Junius, dis-moi le peu que je suis autorisé à savoir.

— Feu Paramédès d'Antioche, ânonna Junius, était un importateur de vins et d'huile d'olive ; il possédait un grand entrepôt, aujourd'hui dévasté par le feu, sur le Tibre, près du cirque.

— Attends ! m'écriai-je pendant qu'il reprenait son souffle. S'il était étranger, il n'avait pas le droit de posséder des biens dans la ville même. Qui était le citoyen avec qui il était associé ?

— J'allais y venir, renifla Junius. Les biens de Paramédès étaient au nom d'un affranchi, le citoyen Sergius Paulus.

Nous y étions. L'homme que Junius traitait avec une allègre légèreté n'était autre que l'un des quatre ou cinq personnages les plus riches de Rome. Paulus, autrefois propriété d'une illustre famille, s'était élevé à la position de régisseur pendant le temps qu'il était esclave. À la mort de son maître, il avait été affranchi par testament et avait en outre hérité d'une somme rondelette. Il l'avait rapidement fait fructifier par des placements judicieux. À l'époque de mon enquête, il possédait tant de fermes, de navires, de boutiques et d'esclaves que sa fortune était incalculable, même s'il n'était pas aussi riche que le général Marcus Licinius Crassus, lequel l'était comme un pharaon.

— Qu'est-ce qu'un homme comme Paulus a besoin de s'acoquiner avec un minable importateur grec ? m'étonnai-je.

— Un assoiffé d'or comme Sergius Paulus ne recule jamais devant un bénéfice, si mince soit-il, dit Optimius avec mépris.

Aucun patricien, aucun noble plébéien n'égalait en prétention un arriviste tel qu'Optimius.

— J'irai le voir cet après-midi, déclarai-je. Junius, aie la bonté d'envoyer un messager du Sénat chez Paulus pour le prévenir de ma visite. Crois-tu que je puisse me faire accompagner d'un licteur ?

Rien n'impressionne plus un Romain que le pouvoir et la *gravitas** d'un licteur portant les faisceaux*. Je suis toujours surpris par la facilité avec laquelle un banal assemblage de verges nouées autour d'une hache peut investir un simple mortel de la majesté et de la puissance du Sénat, du peuple de Rome et de tous les dieux du Panthéon.

— Ils sont tous pris, dit Junius.

Je soupirai. Je mettrais donc ma nouvelle toge en espérant que tout irait pour le mieux. La réunion s'acheva. Optimius devait obtenir un rapport détaillé de l'incendie, qui, comme il l'avait déclaré, avait eu lieu dans son district. De mon côté, j'enquêterais sur le meurtre de Paramédès, qui avait été perpétré dans mon district, et je visiterais Sergius Paulus, qui habitait dans ce même district. Rutilius retournerait dans le Trans-Tibère en espérant que cette affaire ne l'éclabousserait pas.

Je quittai la Curie en jurant copieusement. Je traînerais un peu pour laisser au messager le temps d'arriver chez Sergius Paulus, puis je m'y rendrais à mon tour, après une halte chez moi pour revêtir ma nouvelle toge. Ce serait une longue marche, je ne pourrais prendre mon bain quotidien et devrais sauter mon repas. La journée s'annonçait mal. J'avais connu des jours pénibles où j'avais dû enquêter sur dix meurtres avant midi, mais je préférais encore cent homicides ordinaires à ceux qui impliquaient de hauts personnages.

Sans compter mon insignifiante carrière, qui risquait de connaître une fin abrupte et prématurée pour peu que je fasse un faux pas. Réflexion faite, ma vie risquait de suivre la même voie.

II

La maison de Sergius Paulus, flanquée de deux énormes immeubles, était située dans une ruelle de Subure. Dans ma nouvelle toge, blanchie à l'argile et à peine salie par ma marche dans les rues malsaines et boueuses de Rome, j'étais resplendissant.

Le *janitor* me conduisit dans l'atrium ; j'étudiai la décoration pendant qu'un esclave courait chercher le maître. À côté de l'aspect crasseux du quartier, la richesse somptueuse de l'intérieur détonnait. Les mosaïques étaient exquises, les lampes de véritables chefs-d'œuvre de bronze forgé, les murs étaient couverts de fresques superbes, copies d'originaux grecs. Mêlées au travertin, les dalles de marbre étaient d'une finesse ravissante et la charpente fleurait bon le cèdre.

Je ne m'étais pas attendu à un tel luxe. Il est vrai que les affranchis possédaient souvent de grandes fortunes, mais leur goût s'élevait rarement à la hauteur de leur richesse. J'en déduisis que Paulus avait eu l'intelligence de s'adjoindre les talents d'un décorateur grec, à moins qu'il n'eût épousé une femme bien née et de bonne éducation.

Sergius arriva avec une louable célérité. C'était un homme au port majestueux, au visage rond et avenant. Sa tunique était de coupe simple, mais le tissu et la teinture avaient sans doute coûté plus que ma maison, son contenu et ses occupants.

— Décius Cécilius Métellus, quel honneur de faire ta connaissance !

Il me tendit une main dodue dont la fermeté me surprit. Ses paumes, douces et soyeuses, n'avaient jamais été meurtries par le travail manuel ni le maniement des armes.

— Tu as l'air de défaillir de faim. Je sais que je dois ta venue à cette horrible histoire de ce matin, mais laisse-moi t'offrir un léger en-cas avant de passer aux affaires sérieuses.

J'acceptai avec joie, et nous traversâmes un péristyle* fastueux pour nous rendre à la salle à manger. L'homme avait quelque chose d'éminemment sympathique.

Je comprends bien que cela paraisse étrange de la part d'un membre de la noblesse, une classe connue pour son mépris des nouveaux riches qui font fortune par le commerce et la spéculation, et non de manière décente, par héritage, mais là comme ailleurs, je me suis toujours singularisé. Ma chère Rome est faite d'une multitude d'êtres humains, et je n'ai jamais banni quiconque de mon entourage pour autre chose qu'un caractère indigne, une conduite abjecte, ou, parfois, par simple antipathie.

Le « léger en-cas » de Sergius était en fait un banquet qui aurait fait la fierté du Sénat à la réception d'un nouvel ambassadeur. Il y avait des langues de paon vinaigrées et des fritures de mamelles de truie farcies avec des souris de Libye ; des lamproies, des huîtres, des truffes, et d'autres délicatesses, aussi délicieuses que rares, et à profusion. Celui, ou celle, qui s'était chargé de la décoration ne lésinait pas non plus sur la table, ostentatoire, vulgaire et savoureuse à souhait. Je m'appliquai à faire honneur aux plats, mais Sergius, gros mangeur, me surpassa aisément. Père aurait été choqué. Les vins étaient aussi liquoreux que la nourriture était riche et, avant la fin du repas, je baignais dans une jovialité que ma profession réprouvait.

— Maintenant, commençai-je, abordons la question dont pourquoi le Sénat m'a envoyé ici à fin d'enquête.

Je m'arrêtai brusquement et répétai la phrase mentalement pour m'assurer de son sens.

— Je refuse de t'écouter, protesta Sergius. Je serais un bien mauvais hôte de ne pas t'offrir un bain. Après tout, ton travail t'empêche de te rendre aux bains publics. Il se trouve que j'ai un modeste bain, ici même. Aimerais-tu te joindre à moi ?

Sans me faire prier, je le suivis à l'arrière de la maison. Deux robustes esclaves encadraient chacun de nous pour empêcher les faux pas. Ils semblaient tout particulièrement dressés à conduire maître et invités de la table au bain en évitant tout désagrément. Des préposés nous dévêtirent de nos habits à l'entrée. Comme de juste, le « modeste bain » de Paulus s'avéra un euphémisme à la mesure de son « léger en-cas ». À cette époque, les bains privés étaient encore rares, mais comme ils sont chose commune aujourd'hui, je ne t'ennuierai pas, lecteur, avec des descriptions inutiles. Sache seulement que les préposés au bain étaient tous de jeunes et charmantes Égyptiennes. Sergius se rattrapait avec style de ses années d'esclavage.

— À présent, mon cher Sergius Paulus, dis-je comme nous nous détendions dans un bain chaud après avoir plongé dans l'eau froide, je dois vraiment me mettre au travail. L'affaire est grave, très grave. Un meurtre, un incendie criminel, et ton associé qui vient de mourir.

Soudain, une jeune Égyptienne, nue comme une sirène, s'approcha de moi et me tendit un gobelet de vin. Deux autres jeunes filles entouraient Sergius, et j'évitai de spéculer sur ce que leurs mains manigançaient sous l'eau. Je bus une rasade et poursuivis :

— Sergius, quels étaient tes rapports avec celui qu'on appelait Paramédès d'Antioche ?

— Sur le plan personnel, ils étaient quasiment nuls.

Sergius enlaça les deux Égyptiennes en renversant la tête en arrière. Leurs mains s'agitaient toujours sous l'eau et il grimaçait d'extase.

— Pour ce qui est des affaires, Paramédès était simplement un étranger qui avait besoin d'un patron en ville. Il voulait acheter un entrepôt pour stocker ses produits ; de l'huile et du vin, je crois bien. J'ai pas mal de clients étrangers dans son cas. Ils me paient un pourcentage de leurs gains annuels. J'ai dû voir l'homme une seule fois, le jour où nous avons légalisé l'arrangement devant le préteur *peregrinus*. Il y a environ deux ans de cela. Dommage que le bougre soit mort, mais Rome est une ville dangereuse, n'est-ce pas ?

Je suis bien placé pour le savoir.

Une aguichante petite Égyptienne prit mon gobelet à demi vide et le remplit. Je ne pouvais décemment refuser.

— Cette histoire d'incendie à l'entrepôt, ça m'ennuie, même si je ne suis légalement propriétaire que pour la forme. Les incendies criminels, je n'aime pas beaucoup ça. J'espère que tu arrêteras le responsable et que tu le donneras aux fauves à l'amphithéâtre.

— Le responsable de l'incendie, ou du meurtre ?

— Les deux. D'ailleurs, ils doivent être complices. Tu ne crois pas ?

Il était trop malin pour se faire piéger par des questions directes. Nous quittâmes le bain chaud et les

Égyptiennes nous enduisirent d'huile, nous frictionnèrent avec des strigiles, puis nous retournâmes dans le bain avant de passer aux tables de massage. Là, les douces Égyptiennes furent remplacées par de robustes Noirs dont les mains auraient aisément pulvérisé des piles de briques.

— Sais-tu si Paramédès avait un arrangement d'*hospitium** avec un citoyen romain ? demandai-je quand je repris mon souffle après avoir été vigoureusement pétri par mon Nubien.

Paulus parut réfléchir.

— Non, pas que je me souvienne, finit-il par déclarer. Sinon, cette famille aurait réclamé le corps pour l'enterrer, comme c'est l'usage. D'ailleurs, s'il avait eu un *hospes* dans la ville, il n'aurait pas eu besoin de venir me trouver pour être patronné, n'est-ce pas ?

Juste. Ce qui éliminait une autre piste possible.

Sergius me raccompagna jusqu'à la porte en m'enlaçant amicalement.

— Décius Cécilius, j'ai été très heureux de ta visite. Je tiens absolument à te revoir dans des circonstances moins pénibles. Je reçois souvent ; si je t'envoie une invitation, je serais très flatté que tu m'honores de ta présence.

— Tout l'honneur sera pour moi, Sergius, répondis-je avec sincérité.

Mes finances étaient à l'époque dans un tel état que je me voyais mal refuser le festin que Sergius donnerait certainement pour l'occasion.

— Malgré le caractère officiel de ta visite, elle a été des plus plaisantes ; permets-moi donc de t'offrir ce modeste présent en souvenir.

Il me tendit un objet lourd, discrètement enveloppé. Je le remerciai courtoisement et m'engageai dans la rue boueuse.

Je me dirigeai, d'un pas quelque peu chancelant, vers le petit temple de Mercure qui s'élevait au bout de la rue. Le prêtre me héla du haut des marches, et pour la demi-heure suivante, je dus subir ses lamentations sur l'état déplorable du temple, son urgent besoin de réparations et de restauration. De tels travaux sont généralement entrepris par des gens aisés plutôt que par l'État ; je lui suggérai donc de s'adresser à son riche voisin du bout de la rue. Comme je regardais dans cette direction, je m'aperçus qu'une luxueuse litière était arrêtée devant la porte de Sergius. Intrigué, je vis une forme voilée sortir de la maison et y monter.

Les esclaves, une équipe de Nubiens, fermèrent les rideaux et empoignèrent les brancards de la litière. En passant devant moi, ils couraient déjà au petit trot, de cette allure à peine heurtée qui rend le transport confortable. Je regardai attentivement, parce que j'espérais pouvoir me payer un jour un attelage aussi raffiné, mais aussi parce que j'étais curieux de savoir qui sortait ainsi clandestinement de chez Sergius Paulus. Je ne vis pas grand-chose, si ce n'est que la litière était brodée de soie à la mode parthe. Coûteux, très coûteux.

Je regagnai mon domicile comme un vulgaire piéton, les pieds meurtris. Là, je remis ma vieille toge et déballai le cadeau. C'était une coupe en argent massif, richement travaillé. Je m'abîmai dans une réflexion songeuse. Cherchait-on à me soudoyer ? Et dans ce cas, pourquoi ? Je rangeai la coupe dans mon coffre. Ma journée n'était pas encore terminée : il fallait que je voie le corps de Paramédès et que j'examine ses affaires.

Grâce aux dieux, la maison de feu Paramédès n'était pas très éloignée de la mienne. En réalité, Rome n'est pas une grande ville, quand on songe à Alexandrie ou à Antioche. Elle est très peuplée, mais ses habitants s'agglutinent dans de hautes *insulae**, ce qui économise de la place au détriment du confort, de la beauté de la ville, et surtout de la sécurité.

Paramédès habitait au rez-de-chaussée d'un immeuble relativement bien équipé. D'habitude, dans ce genre de résidence, l'eau courante n'arrive pas jusqu'au premier étage, de sorte que les plus riches locataires occupent les appartements du rez-de-chaussée, les artisans les premier et deuxième étages, et les plus pauvres s'entassent dans de misérables mansardes.

C'était une maison banale, comme il y en a des milliers à Rome. La porte était gardée par un esclave de louage qui s'effaça lorsque je lui montrai le sceau du Sénat. Paramédès ne semblait pas avoir possédé d'esclaves, et hormis quelques jarres et plateaux la pièce était vide. Les documents qu'avait pu détenir le défunt avaient déjà été emportés. Son corps gisait par terre dans la chambre à coucher comme si, réveillé par un bruit venant de l'extérieur, il avait marché jusqu'à la porte pour en vérifier l'origine, et que la dague de son agresseur l'avait frappé à ce moment-là. Une plaie béante lui fendait le corps du sternum au flanc et le sol était maculé de sang. La blessure me sembla étrange, bien que j'en eusse observé des centaines de ce genre à la guerre, dans l'arène ou dans les rues de Rome.

Je concentrai mon attention sur ses effets personnels qu'on avait entassés sur la table. Il y avait une vieille dague au tranchant émoussé, une statuette de Vénus et une autre de Priape, un jeu de dés, pipés, et une amulette de bronze représentant une tête de chameau. Une inscription était gravée au dos, mais il faisait trop sombre pour la déchiffrer. Je fourrai les objets dans une serviette, et la nouai.

J'avertis le gardien que j'emportais les effets du défunt. Il m'annonça que les croque-morts viendraient prendre le corps le lendemain après le coucher du soleil. Si personne ne le réclamait avant les trois jours légaux, on l'enterrerait aux frais de l'État dans la fosse commune, avec ceux des esclaves et des étrangers dépourvus de patrons. Ces mêmes fosses, qui empestaient la ville en été, occupaient le terrain aujourd'hui recouvert par les merveilleux jardins de Mécène, une amélioration de la vieille ville qui emporte mon approbation enthousiaste.

En chemin, je m'aperçus que j'avais failli à mon devoir en oubliant d'emporter des restes du somptueux repas de Sergius pour mes esclaves. C'étaient les miettes du festin que j'aurais dû transporter dans ma serviette à la place des effets de l'infortuné Paramédès. Je songeai à m'arrêter chez un marchand pour acheter des saucisses et des gâteaux, mais je n'en trouvai pas un seul ouvert à cette heure tardive. Je chassai mes remords et poursuivis ma route. Ils se contenteraient de l'ordinaire. La douce euphorie s'estompait, remplacée par une douleur lancinante qui me vrillait les tempes.

Caton, mon *janitor*, m'ouvrit lorsque je frappai à la porte ; il hocha la tête d'un air désapprobateur en voyant mon état. Caton était un cadeau de mon père quand j'avais emménagé dans cette maison de Subure. Lui et sa femme, Cassandre, tous deux d'âge avancé, s'acquittaient des maigres tâches ménagères que nécessitait ma modeste maisonnée. Inutile de dire qu'ils avaient été jugés trop vieux et trop faibles pour être d'une quelconque utilité à père.

Cassandre m'apporta un plat de poissons et de bouillie de blé, une prétendue recette contre les rigueurs de l'hiver, avec du vin chaud largement coupé. Après les luxueuses délicatesses de la table de Sergius, c'était de l'ordinaire qui méritait bien son nom. Pourtant, le brouet avalé, spartiate, je me sentis mieux et je m'affalai sur le lit où je m'endormis aussitôt.

Deux heures avant l'aube, je me réveillai. Il y avait quelqu'un dans la pièce. Il faisait plus noir que dans les latrines de Pluton, bien sûr, mais j'entendais distinctement des bruits de pas et le souffle d'une respiration.

— Caton ? fis-je, encore endormi. C'est t…

Pour toute réponse, un violent éclair blanc me fit de nouveau sombrer dans le sommeil. Lorsque je recouvrai mes esprits, ce fut pour entendre les remontrances de Caton.

— Voilà où ça te mène d'avoir quitté la belle demeure paternelle pour cette affreuse cabane de Subure, bougonnait-il. Au milieu des voleurs, des cambrioleurs. Tu vas peut-être enfin écouter le vieux Caton et retourner chez ton père…

Je dus subir sa litanie sans broncher : une douleur me labourait la tête et la nausée me soulevait le cœur. Mes excès de la veille n'y étaient pour rien ; l'intrus m'avait quasiment fracassé le crâne.

— Tu as de la chance d'être encore en vie, maître.

C'était la voix de Cassandre.

— Tu dois un sacrifice à Esculape. Il faudra attendre qu'il fasse jour pour savoir ce qu'on a volé.

Son côté pratique prenait toujours le dessus. Et elle n'avait pas tort : c'était justement au vol que je pensais.

Avant de constater les dégâts, je devais toutefois satisfaire à la fastidieuse routine quotidienne : écouter le rapport des vigiles et les saluts matinaux de mes clients. Tous furent proprement scandalisés et accusèrent la dégénérescence dans laquelle la ville était tombée. J'ignore les raisons d'un tel émoi, le crime étant monnaie courante dans Subure ; il est vrai qu'on s'étonne facilement quand les personnages de marque subissent les mêmes avanies que les pauvres.

Quand la lumière fut suffisante, je fouillai ma chambre à la recherche d'objets manquants. On avait déjà vérifié que le voleur ne s'était pas introduit dans d'autres pièces. Je commençai par ouvrir mon coffre et m'assurai que tout était en place, y compris la coupe d'argent, cadeau de Sergius. À part celle-ci, il n'y avait rien qui pût tenter un voleur ; d'ailleurs, rien n'avait été touché.

Je remarquai alors les effets personnels que Paramédès d'Antioche avait laissés derrière lui avant son départ pour le Styx. Ils étaient restés pour la plupart dans la serviette que j'avais posée sur la table de chevet. Mais dans quel état ! La petite figurine de Vénus avait roulé au sol et on avait visiblement fouillé dans les affaires du défunt. Je ramassai le tout et crus d'abord qu'il ne manquait rien, puis je me souvins d'une sorte d'amulette. Eh bien, l'amulette en forme de tête de chameau, avec une inscription au dos, l'amulette avait disparu.

C'était déjà assez mystérieux en soi, mais quel voleur aux yeux de chat avait bien pu la trouver si facilement dans une telle obscurité ? Je pensai aussitôt à quelque sorcellerie, mais chassai bien vite cette idée incongrue. Le surnaturel est une explication rassurante pour ceux qui ne se donnent pas la peine de chercher des réponses cohérentes.

Malgré ma tête encore douloureuse, j'assistai au lever de mon père, puis nous allâmes tous ensemble chez Hortensius Hortalus, puisque c'était jour férié et que les affaires officielles étaient interdites. Hortalus était un homme de forte corpulence doté d'un profil d'une immense dignité. Il avait toujours l'air de regarder de côté, comme pour présenter au monde son angle le plus avantageux.

Quand père me présenta, Hortensius, de son air le plus sincère, me serra la main d'une poigne puissante comme s'il avait affaire à un balayeur dont il rechercherait le vote.

— Je viens d'apprendre comment tu as échappé à la mort, jeune Décius. Scandaleux ! Proprement scandaleux !

— Oh, Hortensius, ce n'est pas un drame. Un simple cambriolage…

— Que Rome perde ses jeunes fonctionnaires à cause d'un lamentable manque d'ordre civique serait impardonnable, poursuivit Hortensius. Impardonnable.

Vieille pute politicienne aux paroles mielleuses, Hortensius était, au moins autant que les bandes, responsable de la violence urbaine.

— Aujourd'hui, reprit-il, je donne des courses en l'honneur de mes ancêtres. Je serais honoré que tes clients et toi assistiez à la réunion du cirque dans ma loge.

Cette offre me ragaillardit considérablement. Comme je l'ai déjà dit, je suis un passionné du cirque et de l'amphithéâtre. Or, Hortensius, malgré ses défauts, possédait la loge la mieux située du cirque : à l'étage inférieur, juste au-dessus de la ligne d'arrivée.

— Vous, les Caecilii, vous êtes des partisans des Rouges, si je ne m'abuse ?

— Depuis la création des courses, acquiesça mon père.

— Nous autres, Hortensii, sommes pour les Blancs, bien sûr, mais les Blancs comme les Rouges valent mieux que ces parvenus de Verts et de Bleus, pas vrai ?

Les deux Romains s'esclaffèrent. Dans ce temps-là, les Bleus et les Verts formaient les factions des petites gens, bien que leurs écuries fussent plus importantes que celles des Rouges et des Blancs, leurs conducteurs meilleurs et plus nombreux. Qu'un jeune politicien aux dents longues comme Caius Julius Caesar, d'une ancienne famille patricienne traditionnellement partisane des Blancs, manifestât ostensiblement son soutien aux Verts à chacune de ses apparitions dans le cirque prouvait bien à quel point les temps étaient en train de changer.

Un esclave nous distribua des couronnes de feuilles de vigne, quelque peu fanées vu la saison, et nous descendîmes tous gaiement vers le Tibre, libérés du souci des affaires officielles. La ville entière affluait vers la vallée où les étages supérieurs du cirque s'élevaient dans le ciel.

Une atmosphère de carnaval égayait la morne saison, et les alentours du cirque ressemblaient pour la journée à un Forum miniature, avec ses marchands ambulants, ses jongleurs et ses prostituées qui s'arrachaient l'attention du public au milieu des cris et des chants. Dans ces moments, Rome cesse d'être la maîtresse du monde pour retrouver sa vraie nature : celle d'un village de paysans italiens qui ont abandonné leurs charrues pour la journée.

Père et moi eûmes l'honneur d'être installés à côté d'Hortensius, pendant que nos clients de moindre rang prenaient place sur les sièges supérieurs de la loge. Mais même ces sièges-là faisaient l'envie de tout le cirque, si bien que je vis mon soldat, mon affranchi et mon fermier se rengorger en s'efforçant de faire comme s'ils avaient l'habitude d'occuper une loge aussi privilégiée.

Pour tromper l'ennui du public en attendant le départ de la première course, des gladiateurs s'entraînaient avec des armes en bois. Ceux que les combats de gladiateurs réjouissaient, c'est-à-dire les neuf dixièmes des spectateurs, assistèrent à l'entraînement avec un vif intérêt car les participants combattraient dans les prochains jeux. Partout, les parieurs notaient fébrilement des détails sur leurs tablettes de cire.

— Jeune Décius, me demanda Hortalus, préfères-tu les grands boucliers ou les petits ?

— Les petits, sans l'ombre d'une hésitation.

Depuis mon enfance, j'ai toujours été un chaud partisan des hommes qui combattent avec le petit écu et la courte lame incurvée ou la dague.

— Moi, je préfère les grands boucliers et l'épée droite de l'école samnite, dit Hortalus. Je suis un vieux soldat, que veux-tu ! C'est avec ces armes-là que je me suis battu.

En fait, Hortalus s'était distingué à la guerre dans sa jeunesse, à l'époque où certains patriciens combattaient encore à pied. Il désigna un colosse muni d'un bouclier comme en portent les légionnaires, et qui le protégeait du menton aux genoux.

— C'est Mucius, expliqua-t-il. Un Samnite aux trente-sept victoires. Il se battra contre Bato la semaine prochaine. Je joue cent sesterces sur lui.

Je cherchai Bato des yeux. C'était un jeune gladiateur prometteur de l'école thrace, et il s'escrimait avec son petit bouclier carré et sa courte épée incurvée de bois. Il ne portait aucun signe de blessures, ni trace de la moindre infirmité.

— Bato n'a que quinze victoires à son actif, dis-je. Quelle est la cote ?

— Deux contre un si le Thrace combat avec l'épée, précisa Hortalus, et trois contre deux s'il se sert de la lance.

Le petit bouclier thrace permet une plus grande liberté de manœuvre, pour qui manie la lance, que le lourd *scutum* des légionnaires.

— Pari tenu, dis-je, à condition que Bato porte des cuissards. Dans un combat à l'épée avec de simples jambières, je le joue à cinq contre trois. S'il utilise la lance, j'accepte ta cote.

— Tenu !

C'était un pari plutôt sommaire. J'ai connu de vrais fanatiques qui argumentaient des heures sur des points de détail : leur favori porterait-il une simple matelassure au bras ? Une plaque de bronze ? Une coquille d'épée ? Une cotte de mailles ? De cuir ? Ou combattrait-il le bras nu ? Ils ergotaient sur la longueur exacte et la forme de l'épée ou du bouclier. Les superstitieux pinaillaient sur des broutilles aussi importantes que la couleur des plumes ; porterait-il une crête en arc de cercle à la grecque ? Une crête carrée samnite ? Ou deux épis de plumes, à l'italienne ?

Une sonnerie de trompettes chassa les gladiateurs de l'arène, où ils furent remplacés par les conducteurs de char. Ces derniers firent une entrée solennelle et prirent leurs places autour de la *spina** pendant que les prêtres sacrifiaient une chèvre sur le petit temple perché au-dessus de la *spina* et examinaient les entrailles pour décider si les dieux acceptaient qu'on coure ce jour-là.

Les présages étant propices, Hortalus se leva sous un tonnerre d'applaudissements. Il entonna le couplet rituel, et c'était un plaisir d'entendre sa voix chaude et mélodieuse. Une voix que même Cicéron, dans ses meilleurs jours, n'égalait pas.

Il laissa tomber le mouchoir blanc dans l'arène ; les cordes furent relâchées et les chevaux s'élancèrent pour la première course. Les conducteurs foncèrent autour de la *spina* avec leur férocité coutumière, pour accomplir les sept tours de piste. Si je me souviens bien, c'est un Vert qui remporta la première course. Les douze courses furent toutes âprement disputées ; il y eut des collisions spectaculaires, mais pas de morts, pour une fois. Les Rouges gagnèrent outrageusement, améliorant ma condition financière au détriment d'Hortalus et de sa faction des Blancs. Il perdit avec le sourire, ce qui me rendit sur-le-champ suspicieux.

Comme nous quittions le cirque, j'aperçus la troupe de gladiateurs se diriger en formation vers l'école de Statilius, accompagnée du médecin grec, Asclépiade. Je m'excusai auprès de mon hôte en lui promettant de le rejoindre pour le dîner qu'il donnait le soir même dans sa résidence, je traversai la place, qui empestait encore du feu de la veille, et j'apostrophai le Grec. Il m'accueillit avec une courtoisie de bon aloi.

— Maître Asclépiade, dis-je, j'ai beaucoup repensé à ta science des blessures. Il se trouve que j'enquête sur un meurtre et que la plaie du défunt me tracasse. N'ayant pas ta science, je n'arrive pas à découvrir pourquoi elle me trouble tant.

— Un meurtre ? fit Asclépiade, intrigué. D'ordinaire, on ne consulte pas un médecin pour une affaire criminelle. Mais, pourquoi pas ?

— Je ne peux pas te demander une aide officielle, puisque ce jour est férié. Toutefois, j'aimerais que tu voies le corps avant qu'on ne l'emporte pour les funérailles.

— Dans ce cas, mon jeune maître, ma science est à ton service.

Je le conduisis à travers les ruelles lugubres jusqu'à la maison de Paramédès, où je dus soudoyer le garde. Comme je n'étais pas en visite officielle, il n'était pas obligé de me laisser entrer. Que le pouvoir est pernicieux quand il est insignifiant !

Grâce à la fraîcheur de la saison, l'odeur était supportable et le cadavre ne s'était pas boursouflé. La raideur avait quitté le corps de Paramédès et, à part la noirceur du sang coagulé autour de la plaie, on aurait pu croire qu'il venait juste d'être tué. Asclépiade examina vivement le cadavre, souleva les bords de la plaie, palpa l'intérieur. Lorsqu'il eut terminé, il se releva et déclara :

— Ouvert de la hanche droite au sternum. L'arme était une *sica**.

— Pourquoi une *sica* ? m'étonnai-je.

— La courbe de la lame empêche la *sica* de pénétrer dans les organes internes. La blessure est nette, sans les déchirures caractéristiques du *pugio**. En outre, seul un homme d'une force colossale aurait pu ouvrir le torse de cette façon avec une lame droite, alors que la courbe de la *sica* rend l'opération aisée. Ce n'est pas tout, ajouta-t-il après un temps de réflexion. Le meurtrier était gaucher.

Bien sûr. Voilà ce qui m'avait troublé. La majorité des blessures que j'avais eu l'occasion de voir concernaient la partie gauche des cadavres parce que les coups avaient été délivrés par un agresseur droitier. Un armurier m'avait expliqué un jour que les casques étaient toujours plus épais sur leur côté gauche pour la même raison.

Nous quittâmes la maison de l'importateur de vins et regagnâmes le Forum par un petit marché. Je m'y arrêtai pour acheter un cadeau à Asclépiade : un bandeau tissé de fils d'argent. Il s'épancha en remerciements et me supplia de ne pas hésiter à recourir à ses services si je le jugeais utile. Je songeai à demander à Junius de me rembourser le cadeau sur les fonds du Sénat, alimentés par des pots-de-vin semi-officiels. Le fripon refuserait, c'était sûr.

Je m'arrêtai chez mon marchand de vin favori où je dégustai, assis sur un banc, du falerne chaud en contemplant les peintures murales à la gloire des jeux des vingt dernières années. J'en profitai pour réfléchir sur les événements de la veille, et des questions angoissantes surgirent inopinément. La sagesse voulait que je bâcle l'enquête. Le lendemain, je rédigerais un rapport disant que Paramédès avait trouvé la mort à la suite d'un cambriolage raté, que l'incendie criminel, probablement commandité par un concurrent jaloux, n'était qu'une pure coïncidence. (Le Sénat, composé principalement de propriétaires terriens, est toujours prompt à attribuer les pires bassesses aux commerçants.) Je pourrais m'en tenir là. Nul besoin de citer Marcus Ager. Le cambriolage dont j'avais été victime, pas davantage.

Je ne prétends pas être plus honnête que d'autres. Je n'ai pas toujours observé la loi à la lettre. Il est arrivé qu'un cadeau particulièrement généreux ait égaré mon jugement dans des affaires de peu d'importance. Mais là, il s'agissait de meurtre, d'incendie criminel dans l'enceinte de la ville. Ma ville. Il y avait aussi de fortes présomptions de collusion avec un ennemi de Rome. Cette affaire dépassait largement les limites de la corruption ordinaire.

J'avais une éthique. Les Caecilii Metelli avaient servi Rome depuis l'époque où elle n'était encore qu'un village. Des membres de notre famille étaient déjà consuls quand peu de non-patriciens occupaient cette fonction. Cécilius Métellus fut le premier censeur* plébéien. Notre famille vit naître des généraux qui se battirent dans les guerres contre la Macédoine, la Numidie, Carthage.

C'étaient des temps maudits, marqués, quelques années auparavant, par des guerres civiles, des insurrections, la rébellion de gouverneurs de province, les méfaits de généraux égoïstes, et même par une révolte massive d'esclaves. Il y avait eu des listes de proscrits, des dictatures, et, fait sans précédent, les sept consulats de Caius Marius. Au cours de ma vie, on s'était battu à l'intérieur de la ville et le sang avait souillé l'enceinte sacrée de la Curie.

Oui, c'étaient des temps maudits, mais plus j'avançais dans la vie, plus je me rendais compte que toutes les époques étaient maudites, et que les temps idylliques de la noblesse et de la vertu n'avaient existé que dans l'imagination des poètes et des moralistes. Dans ma jeunesse, nombreux étaient les politiciens qui profitaient de la prétendue dépravation exceptionnelle de l'époque pour excuser leur conduite sans scrupules, mais moi, je ne le pouvais pas. Non, je ne le pouvais pas.

Parfait, si la fonction publique était dépourvue d'un semblant de vertu, restait le devoir. J'étais un Cécilius Métellus, et personne, dans ma famille, n'avait jamais trahi Rome. Tant que la ville connaîtrait un danger, fût-il imaginaire, je me devais de poursuivre mon enquête dans ses profondeurs les plus obscures et présenter les coupables devant la justice.

Ma décision prise, je me sentis grandement soulagé. Même le vin me parut meilleur. Récapitulons.

Paramédès avait été assassiné. Le même Paramédès possédait un entrepôt qui avait été incendié la nuit de son meurtre par une main criminelle. Paramédès s'était associé à l'un des hommes les plus riches de la ville. La rumeur lui prêtait (ah, ces rumeurs pernicieuses !) des liens avec le roi du Pont. L'inquiétude, la panique même, s'étaient emparées des plus hautes autorités du Sénat. Des informations capitales sur les agissements de Paramédès avaient été saisies et enfermées dans le temple de Vesta.

Marcus Ager, plus connu sous le nom de Sinistrus, avait été assassiné la même nuit. C'était une *sica* qui avait tué Paramédès. La *sica* est l'arme favorite des crapules. Grâce à sa forme incurvée, on la porte facilement dans une gaine cachée sous l'aisselle. Sa grande diffusion parmi les coupe-jarrets lui vaut la réputation d'arme infâme, et les soldats lui préfèrent le *pugio*, jugé plus honorable.

La *sica* est aussi l'arme des gladiateurs thraces. Marcus Ager avait été l'un d'eux. Paramédès avait été assassiné par un gaucher. Marcus Ager avait combattu sous le nom de Sinistrus. Or Sinistrus signifiait le gaucher.

III

Le lendemain, après avoir expédié mes obligations matinales, je me rendis sur les lieux de l'incendie. Situé sur les bords du fleuve, l'ancien entrepôt de Paramédès, dont il ne restait que des ruines, possédait son propre débarcadère ; une telle disposition était très recherchée, car elle permettait aux barges en provenance d'Ostie de décharger directement leurs marchandises, donc d'économiser porteurs et transbordement. D'ailleurs, deux jours seulement après l'incendie, on déblayait déjà les ruines pour construire un nouvel entrepôt.

En se consumant, l'huile avait causé des dégâts importants : le bâtiment était calciné jusqu'aux fondations et l'embarcadère en partie détruit. Par chance, cette nuit-là, le vent soufflait dans la bonne direction, repoussant les flammèches vers le fleuve ; le feu s'était maintenu dans le périmètre de l'entrepôt. Des équipes d'esclaves déblayaient les décombres pendant que des géomètres s'activaient avec leurs instruments afin de mesurer les fondations du nouveau bâtiment. Je me promis de vérifier le contrat de propriété.

Une brève enquête auprès des badauds qui surveillaient la progression des travaux me permit d'élucider certains faits : on avait vu des hommes s'introduire dans l'entrepôt aux premières heures du jour (on trouve toujours des insomniaques pour observer ce genre de choses), on avait entendu un grand fracas à l'intérieur, puis le feu s'était déclaré peu après. Si effrayants fussent-ils, les incendies criminels n'atteignaient pas le sang-froid légendaire des Romains. Malgré leur bonne volonté, les vigiles ne pouvaient pas grand-chose, à part éteindre avec un seau d'eau un feu de cheminée suspect ou une lampe qui s'enflammait. Le célèbre général Crassus avait bâti une partie de sa fortune grâce à son escouade privée de pompiers. Au moindre incendie, ces derniers se précipitaient pour chasser les autres pompiers, pendant que Crassus proposait au propriétaire de lui racheter sa maison en flammes. Le malheureux était prêt à accepter n'importe quelle offre, alors Crassus envoyait ses hommes éteindre l'incendie avant que sa nouvelle acquisition ne se consume totalement. Selon la rumeur (ah, ces rumeurs !), c'étaient les hommes de main du général qui provoquaient les incendies, de sorte que Crassus arrivait toujours le premier sur les lieux. Scandaleux… et d'un profit assuré.

C'était peut-être un signe des temps, mais la conduite équivoque de Crassus ne l'empêcha pas de se faire élire au consulat. Son collègue et rival, Pompée, avec qui il gouvernait à tour de rôle, s'acharnait à contrer toutes ses décisions, ce qui convenait à tout le monde. D'autant qu'à la fin de leur année de fonction l'un et l'autre seraient obligés de quitter Rome pour une période indéterminée, ce qui convenait encore mieux.

Pour l'instant, mon enquête ne concernait pas des personnalités si haut placées. J'avais besoin de rencontrer un personnage d'égale influence, mais de respectabilité nettement moindre. L'affaire demandait un certain doigté : il s'agissait d'interroger Macron.

Macron contrôlait la bande la plus puissante de Rome. Il terrorisait la ville entière, mais jouissait d'une relative impunité grâce à ses relations politiques. C'était un partisan des *optimates** et un client de Quintus Hortensius Hortalus. Comme on s'en doute, ce n'était pas le genre de client à venir saluer le grand homme chaque matin, mais son influence permettait à Hortalus d'être élu sans coup férir.

La demeure de Macron était une forteresse miniature dans Subure, entourée d'immeubles lui appartenant, à lui ou à ses coquins. Elle donnait sur une ruelle peuplée d'échoppes et d'étalages de poissonniers. Une fabrique de *liquamen** voisine mêlait ses effluves aux odeurs délétères du quartier. À l'entrée de la demeure, deux rustres montaient la garde, et on distinguait sous leur tunique la protubérance familière d'une *sica*.

Je dus exiger la présence de Macron en personne pour que les deux lourdauds me laissent entrer. Après une interminable querelle, au cours de laquelle l'insolence des misérables soumit la dignité de ma fonction à rude épreuve, Macron arriva enfin.

— Bande d'imbéciles ! aboya-t-il après avoir promptement évalué la situation. Même pas foutus de reconnaître un commissaire ! Laissez entrer cet honorable citoyen.

Les tueurs s'exécutèrent de mauvaise grâce.

— J'espère que tu ne m'en voudras pas pour cet incident regrettable, me déclara Macron. Les bougres qui connaissent leur travail se font rares. Ah, les temps changent !

Tout le monde se lamentait sur la décadence de l'époque.

— Mieux vaut pour ces deux crapules que je ne les retrouve pas au tribunal, remarquai-je d'un ton affable.

Il paraît qu'on manque cruellement de bras dans les mines de soufre de Sicile.

— Ça ne leur ferait pas de mal, renchérit Macron.

La quarantaine bien entamée, grand, chauve, il était couvert de cicatrices. En fait, je n'en avais jamais vu autant chez un homme qui n'était ni un ancien légionnaire, ni un ancien gladiateur. Protégés, lui par ses relations, moi par ma fonction, nous pûmes discuter sans autres incidents.

— J'espère que ton père se porte bien, fit-il.

— Le mieux du monde. J'ai appris que ton Aemilius comparaîtra devant lui juste après les nones*.

Nous arrivâmes dans le péristyle où de l'encens brûlait continuellement pour combattre les odeurs du quartier. Nous nous étendîmes sur des bancs et un esclave nous apporta du vin et des sucreries. Le vin venait de Cécube ; Macron ne se privait de rien.

— Justement, j'avais l'intention de te rencontrer pour t'en parler, dit-il. Un mot de toi mettrait le garçon à l'abri des *ludi*.

C'était exactement ce que j'avais espéré entendre. J'avais besoin de monnaie d'échange. Je me gardai pour l'instant du moindre commentaire.

— Même si je prise ta compagnie, reprit Macron, je me doute que ta visite n'est pas de simple courtoisie.

— En fait, dis-je en saisissant la balle au bond, j'enquête sur différentes choses, et j'ai besoin de ton aide.

— Je suis toujours au service du Sénat et du peuple.

— Nous le sommes tous, grâce aux dieux. Aurais-tu des renseignements sur l'incendie qui a détruit l'entrepôt d'un dénommé Paramédès d'Antioche ?

— Un incendie parmi d'autres, j'imagine, déclara Macron d'une voix neutre.

— Et sur le meurtre de Paramédès ?

— Ah bon, on l'a assassiné ?

— Rien non plus sur le meurtre d'un certain Marcus Ager, connu autrefois sous le nom de Sinistrus ?

— Marcus qui ?

— Suffit ! grondai-je. Personne ne vole une bourse, personne ne tranche une gorge dans ce quartier sans que tu le saches. Je n'ai rien contre toi, Macron, je cherche simplement à éclaircir certaines affaires qui dépendent de ma juridiction. Si tu peux m'aider, fais-le. Sinon, je ne pourrai sans doute rien pour le jeune Aemilius.

Macron plongea le nez dans sa coupe de vin.

— Tout ce que je peux te dire, Décius Cécilius, finit-il par déclarer à regret, c'est que je préfère ne pas être mêlé à ça.

C'était une bien fâcheuse nouvelle. Pour que Macron craigne d'être mêlé à une affaire, il fallait qu'elle soit sacrément dangereuse.

— Cela dit, poursuivit-il, je me renseignerai. Si je trouve quelque chose, je t'en avertirai. Et si, ajouta-t-il promptement, les risques ne sont pas trop grands.

C'était mieux que rien.

— Il me faut ces informations le plus tôt possible, dis-je. Les nones approchent.

— Nous avons tous besoin d'appuis politiques, Décius Cécilius. Je ferai tout ce qui est en mon pouvoir à condition que ça ne me nuise pas. Aemilius est l'ami de ma sœur ; je veux le sauver. Mais je n'ai pas l'intention de me suicider, ni pour ses beaux yeux ni pour les tiens.

— Ce ne sera pas nécessaire, assurai-je. Voilà ce que je te demande : Sinistrus a été acheté au *ludus* de Statilius Taurus par un régisseur qui prétendait agir pour le compte d'un certain H. Ager. La rébellion des esclaves battait son plein ; si quelqu'un a acheté cet esclave sous un faux prétexte, l'un de tes collègues a forcément participé à la transaction. Trouve qui l'a acheté et fais-moi parvenir son nom aussi discrètement que tu le pourras. De mon côté, j'essaierai de persuader mon père de se montrer clément envers ton neveu.

— J'aurai le nom demain, à la même heure, promit Macron.

— Ah, autre chose.

Je lui racontai le cambriolage dont j'avais été victime. Il réfléchit quelques instants.

— Je n'en ai pas entendu parler. Qui volerait une amulette de bronze ? Je te le demande ! À moins qu'elle n'ait des pouvoirs magiques ? Quant au voleur... comment s'est-il introduit chez toi ? Par les toits, puis dans le péristyle ?

— Oui, j'imagine. Il n'y a pas eu d'effraction.

— Pour arriver par les toits sans faire de bruit, il fallait que le bougre soit léger comme une plume. Et qu'il ait une vue de chat. Rares sont ceux qui voient si bien dans le noir passé quinze ans. Ton cambrioleur était sans doute un enfant.

— Pour un enfant, dis-je en me massant le crâne avec une grimace éloquente, il avait la main lourde.

— On apprend à frapper très fort, et très tôt, dans ce quartier de Rome.

Une heure plus tard, j'étais sur le Champ de Mars*. À part mes pérégrinations à travers la ville, je n'avais pas fait d'exercice depuis des semaines. Je ne suis pas un passionné de l'exercice physique, mais à fréquenter des tables aussi copieuses que celles de Sergius Paulus et d'Hortensius Hortalus, je me sentais aussi gras et lourd qu'un potentat oriental ; un Mithridate du Pont, maintenant que j'y pensais.

Près de la tombe de Pollentia, là où débutait la piste de course, je donnai un quadrans à un gosse pour qu'il surveille ma toge et mes sandales. Revêtu de ma seule tunique, je commençai à courir. Avant d'avoir atteint le premier virage, je vérifiai que je manquais furieusement d'entraînement, et je fis, comme toujours, le vœu de courir une heure par jour pour me débarrasser des conséquences de mes excès de table. La course a des effets bénéfiques sur la pensée, et comme quelque dieu s'était avisé de me mettre Mithridate en tête, je récapitulai ce que je savais de l'homme. Depuis toujours, l'Asie était victime d'un Mithridate, qu'il fût roi des Parthes ou roi du Pont. Celui qui nous donnait du fil à retordre, cette année-là, c'était le roi du Pont, le sixième du nom. Le personnage ne manquait pas d'intérêt : à onze ans, il avait hérité du trône de son père (Mithridate V, bien sûr), avait fomenté troubles sur troubles tout au long de son règne et il était encore en vie à soixante ans. Les Romains de son tempérament ne faisaient jamais de vieux os, eux.

Dans sa prime jeunesse, il avait jeté sa mère en prison parce qu'elle avait tenté de s'emparer du pouvoir, puis il avait éliminé son frère (un autre Mithridate, de trop peu d'importance pour avoir eu droit à un numéro). Pendant le demi-siècle suivant, il avait consciencieusement envahi les petits mais riches royaumes qui peuplaient cette partie du monde. Cela l'avait fait entrer en conflit avec Rome qui avait des possessions sur son chemin, et des alliances avec ses rivaux. Il avait essayé de chasser les Romains d'Asie, mais avait été défait par Sylla et Fimbria. Quelques années plus tard, notre général Licinius Murena, à qui l'idée avait pris d'envahir le Pont, paya son audace d'une raclée mémorable. Il y eut une période de paix, puis le consul Aurelius Cotta tenta sa chance et fut battu à son tour. Plus récemment, Lucius Licinius Lucullus avait entrepris une campagne contre Mithridate et connu quelques succès. La philosophie de Mithridate, s'il en avait une, semblait être : « Si je ne peux pas vaincre mes ennemis sur le champ de bataille, qu'au moins je leur survive. »

On le décrivait comme un colosse, doué pour le maniement des armes, de toutes les armes, coureur le plus rapide du monde, cavalier émérite, poète et bien d'autres choses encore. On prétendait qu'il parlait vingt-deux langues et qu'il surpassait tout le monde à la table ou au lit. Mais, bien sûr, les Romains ont toujours eu tendance à parer de qualités héroïques ceux qui les ont si souvent battus. Nous avons fait pareil, plus brièvement certes, avec Hannibal, Jugurtha, et même Spartacus. Ce serait trop humiliant d'admettre que notre pire ennemi était un petit Asiatique bossu et boiteux affligé d'un strabisme ridicule.

Suant et soufflant, je me rendis au râtelier des javelots. Le lancer du javelot était le seul art martial où j'excellais. Il m'incombait fatalement d'être bon quelque part, car le service dans la légion était obligatoire pour quiconque postulait à une charge publique.

Campé sur l'aire de lancement, je visai la cible la plus proche. Le javelot fusa, décrivit un arc de cercle parfait et vint se ficher au centre de la cible. Je visai ensuite des cibles plus lointaines et trottinai de temps à autre pour aller rechercher mes javelots. Après une de ces modestes courses, alors que je me reposais en admirant le temple de Jupiter Capitolin* qui s'élevait au-dessus de la sinistre roche Tarpéienne*, je m'aperçus qu'on me surveillait.

Sous le temple, sous la roche, sous la masse chaotique des immeubles et des palais, au bord même du Champ, accompagnée d'une jeune servante, se tenait une femme voilée, coiffée d'un large chapeau de paille malgré les nuages qui cachaient le soleil. Protégeait-elle son teint ? Son anonymat ? Les deux ? Comme elle était à côté du râtelier des javelots, j'allais immanquablement la rencontrer, perspective qui n'était pas pour me déplaire, malgré ma tunique froissée et mon piètre état de fraîcheur.

— Je te salue, belle dame ! lançai-je en rangeant les javelots.

Hormis quelques coureurs, le Champ de Mars était désert. Au printemps, on s'y bouscule.

— Bonjour, dit-elle poliment. J'admirais ton adresse. De nos jours, il est si rare que les hommes bien nés s'adonnent aux arts martiaux, je trouve agréable de voir quelqu'un entretenir la tradition.

Si j'avais été fat, j'aurais été flatté qu'elle pût reconnaître ma noblesse innée, alors que je portais une simple tunique dépourvue des insignes de mon rang. Toutefois, même dans mes jeunes et innocentes années, je n'étais pas stupide.

— Nous sommes-nous déjà rencontrés, belle dame ? Ton voile aveugle ma mémoire.

Elle découvrit son visage et sourit. Tout en elle dénotait la Romaine de bonne lignée, avec des yeux en amande qui évoquaient des ancêtres étrusques. Ces mêmes yeux qui, seuls, étaient maquillés. En vérité, c'était superflu. Je n'avais jamais, je crois, rencontré de femme aussi belle. C'est en tout cas l'effet qu'elle me fit ce jour-là.

— Oui, nous nous sommes rencontrés, Décius Cécilius.

Elle continuait à sourire, provocante. Je me piquai au jeu.

— Oh, je me souviendrais certainement de toi. Tu n'es pas une femme qu'on oublie facilement.

— Pourtant, j'étais assez éprise de toi, à l'époque. C'était chez ton parent, Quintus Cécilius Métellus Céler, à l'occasion de mes fiançailles.

— Claudia ! m'exclamai-je. Oh, pardonne-moi. Mais tu n'avais que douze ans, et tu étais loin d'être aussi belle qu'aujourd'hui.

J'essayai de compter les années. Claudia devait avoir dix-neuf ou vingt ans, à présent. Dans la famille, on se demandait pourquoi le mariage ne s'était pas encore fait.

— Tu n'as pas changé. Et pourtant, tu n'es plus le même. C'était avant que tu ne partes pour l'Espagne. Tu as une cicatrice, maintenant. Ça te va bien.

— Et j'en ai d'autres, mais elles ne sont pas aussi glorieuses.

Je m'aperçus que la jeune servante me dévisageait froidement, sans la pudeur qu'on est en droit d'attendre d'une esclave. C'était une créature souple et filiforme d'environ seize ans, et elle ressemblait davantage à une acrobate qu'à une servante.

— Tu m'intrigues, me dit Claudia.

— Splendide ! Personne ne m'a encore fait ce genre de remarque. Je suis très heureux d'attirer ta curiosité.

Fanfaronnade de jeune coq amoureux.

— Oui, ça m'intrigue que tu préfères servir Rome, soumis à la lenteur administrative, plutôt que par l'éclat d'une gloire militaire.

Se moquait-elle gentiment ou sérieusement ? Je n'arrivais pas à trancher.

— La lenteur est sans risque, observai-je. Les raccourcis militaires mènent certes au pouvoir, mais ils abrègent aussi la vie.

— Qu'est-ce qui est sans risque à Rome de nos jours ? s'étonna Claudia, sérieuse. D'ailleurs, notre illustre Pompée s'est assez bien sorti de ses aventures guerrières.

— Il s'est épargné les fastidieuses besognes d'une charge, c'est sûr, approuvai-je.

Tôt dans sa carrière, le jeune général avait obtenu le commandement consulaire d'une armée sans avoir même jamais été questeur*. Âgé de trente-six ans, il était aujourd'hui consul. Crassus et lui avaient assuré leur élection au consulat en faisant camper leurs légions devant les murs de la ville.

— Je rentrais chez moi en revenant du Capitole quand je t'ai aperçu, expliqua Claudia. Je suis venue pour t'inviter.

— M'inviter ?

Décidément, on m'invitait beaucoup, ces temps-ci !

— Ce soir, mon frère et moi donnons un banquet en l'honneur d'un visiteur de marque. Nous feras-tu la grâce d'y assister ?

— Je suis flatté. Bien sûr que je viendrai. Qui est cet invité ?

— C'est un noble étranger, un *hospes* de mon frère. Je n'ai pas le droit de divulguer son nom ; il paraît qu'il a des ennemis dans la ville. Claudius m'a fait promettre le silence. Tu feras sa connaissance ce soir.

— J'ai hâte de rencontrer ce mystérieux voyageur, dis-je sans le penser vraiment.

Un potentat étranger était chose banale à Rome, et un nouveau nom imprononçable ne pouvait aiguiser ma curiosité. Toutefois, j'étais prêt à subir l'ennui d'un raseur égyptien ou numide pour le plaisir de revoir Claudia.

— Alors, à ce soir, conclut-elle en remettant son voile.

La jeune esclave continua à me fixer d'un air impertinent jusqu'à ce que sa maîtresse lui lance :

— Viens, Chrysis.

Il me restait le temps d'aller aux thermes, puis de rentrer me changer avant le banquet, où j'arriverais raisonnablement tard.

Je choisis l'un de mes établissements préférés près du Forum, et qui ne se prévalait d'aucun palestre ni salle de réunion, et était donc heureusement dépourvu des grognements des lutteurs ou des bourdonnements des philosophes. On y fournissait les serviettes et les huiles, et son *caldarium** offrait un endroit propice à la réflexion pendant qu'on mijotait dans une eau bien chaude.

Que Claudia soit devenue une femme d'une telle beauté ne laissait pas de m'étonner. J'avais entendu parler d'elle, naturellement. Elle se bâtissait rapidement une réputation de jeune femme à scandales, mais à cette époque il suffisait qu'une femme ait des opinions pour faire scandale.

Les Claudii étaient une étrange famille à l'histoire plutôt complexe, l'une des plus anciennes gens patriciennes, sabine d'origine mais avec un fort mélange de sang étrusque. On mettait sur le compte de cette part étrusque les errements occasionnels de cette famille dans le mysticisme et les religions obscures. Son histoire était parsemée de patriotes célèbres et de traîtres notoires. Un Claudius avait bâti une superbe route vers Capoue, puis lui avait donné son nom. Un autre avait noyé les poulets sacrés, et, en conséquence, avait perdu une bataille navale contre les Carthaginois. Ces deux-là reflétaient bien les contradictions des Claudii. Mais, en ce moment, mon esprit ne s'intéressait qu'à un seul membre de cette famille.

Baigné, rasé, vêtu de propre et parfumé de frais, je me présentai devant le *janitor* de la demeure de Publius Claudius Pulcher, une superbe bâtisse qui avait appartenu autrefois à un riche sénateur, exécuté à l'époque des proscriptions* de Sylla. Claudius, un beau jeune homme d'aspect trapu, m'accueillit avec chaleur.

Forte tête, tyrannique, ses travers le hisseraient à la hauteur de la réputation de la famille. Mais nous n'en étions pas encore là, et, ce soir, je ne m'intéressais qu'à sa sœur. On comptait parmi les invités nombre de jeunes Romains prometteurs. Le dernier à refuser un repas gratuit ou à rater une occasion de nouer des relations profitables, Caius Julius était là. De même que l'exceptionnel Cicéron, auréolé du succès de son fameux réquisitoire contre Verrès. Cicéron était l'un des « hommes nouveaux », ceux qui, n'étant pas de naissance romaine, commençaient à acquérir puissance et notoriété à mesure que les anciennes familles romaines s'éteignaient, soit à cause des guerres civiles, soit par désintérêt pour la procréation.

Il y avait aussi un jeune homme au visage poupin, portant une barbe à la grecque et des habits grecs. Il devait s'agir du mystérieux invité d'honneur. Depuis qu'ils ont été écrasés par Alexandre, tous les Asiatiques cherchent à imiter les Grecs. J'oubliai l'étranger quand Claudia entra.

Je pris une coupe à un esclave qui passait et m'apprêtais à monopoliser Claudia quand un des invités me fit comprendre qu'il souhaitait me parler. Je maugréai intérieurement. C'était Quintus Curius, un jeune sénateur qui menait une vie fort dissolue, et à qui on avait virtuellement imputé tous les crimes imaginables, la trahison exceptée.

— Étrange soirée, on y trouve de tout, déclara-t-il d'emblée.

Lui présent, je ne pouvais qu'acquiescer.

— Prends Cicéron, par exemple, poursuivit-il. Comment un odieux personnage, venu d'on ne sait où, peut-il arriver à Rome et s'y faire un nom dans la fonction publique ?

— Cicéron vient d'Arpinum, remarquai-je.

Curius balaya mon objection d'un geste.

— Arpinum n'existe pas, déclara-t-il. Caius Julius est un homme qui monte, c'est vrai. Il serait presque respectable. Lucius Sergius Catilina, voilà quelqu'un à surveiller. Quant à cette parodie de Grec, sais-tu qui cela peut bien être ?

— Les princes asiatiques pourvus de tuteurs grecs ne manquent pas, répondis-je avec une moue. Un quidam qui a offert l'hospitalité au jeune Claudius au cours de ses voyages, sans doute.

Fort heureusement, Claudia vint à ma rescousse.

— Curius, je te vole Décius un instant, dit-elle en me prenant le bras.

Lorsque nous fûmes à distance respectable, elle me glissa à l'oreille :

— Quand j'ai vu ton air misérable, j'ai compris que je devais intervenir. Quel homme assommant ! Je ne sais pas pourquoi mon frère l'a invité.

— Curius ne trouve pas tes invités à son goût, dis-je. Cicéron, par exemple.

— Oh, j'aime bien Cicéron. Il est brillant et rien ne lui fait peur. Cela dit, il a épousé une horrible mégère.

— Il paraît. Mais je n'ai pas le plaisir de la connaître.

— J'aurais aimé avoir ta chance. Viens, il faut que tu rencontres notre invité d'honneur.

Le jeune Asiatique se retourna à notre approche.

— Décius Cécilius Métellus, je te présente Tigrane, prince d'Arménie.

C'était donc ça.

— Par sa présence, le fils de l'incomparable roi d'Arménie fait un grand honneur à Rome, déclarai-je.

— Je suis ébloui par votre magnifique cité, répondit-il avec un accent grec parfait.

Il ne risquait pas d'être ébloui par Rome, quand on connaissait la splendeur de Tigranocerte, la nouvelle capitale royale de son père. Mais peut-être était-il davantage ébloui par le pouvoir que par la beauté.

— J'aurais souhaité un caractère plus officiel à ma visite, soupira-t-il. Hélas, les relations entre nos deux peuples ne sont pas au mieux.

Il avait quelques raisons d'être discret. Rome était presque en guerre contre l'Arménie.

— Mais je vous assure que, contrairement à mon père, je suis un ami empressé de Rome.

Et tu cherches à sauver ta peau en fuyant la colère de ton père, remarquai-je pour moi-même.

— L'admiration de Rome pour l'ancien royaume d'Arménie est sans limites, affirmai-je.

Le mot « envie » aurait été plus approprié. À cette époque, le vieux Tigrane était Roi des Rois, un titre détenu à l'origine par le roi de Perse. Maintenant, le titre était porté par le tyran oriental et la plupart de ses rois-sujets lui léchaient les sandales. Tigrane l'Ancien possédait une fortune colossale, et tous nos généraux rêvaient de se mesurer à lui. Le pillage de Tigranocerte promettait d'être encore plus fabuleux que celui de Corinthe. Chaque légionnaire pourrait se retirer à la campagne dans une villa, servi par une centaine d'esclaves.

— Mon généreux ami Publius Claudius et sa gracieuse sœur m'ont gentiment offert l'hospitalité pendant toute la durée de mon séjour dans la capitale du monde.

— Tu ne pouvais être reçu par de meilleurs hôtes, assurai-je.

Il dévisageait Claudia avec un œil où brillait plus qu'une simple admiration.

— Je le sais, dit-il. Claudia est une femme remarquable.

Le compliment arracha à Claudia un sourire qui creusa une fossette au coin de ses lèvres.

— Le prince Tigrane et moi nous sommes découvert une passion commune pour les poètes lyriques grecs, déclara-t-elle.

— Croirais-tu qu'elle connaît tout Sapho par cœur ? s'exclama le prince.

— Claudia est une femme aux multiples talents.

Je comprenais qu'il la trouvât fascinante. Il y avait peu de temps que les Romaines bien nées se piquaient de belles-lettres. En Asie, l'éducation était interdite aux femmes, et celles qui avaient de l'esprit se gardaient bien de le montrer.

— Es-tu en visite d'agrément ? demandai-je, sachant pertinemment que ce n'était pas le cas.

— C'est un grand plaisir de visiter Rome, et je chérirai ce souvenir toute ma vie. J'avoue toutefois que je souhaite m'entretenir avec vos distingués consuls de mon turbulent voisin du Nord-Ouest.

Ce ne pouvait être que Mithridate, dont le nom, même si on évitait de le prononcer, semblait sur toutes les lèvres.

— D'après ce que j'ai cru comprendre, m'aventurai-je, il ne causera bientôt plus d'ennuis. Aux dernières nouvelles, le général Lucullus a mis ses troupes en déroute. (Un souvenir me revint soudain, et je m'adressai à Claudia :) Ta sœur n'est-elle pas mariée à Lucullus ?

— Si, confirma-t-elle. Lucullus a promis un poste à Publius dès qu'il le rejoindra en Asie.

— Ah, ton frère va donc entrer dans la carrière publique ! m'exclamai-je de bon cœur.

La perspective d'un Publius Claudius investi d'une autorité militaire en faisait trembler plus d'un quant au sort de Rome. Je ne voyais qu'une explication pour qu'il risquât son sang aristocratique dans une campagne : accomplir une période militaire suffisante pour postuler ensuite à une élection.

— Dans notre famille, tous les hommes sont appelés à exercer leur devoir civique, expliqua Claudia.

— Voyons, deux années en Asie et Publius sera en âge d'être élu à la questure. Je me trompe ?

— Il souhaite devenir tribun* du peuple, répliqua-t-elle.

La nouvelle me surprit, bien que j'eusse dû m'y attendre.

— Il prendra donc le nom de Clodius ?

— Précisément. Et comme mon frère et moi partageons les mêmes idées, je deviendrai Clodia.

— Claudia, je te supplie de bien réfléchir, dis-je avec gravité. Ce n'est pas une décision à prendre à la légère.

Tigrane nous regardait tour à tour, perplexe. Au même moment, un esclave approcha et annonça à Claudia qu'un important invité venait d'arriver.

— Décius, me dit-elle, le prince se perd en conjectures. Peut-être pourrais-tu lui expliquer quelques-unes de nos singulières coutumes pendant que je remplis mes obligations d'hôtesse.

— J'avoue, me dit Tigrane après le départ de Claudia, que je n'ai pas compris ce que tu voulais dire… à propos de Publius.

C'était un sujet qui soulevait l'incompréhension, même parmi les Romains, mais je fis de mon mieux pour éclairer l'étranger.

— Tu connais la distinction entre les patriciens et les plébéiens ? commençai-je.

— J'ai d'abord cru que c'était la même qu'entre les nobles et les roturiers, mais j'ai découvert que l'affaire était plus complexe.

— En effet. Les patriciens sont les fondateurs de Rome, et ils possèdent encore certains privilèges, surtout en ce qui concerne les rites. À une époque, ils détenaient toute la haute administration, mais c'est terminé.

Des esclaves vinrent nous proposer des plateaux de sucreries.

— Pour faire valoir leurs droits, les plébéiens ont livré, il y a bien longtemps, de cruelles guerres civiles, mais en fait, les familles patriciennes se sont éteintes et les plébéiens ont dû occuper leurs fonctions. Il existe désormais une noblesse plébéienne, composée de familles qui possèdent un consul dans leurs ancêtres. Cela te semble-t-il clair ?

— Euh… oui, je crois.

— Prends ma famille, les Caecilii Metelli ; nous avons eu de nombreux consuls. De nos jours, la majorité des familles sénatoriales sont plébéiennes. Pourtant, il reste encore quelques familles patriciennes, expliquai-je en scrutant la pièce. Tiens, Caius Julius Caesar, que tu vois là-bas, est un patricien. Sergius Catilina également. Les deux consuls de cette année, Crassus et Pompée, sont plébéiens. Cicéron n'est même pas de Rome, mais tout le monde pense qu'il deviendra un jour consul. Tu me suis toujours ?

— Je crois, dit Tigrane en jouant avec une figue confite.

— Tant mieux, parce que ça va se compliquer. Nos hôtes appartiennent à une très vieille gens Claudia qui présente la particularité d'avoir été une branche patricienne *et* une branche plébéienne. Les patriciens s'appellent généralement Claudius, les plébéiens Clodius. Certains membres de cette famille ont choisi, pour des motifs politiques, de passer du statut de patriciens à celui de plébéiens. Dans ce but, ils se sont arrangés pour se faire adopter par un membre de la branche plébéienne et ils ont ensuite changé l'orthographe de leur nom.

Tigrane semblait quelque peu décontenancé.

— Pourquoi vouloir devenir plébéien quand on est patricien ? s'étonna-t-il.

— Ah, judicieuse question. C'est en partie pour plaire à la foule, qui est plébéienne dans son ensemble, et en partie pour des motifs constitutionnels. Seuls les plébéiens peuvent se faire élire au tribunat.

— Je croyais que les tribuns étaient des officiers militaires.

— Les tribuns militaires sont des officiers mineurs, appointés par le Sénat ; ils gênent inconsidérément nos généraux par leur inexpérience et leur maladresse.

Ayant été tribun militaire moi-même, j'en savais quelque chose.

— Les tribuns du peuple, eux, sont élus par la plèbe*, et ils ont eu des pouvoirs considérables, y compris le droit de veto sur les décrets sénatoriaux.

— Ils ont eu ? fit Tigrane, avec un sens aigu des conjugaisons latines.

— Euh, oui, bégayai-je, empêtré dans mes explications. En fait, d'après la Constitution de Sylla, qui tient toujours, les tribuns du peuple ont été dépouillés de la plupart de leurs pouvoirs.

Sylla, faut-il le préciser, était un patricien.

— Pourtant, Claudius veut être élu tribun, remarqua Tigrane. À quelles difficultés va-t-il se heurter ?

— Laisse-moi réfléchir. Il faudra qu'il soit parrainé par un plébéien, ce qui ne devrait pas poser de problème, vu ses nombreux parents Clodius. Il devra faire accepter son changement de nom par les sénateurs, qui sont toujours réticents devant de telles modifications sociales. Ça risque d'être un peu compliqué.

— Je trouve la multiplicité de vos organes gouvernementaux d'une merveilleuse ingéniosité. Dans mon pays, le grand roi dicte ses lois, qui sont appliquées à la lettre.

— C'est notre système qui a permis nos conquêtes.

À ce moment-là, le nouvel invité entra. Ce n'était autre que le patron de mon père, Quintus Hortensius Hortalus. Tout le monde s'attendit à un esclandre car Hortalus avait défendu Verrès contre qui Cicéron avait requis avec le spectaculaire succès que l'on sait, mais les deux hommes firent preuve d'une civilité remarquable, en bons avocats qu'ils étaient.

Je m'excusai pour aller aux latrines. J'avais, en réalité, besoin de réfléchir à l'étrange mélange des invités. Après réflexion, je conclus qu'ils n'étaient pas aussi disparates qu'il y paraissait. Quasiment toutes les personnes présentes étaient des partisans de Pompée. Dans le mois qui allait suivre, Pompée et Crassus quitteraient leurs fonctions pour prendre un commandement de proconsul. L'un de leurs successeurs n'était autre que Quintus Hortensius Hortalus.

Bien que Pompée et Crassus fussent de rang égal, Crassus était dix fois moins puissant que Pompée. Chacun savait que Pompée briguait le commandement oriental détenu par Lucullus. La brillante carrière de Pompée connaîtrait un spectaculaire couronnement s'il ajoutait aux possessions romaines les royaumes orientaux. Lucullus était malheureusement en train de lui couper l'herbe sous le pied.

Je devrais peut-être m'étendre un peu sur Lucullus. C'était un homme en tout point admirable dont la réputation avait souffert dernièrement parce qu'il n'appartenait pas aux familles en vue. On se souvient aujourd'hui de lui pour ses écrits tardifs sur la nature du raffinement et pour son patronage des arts, mais il n'en demeurait pas moins à l'époque notre plus brillant général. À mon avis, c'était l'un des rares Romains de valeur, aussi doué pour la vie politique que pour la carrière militaire, patron des arts, féroce au combat, magnanime dans la victoire. Lecteur, tu trouves peut-être mes éloges dignes d'un flatteur, mais je n'étais lié à Lucullus par aucune parenté, je n'ai jamais été son obligé, tu peux donc me croire. Contrairement à trop de nos généraux qui achetaient le bon vouloir de leurs soldats en leur autorisant les plus grandes licences, notamment après les batailles, Lucullus était un chaud partisan de la discipline. Résultat, ses troupes montraient peu d'affection pour lui quand les campagnes étaient ardues.

Par une étrange singularité, les soldats détesteront des officiers qui les maltraitent et leur infligent une discipline de fer, alors qu'ils en admireront et idolâtreront d'autres aussi inflexibles. J'ai connu deux généraux dont les soldats s'épanouissaient sous la rigueur de leur commandement. L'un était Germanicus, le bien-aimé neveu de notre Premier Citoyen. L'autre était Caius Julius, qui possédait cette merveilleuse faculté de persuader ses hommes de faire des choses contraires à leur propre intérêt, et d'épouser le sien. Je ne cherche pas par ce biais à comparer César avec Germanicus car ce dernier était un homme extraordinaire, bien qu'il manquât quelque peu de clairvoyance, alors que Caius Julius est le stratège le plus froid et le plus brillant que Rome ait connu.

Mais je m'égare. À cet instant précis, je ne pensais qu'à Tigrane, à Publius et à Claudia. Surtout à Claudia. J'étais peiné qu'elle envisageât de déchoir de son statut social, mais sa décision n'altérerait nullement nos relations. Ce qui m'inquiétait, c'était la certitude que lorsque Publius Claudius changerait de statut pour s'appeler Clodius, il deviendrait l'objet de controverses et d'acrimonie. En d'autres termes, il serait la cible des assassins, et Claudia aussi, si elle persistait à le soutenir dans ses ambitions.

Lorsque je revins, on conduisait les invités à la salle à manger. Nous nous étendîmes sur les couches, une habitude dictée par les traditions mais qui manquait singulièrement de dignité ; des esclaves nous ôtèrent nos sandales et nous distribuèrent des couronnes : du laurier, notai-je, sans doute en l'honneur des goûts de notre hôte étranger. Le dîner était dressé à l'ancienne mode, trois couches disposées autour de trois côtés d'une table carrée, trois invités par couche.

Ayant un prince visiteur et un consul élu parmi ses invités, Publius avait à résoudre un difficile problème de préséance. Si Hortalus avait été en fonction, la place de droite sur la couche centrale lui serait revenue de droit, mais Publius l'avait attribuée à Tigrane. Hortalus occupait la deuxième place par le rang, celle du centre, et Publius s'installa à l'extrême gauche.

La naissance et la fonction étant si étrangement mélangées, les autres invités se répartirent dans un ordre arbitraire. J'occupais la position supérieure sur la couche de droite, à côté de Tigrane, avec Claudia à ma droite et Caius Julius à côté d'elle. En face de nous, sur la troisième couche, s'étendirent Catilina et Cicéron. Que les femmes s'allongent avec les hommes à un dîner n'était pas encore entré entièrement dans les mœurs, mais Claudia était une femme sans préjugés. Auparavant, les femmes s'asseyaient sur des chaises, en retrait de leur mari. Ce soir-là, personne ne parut choqué par la présence de Claudia sur la couche. Pas moi, en tout cas. Le banquet lui-même était d'une parfaite bienséance, sans doute par respect pour le statut d'Hortalus, nouveau consul élu.

Il n'y eut pas de langues de flamant, pas de muscardins au miel, pas de graines de pavot et autres curiosités culinaires fort prisées de Sergius Paulus. On nous servit d'abord divers amuse-gueule : figues, dattes, olives, et les inévitables œufs. Avant de commencer, Hortalus entonna l'invocation aux dieux de sa voix inégalable. Puis nous attaquâmes le repas.

— Depuis que je suis en Italie, me confia Tigrane, tous les dîners ont commencé par des œufs. Serait-ce la coutume dans votre pays ?

— Chaque dîner convenable commence par des œufs et se termine par des fruits, expliquai-je. Nous avons une expression, « de l'œuf à la pomme », ce qui signifie du début à la fin.

— Oui, je l'ai entendue, mais j'ignorais ce qu'elle voulait dire.

Il considéra un plat d'œufs de faisan d'un air incertain. Apparemment, les œufs n'étaient guère prisés de ses compatriotes. Il apprécia davantage les mets suivants : chevreau rôti, thon et lièvre bouillis dans du lait. La conversation s'orienta sur des banalités. On discuta, comme de coutume, des derniers présages.

— On a aperçu quatre aigles au-dessus du temple de Jupiter, ce matin, annonça Hortalus. Cela présage sûrement une bonne année à venir.

Certainement : c'était l'année de son consulat.

— J'ai entendu dire qu'il y a trois nuits, en Campanie, un veau était né avec cinq pattes et deux têtes, intervint Curius.

— Les naissances de monstres n'ont aucune influence sur les affaires des hommes, grogna Cicéron. Elles ne témoignent que de la fantaisie des dieux. Les étoiles gouvernent davantage nos destinées que bien des gens ne l'imaginent.

— Enfantillages d'Orientaux, déclara Hortalus, que notre royal invité me pardonne. Les seuls présages significatifs sont ceux qui sont officiellement attestés et dont le sens nous a été transmis par la coutume ancestrale : les augures* et les haruspices*.

— Qui sont ? interrogea Tigrane.

— Les augures sont observés par les prêtres du collège des augures, au nombre de quinze, expliqua César. Nous considérons une élection à ce collège comme un grand honneur. Ces prêtres interprètent la volonté divine en observant le vol, la nourriture et le chant des oiseaux, et en déterminant la direction des éclairs et du tonnerre. Les présages favorables viennent de la gauche, les défavorables de la droite.

— D'un autre côté, ajouta Cicéron, les haruspices sont des devins qui examinent les entrailles des animaux sacrifiés. Ce sont des professionnels, généralement d'origine étrusque. Mais officielles ou pas, ce sont des manœuvres trompeuses.

— Un instant, intervint Tigrane, déconcerté. Si vous jugez la gauche favorable et la droite défavorable, pourquoi les poètes romains parlent-ils du tonnerre venant de la droite comme d'un signe positif des dieux ?

— Ils suivent la coutume grecque, expliqua Claudia. Les augures grecs regardent vers le nord alors que les nôtres contemplent le sud.

— À propos d'éclairs, dit Catilina, je ne sais si elle venait de la droite ou de la gauche, mais ce matin la foudre a frappé la statue de Lucullus sur le quai d'Ostie. Je le tiens d'un pilote de barge que j'ai rencontré sur les bords du Tibre. La foudre a réduit la statue en une masse informe de bronze fondu.

Les conversations commentèrent largement ce présage. Point n'était besoin d'augure officiel pour l'interpréter comme défavorable à Lucullus.

— Mauvais signe, décida Hortalus. Espérons que cela n'entraînera pas une terrible défaite en Asie.

Propos teintés d'hypocrisie, mais Hortalus avait le don de paraître fourbe même quand il était sincère. S'il disait que le soleil vient de se lever, on sortirait pour vérifier.

— Beaucoup, à Rome, se réjouiraient d'un rappel de Lucullus, commenta Curius.

— Jamais le Sénat ne rappellerait un général victorieux, m'interposai-je, alarmé par la tournure de la conversation.

— Non, pas tant qu'il reste victorieux, glissa Publius Claudius avec le sourire. Et mon beau-frère a connu de grands succès.

Il piocha une brochette d'agneau grillé et la picora délicatement.

— Prenons garde, dit Catilina, cet homme se bâtit un pouvoir indépendant en s'attirant les bonnes grâces des villes orientales au détriment des intérêts de Rome.

Sergius Catilina était un rouquin au visage rougeaud qui semblait constamment en colère. Là, il se référait à la décision de Lucullus d'éteindre la dette asiatique. Lorsque Sylla était dictateur, il avait levé un impôt colossal sur les villes de la province d'Asie qu'elles ne pouvaient payer qu'en empruntant à des banquiers romains à des taux usuraires. Pour sauver ces villes d'une ruine certaine, Lucullus avait éteint une partie de la dette et interdit les intérêts excessifs, ce qui lui avait valu l'indéfectible inimitié des banquiers.

— Publius fera peut-être entendre raison à Lucullus quand il le rejoindra l'année prochaine, dit Claudia d'un ton dégagé.

Décidée à donner un tour plus badin à la conversation, elle changea rapidement de sujet. On débarrassa la table et nous observâmes le silence pendant qu'on apportait les divinités du foyer. Officiant comme prêtre, Publius se recouvrit la tête de sa toge, puis arrosa les petites divinités de miettes de viande et de lie de vin. Après avoir remporté les divinités, on servit le dessert.

Tigrane me gratifia d'une attention excessive, me demandant de lui expliquer telle ou telle coutume, loi ou religion. Il montra une curiosité singulière pour ma carrière et pour mes projets futurs. J'aurais pu être flatté de l'intérêt témoigné par un homme appelé à devenir peut-être Roi des Rois, mais à l'époque j'étais surtout ennuyé par ses questions qui m'empêchaient d'accorder tout mon temps à Claudia. Résultat, ce fut César qui eut l'honneur de sa conversation, privilège que je lui enviai.

Au moment des libations qui succédèrent au dessert, Claudia s'excusa, et je décidai d'user du vin avec modération. Je m'étais rendu compte pendant le dîner que j'étais en compagnie d'hommes avec qui il n'eût pas été sage de parler inconsidérément. Dans l'arène politique, ces hommes jouaient gros. Une telle intrépidité se paie souvent de la vie, et des participants aux libations, seul Hortalus mourrait dans son lit. S'agissant de mon propre décès, je ne suis pas qualifié pour en parler, bien sûr. Dans ce temps-là, la politique partageait de nombreux points communs avec la *munera sine missione* que j'ai décrite plus haut.

Comme je participais peu aux libations, j'en profitai pour étudier mes compagnons. Curius était dans un état d'ébriété avancée, dû à la quantité de vin absorbée pendant le repas. La face rougeaude de Catilina virait au brique, il parlait haut et sa voix prenait des accents grossiers. Hortalus était calme et jovial, comme à son habitude ; Cicéron buvait avec tempérance et son élocution n'en souffrait pas.

Caius Julius fut nommé maître de cérémonie, et il demanda que le breuvage soit mélangé avec une mesure d'eau pour deux de vin, puissante mixture quand on considère la générosité du falerne que servait Publius. Je fus reconnaissant à César de ne pas lancer l'un de ces défis absurdes où chaque invité doit vider un certain nombre de coupes. Par exemple, il aurait pu nous demander de boire une coupe pour chaque lettre du nom de notre invité d'honneur. Tigrane aurait fait un choix acceptable, mais nous aurions tous roulé sous la table avant d'épeler la fin de Quintus Hortensius Hortalus. Au lieu de quoi, nous bûmes à notre guise, mais les serviteurs s'assuraient que nos coupes fussent toujours pleines.

— Ce soir, annonça Caius Julius, pour faire honneur à nos inestimables invités, nous discuterons du bon usage du pouvoir, qu'il soit civil ou militaire, au service de l'État.

Encore une coutume grecque, choisie pour flatter notre hôte oriental. Les Romains choisissent rarement les discussions philosophiques pour égayer leurs beuveries, considérant avec quelque justesse que les propos tenus seront oubliés le lendemain. D'habitude, les préférences vont aux lutteurs, aux acrobates ou aux danseuses nues sardes.

— Marcus Tullius, reprit César, aie la bonté d'ouvrir la discussion. Attention, tu n'es pas au prétoire. Énonce tes arguments avec précision et clarté pour que nos invités à demi ivres puissent suivre le fil de ton raisonnement.

César était le parangon même du joyeux fêtard, bien que je le tinsse pour parfaitement sobre.

Cicéron rassembla ses idées.

— Nous autres, Romains, commença-t-il, nous avons créé une nouveauté dans ce monde. Depuis que nous avons chassé nos rois, il y a plus de quatre cents ans, nous avons édifié notre République, le plus bel instrument de gouvernement que l'homme ait imaginé. Elle n'a rien à voir avec l'ancienne république d'Athènes, turbulente et chaotique, c'est au contraire un système d'assemblées dûment constituées, couronné par le Sénat et présidé par deux consuls. Avec toutes mes excuses pour notre hôte vénéré, ce système est de loin supérieur à une monarchie désuète, car les lois remplacent le pouvoir arbitraire, et tous les postes de pouvoir sont accordés en fonction du mérite et des états de service de chacun ; de plus, ils sont révocables en cas d'incompétence ou de corruption avérées.

» Ainsi, pour le bien de l'État, le pouvoir est justement exercé par des hommes férus en droit et formés au gouvernement. On ne devrait accorder le commandement militaire qu'à ceux qui ont servi longtemps dans le domaine civil, de crainte que les généraux, incapables de penser en termes autres que militaires, ne recherchent la guerre pour s'enrichir plutôt que de limiter les actions militaires aux seuls intérêts de l'État.

C'était une flèche assez grossière décochée contre Pompée, qui avait obtenu son poste de général après un service civil minimum, puis avait, grâce à son pouvoir militaire, assumé les plus hautes fonctions.

— Sergius Catilina partage ton point de vue, déclara César.

Hagard, mais la voix coupante, Catilina se lança :

— Bien qu'aucun d'entre nous, bien sûr, n'envisage de restaurer la monarchie, notre estimé Marcus Tullius néglige totalement la valeur de la naissance dans le choix de nos gouvernants. Ceux qui sortent de la lie du peuple n'ont pas le sens de l'État, l'enrichissement personnel est leur seule et unique convoitise. Il faut des siècles pour produire les qualités innées qui n'appartiennent qu'à la vraie noblesse, qualités qui, hélas, se font de plus en plus rares. Dire que l'on voit tous les jours des fils d'affranchis siéger au Sénat !

Comme Publius, Catilina croyait que les hautes fonctions lui revenaient de droit par sa naissance. On ne lui connaissait pas d'autres qualifications.

— Je propose que la fonction publique et le commandement militaire soient strictement réservés à la noblesse patricienne et plébéienne. Cela nous éviterait de voir des aventuriers occuper le pouvoir.

— Admirablement dit, remarqua sèchement César. À présent, comme Quintus Curius s'est retiré des débats (l'homme, qui avait sombré dans le sommeil, faisait entendre un vibrant ronflement), écoutons notre consul élu.

— Je ne suis pas un philosophe politique, susurra Hortalus, mais un simple avocat, un néophyte dans l'art du gouvernement. Bien que je n'aimerais pas voir revenir un roi à Rome, je suis pourtant un ami des rois. (Là, il inclina la tête à l'adresse de Tigrane.) Et même si je considère que le pouvoir arbitraire d'un seul homme menace l'ordre, je dois faire remarquer l'excellence de notre dictature dans les cas d'urgence qui nécessitent les décisions rapides d'un seul pour préserver l'État. En ce qui concerne la question militaire, ajouta-t-il avec un geste éloquent, nous avons depuis quelque temps permis trop de latitude à nos généraux à l'étranger. Ils ont maintenant tendance à oublier qu'ils doivent leur commandement, et tout le reste, au Sénat. Ils en sont ainsi venus à se considérer comme des gouverneurs virtuellement omnipotents dans leurs zones d'opérations. Nous nous souvenons tous de Sertorius, et plus tôt dans la soirée, Sergius Catilina a émis des remarques pertinentes sur le général Lucullus.

C'était typique d'Hortalus d'utiliser les propos d'autrui pour soutenir son point de vue.

— Sans doute serait-il temps d'introduire une procédure légale qui définirait les devoirs de nos généraux et limiterait leurs pouvoirs.

— Voilà des propos excellemment argumentés, dit César. Écoutons maintenant notre hôte.

Publius était passablement aviné, mais il gardait une certaine cohérence.

— Je vais bientôt rejoindre mon beau-frère, le glorieux Lucullus, dans la guerre contre Mithridate. Le service militaire est essentiel aux futurs serviteurs de l'État. Je l'ai toujours dit. Toutefois, le pouvoir réside ici, à Rome. Si un homme veut exercer le pouvoir suprême, il ne doit pas l'obtenir par des conquêtes en Espagne ou en Égypte. Le pouvoir vient du peuple de Rome. De tout le peuple de Rome, patriciens et plébéiens réunis. Le Sénat promulgue les décrets, mais le pouvoir réside aussi dans l'assemblée populaire. Quiconque aspire au pouvoir se trompe s'il croit qu'une majorité au Sénat suffit. L'adhésion du peuple est essentielle, et pas seulement dans les assemblées, mais aussi dans la rue.

— Hautement intéressant, dit Caius Julius quand il estima la harangue, quelque peu décousue, terminée. Maintenant, pour éclairer les débats sous une perspective différente, donnons la parole à notre prince visiteur.

— Tout d'abord, commença Tigrane, permettez-moi d'exprimer mon admiration sans bornes pour votre système d'une ingéniosité si parfaite, qui élit parmi les meilleurs de son peuple ceux qui gouverneront la moitié du monde. Toutefois, j'ai peur qu'un tel système ne convienne pas dans nos contrées. Ici, vous baignez dans la culture grecque et vous avez une longue pratique des élections. Mon peuple est composé en majorité d'Asiatiques primitifs, habitués à un gouvernement autocratique. Pour eux, leur roi est un dieu. Retirez-leur le roi, ils perdent aussi leur dieu.

Il adressa à chacun des sourires comme si nous étions ses amis de longue date.

— Non, je crois que l'Asie sera toujours gouvernée par des rois. Et je suis sûr que vous m'accorderez que ces rois devraient être des amis de Rome. De nos jours, rares sont ceux qui partagent mon opinion en Asie.

Toujours des visées sur le trône de son père, remarquai-je.

— Excellente argumentation, dit César. Mais, écoutons plutôt Décius Cécilius Métellus le Jeune, qui vient d'embrasser récemment la carrière publique. C'est le fils de notre estimé préteur urbain, et le descendant d'une illustre lignée.

J'avais peu bu, mais j'étais pourtant grisé. Sans doute Claudia y était-elle pour quelque chose. Je m'étais promis de ne pas parler inconsidérément, mais l'introduction de César me fit dévier du discours neutre que j'avais préparé. En outre, il y avait je ne sais quoi dans l'air, un trouble qui ne m'avait pas quitté de la soirée. C'était à cause de la façon dont les choses s'étaient déroulées depuis les meurtres de Sinistrus et de Paramédès ; presque tout ce qui avait été dit ou suggéré pendant le dîner avait tourné autour de deux noms : Lucullus et Mithridate, Mithridate et Lucullus. Je savais qu'en insistant je pourrais démêler cet écheveau de mensonges et de conspiration ouverte ; je pourrais dévoiler les intérêts coupables que certains portaient à ces deux hommes. Je possédais un levier pour agir : le pouvoir du Sénat et du peuple de Rome. Il me manquait pour l'instant le pivot sur lequel appuyer mon levier.

— Plus jeune membre du gouvernement, commençai-je, j'ose à peine parler devant une assemblée aussi distinguée.

Tout le monde me regardait en souriant d'un air approbateur, excepté Curius qui ronflait doucement. Pieds nus, les serviteurs se déplaçaient silencieusement autour de la table et remplissaient les coupes vides des convives.

— Pourtant, cette fascinante discussion m'a inspiré certaines idées que j'aimerais partager avec vous. (Les sourires ornaient toujours les visages.) Il y a, à mon humble avis, plus important que la naissance ou l'origine, plus important même que l'expérience ou le talent. La loyauté à Rome, au Sénat et au peuple. Comme mon patron Hortalus et mon ami Sergius Catilina l'ont si bien démontré, un général victorieux qui ne combat que pour s'enrichir ou se couvrir de gloire n'est pas digne de servir Rome. Pas plus qu'un magistrat qui rend son verdict en échange de pots-de-vin ni un gouverneur qui pille sa province.

Là, Cicéron hocha vigoureusement la tête en signe d'approbation. Il avait requis contre Verrès pour cette raison précise.

— Et personne, poursuivis-je, n'est loyal à Rome si, pour son seul profit, il traite avec des rois étrangers, ou si, par jalousie, il conspire contre un commandant romain en exercice.

Cicéron approuvait et je lus le mot « juste » sur ses lèvres muettes. Catilina gardait son air acide, mais il paraissait s'ennuyer. Le visage d'Hortalus respirait toujours la jovialité, mais son sourire s'était figé. Publius me jetait un regard haineux et Tigrane contemplait sa coupe comme s'il craignait qu'on ne lise ses pensées sur son visage.

— Excellent, dit César d'un air approbateur.

Ce qui ne voulait rien dire, Caius Julius gardant en toutes circonstances le contrôle absolu de ses émotions. Il pouvait sourire à l'homme qu'il allait tuer, et sourire à celui dont il savait qu'il se proposait de l'assassiner.

Les débats se poursuivirent, copieusement arrosés, mais aucune révélation d'importance ne troubla l'équilibre de la soirée. À une heure décente, Hortalus réclama ses sandales, imité par César et Cicéron. Des esclaves emportèrent Catilina, Curius et Publius. Tigrane parla encore avec animation, puis il sombra à son tour dans le sommeil. Les esclaves de la maison le transportèrent dans sa chambre, me laissant seul en proie à de troublantes pensées.

Comme j'étais venu sans esclaves, je dus retrouver mes sandales moi-même, puis je m'apprêtai à partir. Claudia m'attendait à la porte de la salle à manger, enveloppée d'un déshabillé si transparent que la lumière de la lampe qui brûlait dans son dos me dévoilait ses formes enchanteresses. Cette vision porta un coup fatal à mon esprit déjà passablement désorienté. Dans la maison de mon père, près de Fidènes, il y avait une statue de la déesse grecque Artémis, sculptée, disait-on, par Praxitèle. Saisie au moment où elle s'élançait à la poursuite de sa proie, la déesse était vêtue du court chiton des chasseresses. Jeune garçon, je voyais en elle l'idéal de la beauté féminine, avec ses membres déliés, ses hanches souples, ses petits seins plantés haut et son long cou gracile. Je n'ai jamais eu de goût pour les femmes aux formes généreuses, personnifiées par Junon et Vénus, et appréciées de tous les Romains. Claudia était l'incarnation vivante de mon Aphrodite de marbre.

— Ah, Décius, murmura-t-elle, je suis contente que tu tiennes encore debout.

— Je n'ai pas été d'une agréable compagnie, je le crains. Je n'ai pas réussi à entrer dans l'esprit de la soirée.

— Je sais. J'écoutais.

— Tu as écouté cette bande de politiciens éméchés ? Tu as dû t'ennuyer terriblement.

J'essayai d'attiser la lampe pour mieux me régaler de sa nudité voilée, mais j'abandonnai bien vite. Je ne verrais que ce qu'elle était disposée à montrer.

— C'est toujours intéressant d'apprendre ce que les puissants racontent sur Rome, déclara-t-elle. Évidemment, seul Hortalus détient un véritable pouvoir, mais les autres sont promis à un bel avenir.

— Même Curius et Catilina ?

— L'intelligence, le talent et le tempérament ne jouent aucun rôle dans les affaires de l'État. Il suffit souvent d'être cruel et dangereux.

Venant d'une femme à demi nue, il était bien insolite de tenir dans l'intimité de la nuit des propos pareils à un homme qui n'était pas son mari. Mais pour rester en sa compagnie, j'étais prêt à passer outre à l'étrangeté de la situation.

— Et moi ? demandai-je. Suis-je aussi promis à un bel avenir ?

Elle s'approcha davantage, exactement comme je l'avais espéré.

— Oh, oui. Tu as tout ce dont ils ont parlé ce soir : le talent, la naissance, la loyauté… Toutes les portes du pouvoir te sont ouvertes.

— Chaque chose en son temps. Ne brûlons pas les étapes.

— Si tu te contentes de ce que tu as… Les audacieux ne craignent pas d'accélérer le processus.

Je voyais très bien où cela menait.

— Ces derniers temps, rétorquai-je, nombre d'audacieux ont été décapités ou précipités du haut de la roche Tarpéienne ou jetés dans le Tibre.

— D'autres, plus timorés, ont subi le même sort, lâcha-t-elle avec un sourire teinté de mépris. Seulement, les audacieux ont le courage de risquer leur vie pour des enjeux qui en valent la peine. Pompée et Crassus n'ont pas attendu pour grimper l'échelle du pouvoir. Et ils sont consuls, à présent.

— Hortalus a été plus prudent, remarquai-je, et il mourra dans son lit, lui. Pas ceux que tu cites.

Son sourire s'évanouit.

— Je t'ai mal jugé, Décius Cécilius. Je te croyais d'une autre trempe.

Elle s'approcha encore. Je sentis la pointe de ses seins effleurer ma tunique.

— Tu aurais pu passer cette nuit avec moi, repritelle. Mais tu ne le mérites pas. Le nectar est réservé aux meilleurs.

Drapé dans les derniers lambeaux de ma dignité, je répliquai :

— Les audacieux de la soirée ont tous sombré dans le sommeil ou se sont éclipsés. Je ferais bien de les imiter. Certains d'entre eux méritent davantage que moi de consommer le nectar.

Son visage se durcit quand je la repoussai pour m'en aller.

Dehors, l'obscurité d'une nuit sans lune enveloppait les rues de Rome de son noir manteau. J'aurais manqué de tact en retournant chercher une torche ou une lanterne. En outre, une lumière, qui m'aurait rendu la marche plus aisée, l'aurait aussi rendue plus périlleuse. Les voleurs, qui surveillent les moindres mouvements de la nuit, aiment s'attaquer aux noctambules qui rentrent chez eux en titubant. Une lumière les aurait attirés comme des mouches. Il valait donc mieux risquer de trébucher ou de marcher dans des substances nauséabondes. Je fis l'un et l'autre, et plus d'une fois, avant d'atteindre mon domicile et de m'écrouler sur mon lit, épuisé par l'une des journées les plus longues et les plus étranges de mon existence.

IV

Le matin arriva bien trop tôt, comme de juste. Je ne comprendrai jamais comment nous avons été amenés à juger bon de nous lever quand il fait encore nuit. À mon avis, c'est le désagrément de la chose qui pousse les moralistes à y trouver de la vertu. Ils parlent toujours avec éloge de celui qui commence à travailler dès l'« aube grise », comme si c'était supérieur à un beau ciel bleu matinal. Cela leur rappelle sans doute les campagnes militaires, où l'on réveille les soldats une heure avant le lever du soleil. Je ne vois pas ce que cela a de bon non plus. Seul un imbécile combattrait à une heure pareille. Si les soldats se lèvent si tôt, c'est parce que la plupart des centurions* sont des brutes cruelles qui aiment faire souffrir leurs subordonnés. À cause de cela, les sénateurs, les préteurs et les consuls se lèvent alors qu'ils voient à peine pour s'habiller, et se sentent infiniment plus vertueux que ceux qui préfèrent commencer leur journée quand ils sont suffisamment réveillés. J'ignore combien de guerres nous avons perdues parce que le sénateur chargé du plan de bataille l'avait dressé, à moitié endormi, dans la pénombre des premières lueurs de l'aube.

Néanmoins, j'étais debout et j'écoutais le rapport des vigiles, bâillant et essayant de faire accepter quelque nourriture à mon estomac paralysé de fatigue. Grâce aux dieux, il n'y avait pas eu le moindre meurtre dans mon district, cette nuit-là. Il faudrait, lecteur, que tu habites Subure pour comprendre ma joie, surtout quand on considère que mon propre assassinat aurait pu faire l'objet du rapport matinal. En rentrant chez moi, la veille, j'avais cru entendre des pas furtifs derrière moi. Mon état et l'obscurité de la nuit auraient suffi à faire voir des fantômes aux plus sceptiques, bien que je fusse sans doute le seul à déambuler dans la cité à cette heure tardive.

Après les vigiles, je reçus mes clients. Il y avait aussi un autre visiteur, un grand et beau jeune homme vêtu de la tunique* bleue si prisée des marins. Il répondit à mon salut par un sourire qui découvrit des dents parfaites, dans une attitude amicale frisant l'insolence.

— Je viens de la part de Macron, annonça-t-il. Il m'a recommandé de te parler en privé.

Mes clients le dévisagèrent d'un air suspicieux.

— Parle ouvertement, mon garçon, dit Burrus, mon vieux soldat. Notre patron a été attaqué il y a peu, nous ne voulons pas que ça se reproduise.

Le jeune homme éclata d'un rire franc.

— Dans ce cas, tu n'as rien à craindre de moi, vieil homme. Lorsque je frappe, une seule fois suffit.

— Laissez-nous seuls, ordonnai-je à mes clients en ignorant leurs regards scandalisés. Attendez-moi dans le péristyle ; ce matin, nous allons chez le préteur. Suis-moi, ajoutai-je à l'adresse du jeune voyou.

Je le conduisis dans mon étude, où j'avais fait ouvrir de grandes fenêtres et aménager des panneaux de verre au plafond pour éclairer la pièce. Je voulais examiner cet inquiétant jeune homme de plus près. Athlétique, il se déplaçait avec aisance et souplesse.

Je m'assis à ma table de travail et je l'observai. Les cheveux noirs bouclés, il avait des traits réguliers droits et nets que les Grecs auraient peut-être trouvés un peu lourds mais qui personnifiaient les canons romains de la beauté virile. On aurait dit Hercule jeune. Je n'ai jamais été tenté par la pédérastie, mais en voyant ce jeune éphèbe, je comprenais que certains fussent attirés par cette pratique. Je me composai néanmoins le visage sévère que ma fonction exigeait.

— Te présentes-tu toujours devant un fonctionnaire sans revêtir de toge ? demandai-je.

— Je suis nouveau dans la ville. Je n'en possède pas encore.

— Ton nom ?

— Titus Annius Milo, d'Ostie. Je suis résident à Rome, à présent, patronné par Macron.

Sur mon bureau, il y avait une ancienne dague en bronze, provenant d'une tombe crétoise. L'homme qui me l'avait vendue m'avait juré, naturellement, qu'elle avait appartenu à Idoménée. Toutes les vieilles armes en bronze semblent avoir appartenu à quelque héros de *L'Iliade*. Je ramassai l'arme.

— Attrape ! dis-je en la lui lançant.

Il la saisit au vol d'une seule main. Sa paume était si dure que le bronze résonna à son contact.

— Guilde des rameurs ? demandai-je.

Seuls les rameurs avaient de telles mains.

— Trois ans dans la marine à chasser les pirates, acquiesça-t-il. Ces deux dernières années, je ramais sur des barges entre Ostie et Rome.

La guilde des rameurs est si puissante qu'il est interdit d'utiliser une main-d'œuvre servile bon marché. Le jeune Milon montrait merveilleusement à quoi pouvait ressembler un rameur quand on lui donnait des gages décents qui lui permettaient de se nourrir comme un homme libre.

— Qu'a donc Macron à me communiquer ?

— D'abord, le garçon qui a pénétré chez toi et t'a assommé n'est pas d'ici.

Il lança la dague qui atterrit sur la pile de papyrus d'où je l'avais prise.

— En est-il certain ?

— S'introduire chez un homme important pour ne voler qu'une misérable amulette en bronze signifie un contrat d'exception, et Macron a vérifié auprès de tous les monte-en-l'air. Ils doivent rendre compte à un maître de quartier et ces derniers rendent compte à Macron. Personne ne chercherait à cacher un vol aussi minable.

— Poursuis.

— Sinistrus a presque certainement été assassiné par un Oriental. Le garrot est une technique des Asiatiques. Les Romains préfèrent la *sica*, le *pugio* ou l'épée.

— Ou le bâton, dis-je en me massant le cuir chevelu encore douloureux. Ces tueurs étrangers arrangent remarquablement Macron. Je l'ai soupçonné de tout, mais jamais d'innocence.

— Même un homme comme mon patron ne peut être responsable de tous les crimes, déclara-t-il avec une bonne humeur contagieuse. Dernier point, le dénommé H. Ager qui a acheté Sinistrus est le régisseur d'une ferme de la région de Baïes. Il faudra quelques jours pour découvrir à qui appartient le domaine.

— Très bien. Dis à Macron de me prévenir quand il connaîtra le nom du propriétaire. Et tu lui diras qu'il se serve de toi quand il aura quelque chose à me communiquer. Tu es plus présentable que la plupart de ses coquins.

— Tu me flattes. Puis-je me retirer ?

— Encore une chose. Dis à Macron de t'acheter une toge décente.

Il me gratifia d'un sourire étincelant et disparut. Il représentait effectivement une amélioration notable par rapport aux voyous des rues et aux gladiateurs affranchis qui peuplaient les bandes de malfaiteurs. Sa liberté de ton et sa vivacité d'esprit me plaisaient. Je cherchais depuis longtemps des contacts dans la pègre de Rome, et j'avais en outre l'impression que Milon irait loin, pour peu qu'il survive.

En me rendant chez mon père avec mes clients, je ruminai ce que je venais d'apprendre. Les origines de mon agresseur et de l'assassin de Sinistrus présentaient un intérêt mineur, vu que les deux forfaits n'avaient pu être commis par la même personne. C'était un jeune garçon qui avait volé l'amulette, or seul un robuste gaillard avait pu étrangler un homme rompu au combat comme l'était Sinistrus. La piste orientale était tentante, mais les pistes ne constituent pas des preuves.

Une question me troublait davantage : pourquoi H. Ager était-il venu de Baïes, en Campanie, pour acheter un gladiateur qu'il devait ensuite affranchir ? Je passai en revue les hommes de ma connaissance qui possédaient une villa près de Baïes. César… Hortalus aussi… et aussi Pompée. En vérité, cela ne signifiait rien. Tous ceux qui le pouvaient possédaient une villa à Baïes. J'avais l'intention d'en acquérir une moi-même dès que mes finances me le permettraient. L'endroit avait une alléchante réputation de luxe, de mœurs légères et de scandale. Les moralistes se répandaient en imprécations et en rodomontades contre la décadence de Baïes. À chacune de leurs interventions, les gens y affluaient plus encore.

En chemin, il se produisit un de ces événements banals, sans portée immédiate, mais lourds de conséquences.

Nous croisâmes une litière d'une blancheur immaculée, portée par des esclaves vêtus de tuniques blanches. Nous nous arrêtâmes aussitôt et nous nous inclinâmes avec respect. La litière était occupée par une vestale. Ces vierges, consacrées à la déesse du feu du foyer domestique, jouissent à Rome d'un prestige inégalé. Elles sont tellement sacrées que, dût un criminel en croiser une sur le chemin de son exécution, il serait aussitôt libéré. Mais les malfaiteurs n'avaient guère d'espoir : les vestales quittent rarement leur temple, alors que les criminels sont exécutés par milliers.

Je n'eus pas le temps de reconnaître la vestale. Le temple de Vesta est surtout fréquenté par des femmes, et les vestales sont choisies avant la puberté parmi les fillettes de bonne famille. J'en connaissais personnellement une, une tante qui, après la durée de son service, avait eu le bon sens de refuser les avantages douteux d'un mariage tardif et avait choisi de rester vestale à vie. La durée de leur service est de trente ans : dix pour apprendre les devoirs d'une vestale, dix pour les exercer et dix autres pour les enseigner aux novices. Ce genre d'existence ne prépare pas une femme à la vie civile.

Nous n'arrivâmes jamais chez mon père. Nous faillîmes même nous heurter à sa petite troupe qui se hâtait vers le Forum.

— À la Curie ! m'ordonna mon père. Un messager est arrivé d'Orient, porteur d'importantes nouvelles de la guerre.

J'avais espéré lui parler des étranges événements de la veille, mais cela devrait attendre. À mesure que nous approchions de la Curie, la foule se fit plus dense. Avec cette magie que je ne connaissais que trop bien, la nouvelle s'était répandue dans la ville. Nous trouvâmes au Forum une véritable marée humaine. Les licteurs de père s'avancèrent en brandissant leurs faisceaux et la foule s'écarta comme les flots devant le bélier d'un navire de guerre.

La foule sentait l'ail, le *garum** et l'huile d'olive rance. On nous apostrophait comme si nous en savions plus que tout le monde. Les rumeurs suivaient leur pente immémoriale : victoire pour Rome ; défaite et désastre pour Rome ; la peste gagne Rome ; et même une reprise de l'insurrection des esclaves. Et, bien sûr, chacun commentait les derniers présages : quinze aigles avaient survolé le Capitole, la veille ; un enfant à tête de serpent avait vu le jour à Paestum ; les oies sacrées avaient prophétisé un sort funeste pour Rome en langage humain. Il m'arrive de penser qu'il existe une ville en Italie où la seule occupation des habitants est d'imaginer et de propager ce genre de présages.

Dans leur toge au liséré pourpre, les préteurs pénétrèrent dans la Curie pendant que leurs assesseurs se regroupaient sur les marches et sous le portique. Les licteurs s'écartèrent, et comme nous gravissions l'escalier, père les apostropha.

— Faites ranger ces gens ! ordonna-t-il. Les citoyens vont bientôt entendre une importante déclaration, et je veux qu'ils se comportent en dignes Romains.

— Très bien, préteur, dit Régulus, le chef des licteurs.

Il appela les hérauts, et en entrant dans la Curie, je les entendis crier aux citoyens de s'assembler par tribus*.

À l'intérieur, la Curie était comble. Sylla avait pratiquement doublé le nombre des sénateurs afin de remplir le Sénat de ses compères et de récompenser ses partisans, mais il avait négligé d'agrandir la Curie pour les recevoir. Pompée avait assigné aux deux censeurs élus pour un an, parmi ses partisans bien entendu, la tâche d'éliminer les sénateurs corrompus ou indignes, ce qui n'avait guère amélioré la situation. Mon père alla s'asseoir parmi les préteurs pendant que je rejoignais les comices qui se tenaient à l'arrière de l'édifice.

En bas, au pied des gradins en étages, comme au théâtre, les consuls étaient assis côte à côte dans leur chaise curule. Pompée, le plus illustre soldat de l'époque, paraissait toujours d'une jeunesse indigne de sa fonction. En fait, son éligibilité au consulat n'était pas constitutionnelle, son haut commandement militaire, pas davantage. Il n'avait jamais été questeur ni édile ni préteur et, à trente-six ans, il était encore trop jeune pour être consul. Toutefois, il est beaucoup pardonné à un homme dont l'armée campe aux portes de la ville, et Pompée était bel et bien là. Son ambition première était d'acquérir toute la gloire militaire possible, mais il n'était pas pour autant, comme tant d'autres gens d'armes, une nullité politique, et par certains aspects son consulat avait été exemplaire. On lui devait la purge du Sénat à laquelle j'ai déjà fait allusion ; il avait réformé la justice avec une telle impartialité que seuls les esprits vénaux et corrompus pouvaient s'en plaindre, ce qu'ils ne manquaient pas de faire.

Crassus, c'était une autre histoire. Doté d'un authentique talent politique, il était malheureusement défaillant dans le domaine militaire. C'était surtout dû à la malchance, car les commandements qu'on lui avait assignés après son service civil avaient manqué d'occasions favorables. Pendant que Pompée avait récolté la gloire dans les guerres civiles d'Italie, de Sicile et d'Afrique, et dans les campagnes d'Espagne contre Sertorius et Perpenna, Crassus avait combattu les esclaves. Et même là, Pompée s'était approprié le peu de gloire que la guerre servile* avait donnée, car il avait écrasé les forces du gladiateur gaulois Crixus, isolant ainsi Spartacus. Crassus s'était vengé de sa déception par un geste mémorable : il avait fait crucifier six mille captifs le long de la via Appia, de Capoue à Rome. Rendus inutiles comme esclaves, les rebelles servaient ainsi d'exemple aux futurs mécontents. Cela permettait également de montrer à tous que Marcus Licinius Crassus n'était pas homme à badiner.

Crassus enviait la gloire de Pompée comme Pompée enviait la prodigieuse richesse de Crassus. Et tous deux lorgnaient vers le commandement oriental de Lucullus. Cela donnait une combinaison qui rendait Rome nerveuse. Chacun respirerait un peu mieux quand les deux consuls quitteraient leurs fonctions dans moins de soixante jours, et Rome par la même occasion, pour prendre leur poste de proconsul. Hortalus et son collègue Quintus Métellus, autre joyeuse ganache, ne terrifiaient personne. (Quintus n'était pas le parent sous qui j'avais servi en Espagne, mais un autre Quintus Cécilius Métellus, surnommé plus tard Créticus.)

Sur un signe de Pompée, un jeune homme s'avança et vint se poster devant l'assemblée devenue silencieuse. Visiblement ému, c'était un tribun militaire, encore revêtu de la tunique qu'on porte habituellement sous l'armure, et dont le piteux état attestait du long voyage qu'il venait d'entreprendre. Se pliant à l'ancienne coutume, il avait déposé ses armes et son armure à la porte de la ville, mais il avait conservé sa ceinture militaire, avec ses courroies cloutées de bronze, ainsi que ses bottes ferrées qui résonnaient sur le marbre du sol. Je ne le connaissais pas, mais décidai de réparer cette carence dès la fin de la réunion.

Hortalus se leva et s'adressa au Sénat. Il avait revêtu une toge d'une blancheur étincelante, dont il avait dessiné lui-même le drapé. L'effet était si majestueux que les acteurs tragiques avaient commencé à l'imiter.

— Pères conscrits, entonna-t-il de sa voix magique, le tribun Gnaéus Quintilius Carbo revient du commandement d'Orient porteur d'un message du général Lucullus. Je vous demande de lui prêter toute l'attention requise.

Hortalus se rassit, puis Carbon sortit un parchemin de son étui de cuir, le déroula et se mit à le lire d'une voix qui s'affermit progressivement.

— « Du général Lucius Licinius Lucullus au noble Sénat et au peuple de Rome, salut.

» Pères conscrits, je vous écris pour vous annoncer la victoire en Orient. Depuis la défaite de Mithridate dans la grande bataille de Cabire, il y a plus d'un an, j'ai rempli les tâches administratives pendant que mes lieutenants réduisaient les places fortes du roi et combattaient la rébellion dans les montagnes. J'envoie, par le même messager, un compte rendu détaillé de cette campagne. Dès à présent, j'ai l'honneur de vous annoncer que le Pont, la Galatie et la Bithynie sont tombés sous contrôle romain. Mithridate a dû s'enfuir, et il a trouvé refuge chez son gendre, Tigrane d'Arménie. »

À ces mots, la faction de Lucullus, partie considérable du Sénat, se dressa comme un seul homme et applaudit à tout rompre. D'autres affichèrent leur approbation avec davantage de retenue, alors que les financiers et les rivaux politiques s'efforçaient de ne pas montrer leur colère et leur déception. Par principe on ne pouvait pas condamner ouvertement une victoire romaine. Je manifestai ma joie avec vigueur, puis l'enthousiasme se calma et Carbon put continuer.

— « Bien que cette victoire soit significative, l'Orient présentera toujours un danger pour Rome tant que Mithridate sera en vie. Tigrane a défié Rome en garantissant l'asile à Mithridate, et je me propose, dès l'année prochaine, d'entrer en Arménie avec mes légions pour réclamer la reddition de Mithridate. Si Tigrane refuse, je lui ferai la guerre. Vive le Sénat et le peuple de Rome ! »

Là, la faction anti-Lucullus laissa exploser sa colère. Que Lucullus déclare la guerre à un pays étranger sans le consentement formel du Sénat constituait une infraction grave. Des cris réclamèrent son rappel, son exécution, même. Enfin, Hortalus se leva, et les protestations cessèrent. La coutume voulait qu'aucun des deux consuls n'intervînt avant que le Sénat ne s'exprime.

— Pères conscrits, ce n'est pas convenable. Voyons d'abord ce que le général Lucullus nous écrit.

Puis, en bon avocat, Hortalus commença par énumérer les faits importants.

— Lucullus a mis fin à une rébellion ; il ne réclame pas la permission de célébrer un triomphe. Deuxièmement, il ne dit pas qu'il va entrer en Arménie, il « propose » de le faire, ce qui nous laisse la latitude de le lui interdire. Troisièmement, il ne parle pas d'invasion, mais précise qu'il « entrera » dans le pays.

Comment pouvait-on pénétrer sans autorisation en pays étranger avec une armée sans l'envahir ? J'avoue que c'était pour moi un mystère, mais Hortalus était un chicaneur professionnel.

— Quatrièmement, il ne propose pas d'attaquer les forces de Tigrane, mais simplement de réclamer la reddition de Mithridate. Comment condamnerions-nous le bien-fondé d'une telle démarche après les blessures que ce roi pernicieux a infligées à Rome ? Réjouissons-nous plutôt de ce qui vient d'être accompli, et envoyons des émissaires à Lucullus pour tenter de discerner ses intentions réelles et lui faire part des volontés du Sénat. Il n'y a pas d'urgence. Les légions de Lucullus garderont leurs quartiers d'hiver pendant au moins trois mois, la saison pour faire campagne ne commençant qu'en mars. Ne nous laissons pas emporter par les passions partisanes, réjouissons-nous que le bras de Rome ait une fois encore triomphé des Barbares.

Cicéron se leva.

— Je suis d'accord avec le distingué consul élu. Déclarons une journée de réjouissances publiques en l'honneur d'une victoire romaine.

Sa proposition fut acceptée avec des acclamations.

Pompée prit ensuite la parole. Les deux consuls se relayaient tous les deux jours, et c'était au tour de Pompée de détenir l'*imperium**. Crassus savourait en silence l'embarras de son rival. Chacun pouvait lire sans difficulté les pensées de Pompée. Son visage crispé parlait de lui-même. Il savait qu'il y avait de fortes chances pour que Lucullus détruise Mithridate et Tigrane à la fois, le privant ainsi d'ennemis à piller et à capturer, en Orient tout du moins. Il ne lui resterait que les Parthes, qui ne nous avaient donné aucun motif de belligérance. En outre, les Parthes étaient des archers qui combattaient à cheval, et même un maître tacticien comme Pompée ne pourrait les vaincre sans essuyer des pertes sévères. Nous autres, Romains, excellons dans l'infanterie et dans l'organisation de longs sièges ; nous sommes plus désarmés face à des attaques éclairs, face à la vivacité des combattants des steppes.

— Sur la légalité de la proposition du général Lucullus de pénétrer en Arménie, déclara Pompée (une phrase joliment tournée, ne pus-je m'empêcher de remarquer), je ne me prononcerai pas. Je n'occuperai plus la fonction qui est la mienne aujourd'hui quand il se mettra en marche. Pour l'instant, je décrète une journée de réjouissances publiques, accompagnée de sacrifices de gratitude aux divinités de Rome. Les affaires publiques sont interdites. À présent, allons porter la nouvelle au peuple.

Nous nous dirigeâmes vers le Forum sous des ovations diverses. Je me retrouvai à jouer des coudes à côté de Sergius Catilina et ne résistai pas à la tentation de lui décocher une flèche.

— Pas mal pour un homme dont la statue a été détruite par la foudre, hein ?

— L'histoire n'est pas terminée, riposta-t-il. Il peut s'en passer, des choses, d'ici mars. Si tu veux mon avis, ces minables coups de main ne valent pas tant de réjouissances.

L'un des graves errements de Rome voulait qu'un général, pour obtenir du Sénat la célébration d'un triomphe, dût remporter une victoire éclatante comprenant trois impératifs : mettre fin à la guerre, étendre les frontières romaines et tapisser le sol de milliers de soldats vaincus. Outre l'appât du pillage et les ambitions politiques, la passion de nos généraux pour la célébration de triomphes* nous a entraînés dans trop de guerres injustes.

Sur la place, la scène avait changé de manière spectaculaire. La foule agitée s'était métamorphosée en un rassemblement parfaitement ordonné. Les licteurs et les hérauts avaient fait ranger la populace par tribus, à l'ancienne mode. Aux premiers rangs, face aux Rostres, étaient alignés les comices centuriates*, le conseil plébéien et l'ordre équestre, précédés des tribuns du peuple. Je remarquai avec plaisir que les membres de ces assemblées avaient, pour l'occasion, revêtu leur plus belle toge. Chacun était prêt à accueillir les nouvelles de la victoire ou du désastre avec la *dignitas** qui sied aux citoyens. Dans des moments pareils, on se sent fier d'être romain.

Les consuls, les censeurs et les préteurs escaladèrent les Rostres et se tinrent sous les éperons de bronze, trophées des navires ennemis. Dans un silence absolu,

Pompée s'avança ; à ses côtés, se campa le chef des hérauts, un homme doté d'une voix tonitruante. Disséminés dans la foule à intervalles réguliers, ses comparses de la guilde étaient prêts à relayer son discours à l'intention des Romains les plus éloignés. Pompée commença à parler tandis que le héraut se faisait l'écho amplifié de ses paroles : les citoyens apprirent ainsi les nouvelles de l'Orient.

Des clameurs de joie ponctuèrent la fin du discours. Mithridate avait massacré tant des leurs et de leurs alliés en Asie qu'il était sans doute l'homme le plus haï des Romains. C'est une des caractéristiques du peuple que de cristalliser ses peurs et ses haines sur un seul homme, un étranger de préférence. Les Romains avaient certainement plus à craindre de leurs propres généraux ou politiciens, mais cette perspective ne les effleurait même pas. Tout était de la faute de Mithridate. Pompée ne dit mot des intentions de Lucullus d'envahir l'Arménie, se bornant à déclarer qu'il exigerait de Tigrane la reddition de Mithridate.

Pompée décréta pour l'occasion une distribution supplémentaire de céréales et de vin, et une journée de courses de chars. Les acclamations redoublèrent, puis le peuple se dispersa afin d'aller offrir des sacrifices aux temples. Outre une authentique passion pour les rites et leur gratitude envers les dieux pour la victoire, les Romains savaient qu'il y aurait abondance de viande ce soir-là, quand les carcasses des animaux sacrifiés seraient découpées et distribuées.

Lorsque la foule s'éclaircit, j'aperçus le jeune tribun, Gnaéus Quintilius Carbo. Son bref moment de gloire passé, après que l'assemblée délibérante la plus puissante que le monde ait connue eut été suspendue à ses lèvres, il se retrouvait seul et semblait désemparé. Désireux de faire sa connaissance, je m'approchai.

— Tribun Carbon, je me félicite que tu sois rentré sain et sauf d'un si long voyage. Je suis Décius Métellus, de la commission des Vingt-Six.

— Le fils du préteur ? demanda-t-il en acceptant ma main tendue. Je te remercie. J'allais justement au temple de Neptune rendre grâce au dieu d'avoir veillé à mon retour.

— Ça peut attendre. Les temples seront surpeuplés toute la journée. Tu iras demain matin. Comptes-tu demeurer dans ta famille pendant ton séjour à Rome ?

— Je suis de Caere, je n'ai pas de famille en ville. Je devrais d'ailleurs me mettre en quête de quartiers pour la nuit.

— Tu ne vas pas t'enfermer dans une minuscule cellule d'officier du Champ de Mars ! Viens donc t'installer chez moi.

— J'accepte ta généreuse hospitalité avec joie, déclara Carbon, ravi.

J'avoue que je n'obéissais pas à des motifs dénués d'arrière-pensées : je désirais tirer quelques informations du jeune Carbon. Nous descendîmes sur les quais où nous engageâmes un porteur pour amener les effets du tribun jusqu'à chez moi. Là, il prit une tunique propre et nous allâmes à l'un des thermes du Forum où il pourrait se laver du sel et de la sueur de plusieurs semaines de voyage.

Comme je ne voulais pas l'ennuyer avec des propos trop graves, je me cantonnai aux commérages de la ville pendant que nous nous baignions et que nous nous livrions aux mains expertes des masseurs. J'en profitai pour l'étudier.

Carbon appartenait à l'une des familles de la noblesse rurale qui prenaient encore au sérieux les obligations militaires. Ses bras, son visage et ses jambes étaient tannés par son long séjour en Asie, et son front ainsi qu'un début de calvitie témoignaient du port constant du casque. On sentait l'homme rompu au maniement des armes. Je le trouvais sympathique et je me réjouissais de constater que l'armée romaine possédait encore de tels soldats.

Les bains nous avaient donné faim, mais les marchés étant fermés, je n'avais que de maigres restes chez moi ; j'emmenai donc mon hôte dans une agréable petite taverne tenue par un homme du nom de Capiton, un client de mon père. Située dans une rue adjacente, près du Champ de Mars, elle comprenait une charmante cour intérieure ornée de treilles qui ménageaient une ombre rafraîchissante en été. À cette saison, les tonnelles étaient plutôt dénudées, mais comme la journée était douce et limpide, nous nous installâmes dehors. À ma demande, Capiton nous apporta un plateau de pains, de fromages, de figues et de dattes, et un autre de petites saucisses grillées.

L'aubergiste, sa femme et les serveurs fêtèrent Carbon en héros, puis ils se retirèrent pour nous laisser manger en paix. Nous dévorâmes avec un bel appétit ce modeste banquet, arrosé d'un pichet d'excellent vin d'Albe. Quand je jugeai que nous ne risquions plus de mourir de faim, je commençai à sonder le tribun.

— Ton général vole de victoire en victoire jusqu'à présent. La prochaine campagne s'annonce-t-elle aussi prometteuse ?

Il réfléchit quelque temps avant de répondre. Il ne s'aventurait jamais à la légère lorsqu'il jugeait le sujet grave ; il aimait peser ses mots.

— Lucius Lucullus est un général sage, finit-il par déclarer. C'est le meilleur administrateur, et de loin, que je connaisse. Mais il n'est guère populaire auprès des soldats.

— À ce qu'on dit, oui. Un peu strict, peut-être ?

— Très strict. Mais à juste titre. Il y a deux générations encore, les légionnaires auraient apprécié sa discipline, mais ils se sont habitués à davantage de laxisme. Ils se battent avec le même courage et la même habileté, et mènent des campagnes très dures, mais ils ont été trop gâtés par des généraux comme Marius, Sylla ou Pompée. Sans vouloir leur manquer de respect, je crois que ces généraux ont acheté la loyauté de leurs hommes en les autorisant à piller et à relâcher la discipline après les victoires.

Il plongea un morceau de pain dans un pot de miel et entreprit de le mastiquer consciencieusement avant de poursuivre :

— Je ne suis pas contre un peu de pillage de temps à autre, bien sûr. Un camp ennemi, une ville qui s'obstine à résister quand on lui a offert une capitulation honorable, une part du butin après la vente des prisonniers, ces choses-là ne portent pas atteinte à l'ordre. Mais les généraux dont je parle ont laissé leurs hommes ravager des pays entiers, extorquer de l'argent et des biens pendant une occupation. Ça, c'est nuisible. C'est nuisible pour la discipline, et c'est nuisible pour l'ordre public. De plus, ça attise la haine contre Rome partout où les légions sont cantonnées.

— Et Lucullus interdit les débordements ? demandai-je en remplissant nos coupes.

— Il les interdit formellement. Le fouet pour les extorsions, la décapitation pour les meurtres, pas de grâce pour personne.

— Et, bien sûr, les hommes grondent ?

— Bien sûr. Oh, c'est inévitable dans une longue campagne. Lucullus est en Asie depuis près de cinq ans, et certains combattent depuis Cotta, longtemps avant l'arrivée de Lucullus. Les hommes veulent rentrer chez eux. Trop de légionnaires restent enrôlés après l'expiration de leur contrat. Il n'y a pas encore eu de vraie mutinerie, mais qui sait ce qui se passera si une nouvelle campagne commence, en Arménie cette fois ? L'exercice et l'entraînement se poursuivent sans relâche, même pendant les quartiers d'hiver, et les hommes grognent.

— Lucullus devrait s'adoucir, dis-je, leur promettre le pillage de Tigranocerte.

— Oui, ce serait préférable, admit Carbon, mais cela risque de provoquer des déceptions. D'après ce que j'ai entendu dire, Tigranocerte n'est peut-être pas la fabuleuse cité royale que d'aucuns espèrent. Certains n'y voient qu'une grosse forteresse : difficile à prendre et d'un maigre butin.

— Ce serait certes malheureux, mais je crains que le général Lucullus n'encourage un danger encore plus grand.

— Que veux-tu dire ?

— Gnaéus, es-tu loyal à Lucullus ?

— Loyal à mon général ? s'offusqua-t-il. Certainement. Comment peux-tu en douter ?

— Oh, je te fais confiance. Mais tous les généraux ont des ennemis, parfois même dans leurs propres rangs.

— Je n'ai jamais servi de meilleur général que lui, et je jure de lui être loyal tant qu'il sera loyal à Rome.

— Excellent. Penses-tu rejoindre l'armée avant la nouvelle saison ?

— Oui. Mais auparavant je compte me rendre pour quelque temps dans ma famille.

— Très bien. Ce que je vais te dire est strictement confidentiel, et je veux que tu rapportes mes propos à Lucullus. Il ignore qui je suis, mais il connaît mon père, le préteur urbain, de réputation. Il s'agit des projets de ses ennemis, des projets qui ne sont pas seulement hostiles à Lucullus, mais pernicieux pour Rome.

— Raconte-moi tout, fit Gnaéus d'un air sombre. Je le lui rapporterai.

Je pris mon élan. Je me faisais l'effet d'un conspirateur, ou risquais à tout le moins de tenir des propos gravement diffamatoires, mais je devais me laisser guider par mon instinct.

— Dans l'année qui vient, Publius Claudius Pulcher s'embarquera pour l'Asie rejoindre Lucullus comme tribun. Publius est le beau-frère du général, mais c'est un fourbe et il fréquente depuis quelque temps les ennemis de Lucullus, ici même, à Rome. Je les soupçonne d'avoir persuadé Publius de s'engager aux côtés du général pour miner son autorité. Publius se moque pas mal de l'armée, il souhaite seulement embrasser la carrière politique. J'imagine qu'il entreprend cette mission pour plaire à quelques personnages influents.

— J'en informerai Lucullus, promit Gnaéus, l'œil dur. Et je te remercie de ta confiance.

— Je ne sais s'il s'agit d'une coïncidence, mais Publius reçoit en ce moment chez lui le fils même du roi d'Arménie, le prince Tigrane. Il donne des fêtes en son honneur. Le connais-tu ?

— Tigrane le Jeune ? Je sais seulement qu'il est au plus mal avec son père. Le prince se plaignait qu'on lui confie trop peu de pouvoir, et il a essayé de fomenter une rébellion. Il a échoué, bien sûr, et a dû s'exiler pour sauver sa peau. Ainsi, il est à Rome ? Je ne comprendrai jamais pourquoi ces rois orientaux s'ingénient à élever autant de fils, qui menacent ensuite leur trône. Ces gens ne connaissent pas la loyauté du sang… pas chez les rois, en tout cas.

C'était on ne peut plus vrai. Quelques années auparavant, Nicomède III, le roi de Bithynie, déçu par ses héritiers, avait légué son royaume à Rome par testament. Jamais Rome n'avait acquis de province de manière aussi inattendue. Toutefois, cela n'alla pas sans effusion de sang. Comme on pouvait s'y attendre, Mithridate dénicha un fils supposé de Nicomède, s'en fit le champion et tenta d'annexer la Bithynie au Pont. Il s'allia avec Sertorius, qui s'était autoproclamé roi indépendant d'Espagne et qui lui fournit des vaisseaux et des officiers. Il connut quelques succès, défit même une armée commandée par Cotta, mais trouva alors Lucullus sur sa route. Lucullus vainquit Mithridate dans une bataille navale et reprit la Bithynie. Tout cela parce qu'un roi oriental méprisait sa famille. Dans ce monde décidément bien étrange, l'Asie est la région la plus étrange de toutes.

J'ignorais les problèmes que mes informations ne manqueraient pas de soulever, mais je me sentis mieux après m'être confié à Gnaéus. Je n'avais d'autres choix que d'écrire à Lucullus, or ce genre de document est bien trop compromettant. On ne sait jamais entre quelles mains une lettre peut tomber ; elle reparaît parfois des années plus tard quand les réalités politiques ont changé, et sert alors de pièce à conviction dans un jugement pour trahison ou conspiration. Celui qui embrasse la carrière politique doit se garder de mettre de tels documents en circulation.

Repus, et légèrement endormis par le vin, nous décidâmes de marcher un peu pour nous éclaircir les idées. Carbon, qui n'était jamais venu en vacances à Rome, voulait aller au grand temple de Jupiter assister aux cérémonies, réputées pour leurs fastes. Nous passâmes chez moi afin que je lui prête une toge, puis nous gravîmes la longue route qui menait au temple. Carbon ne fut pas déçu, malgré la foule de fidèles qui encombraient le Capitole. Les Romains célèbrent leurs dieux à la moindre occasion, et s'adonnent à ces festivités avec exubérance. Sur le chemin du retour, à la faible lueur du soir, nous errâmes un moment dans les rues, acceptant le vin et les morceaux de viande qui circulaient généreusement. À cette époque, on attendait des fonctionnaires, quel que soit leur rang, qu'ils se mêlent à la populace pendant les réjouissances publiques. Aristocrates et garçons de bains, patriciens, plébéiens, fonctionnaires et membres des guildes, tous étaient égaux à l'occasion des fêtes. Un jour pareil, même Crassus et Pompée se rendaient au temple comme de modestes citoyens. Enfin presque : leurs gardes du corps les quittaient rarement. On peut se montrer bon citoyen sans être naïf pour autant.

Comme la nuit tombait, nous nous frayâmes un chemin jusqu'à chez moi. Caton et Cassandra avaient préparé une chambre pour Carbon. Ils se réjouissaient d'avoir un invité à cajoler, et je leur avais rapporté des gâteaux et une jarre de vin pour faire bonne mesure. Sentimentaux comme de bons esclaves de maison, ils traitèrent Carbon à l'instar d'un général qui aurait soumis tous les Barbares de la terre d'une seule main.

Avant de rejoindre sa couche d'un pas chancelant, Carbon me confia un secret inattendu et lourd de conséquences.

— Décius, mon ami, laisse-moi te dire une bonne chose : si le Sénat s'imagine que Lucullus va attendre mars pour envahir l'Arménie, il se trompe. Lucullus m'a ordonné d'être de retour dans ma légion avant la fin de janvier, alors que cela implique de prendre la mer à la plus mauvaise saison. Il frappera avant mars, pendant que le Sénat s'agite.

Je lui souhaitai une bonne nuit, puis me retirai dans ma chambre pour réfléchir. Carbon avait certainement dit la vérité. Nos généraux savaient mieux que quiconque que le Sénat pouvait débattre indéfiniment. Il discutaillait avec Hannibal à nos portes, et discutaillerait de même pendant que Lucullus envahirait l'Arménie sans autorisation. S'il l'emportait, il prétendrait qu'il avait informé le Sénat de ses intentions et que celui-ci ne lui avait pas interdit d'agir. Avec le pillage de l'Arménie et le soutien de son armée, il recevrait l'approbation du Sénat qui lui consentirait de plus un triomphe et lui décernerait un titre : Asiaticus, Arménicus, ou un nom glorieux de ce genre. Qu'il soit défait, il serait condamné et exilé ou, plus probablement, assassiné par un de ses lieutenants, comme Sertorius par Perpenna. Je le répète, à cette époque, la politique était un jeu à hauts risques.

V

Grâce aux dieux, les deux jours suivants se déroulèrent sans incident. Rome est généralement calme les lendemains de fêtes, et le premier jour ne faillit pas à la règle. Le deuxième était consacré à une cérémonie religieuse annuelle de la gens Caecilia. Toutes les vieilles familles romaines possèdent leurs rites privés, qu'elles n'ont pas le droit de dévoiler aux étrangers. Le troisième jour, les événements se précipitèrent.

Il était encore tôt, je rentrais de mes obligations matinales quand je trouvai Carbon prêt à poursuivre son voyage pour rejoindre sa ville natale, Caere. Avant son départ, il prit une petite bourse à sa ceinture et en sortit deux disques de bronze identiques.

— Me feras-tu l'honneur d'accepter l'un de ces médaillons ? demanda-t-il en me les tendant.

Je les examinai. Sur une face était gravé le visage d'Hélios et on avait percé un trou au-dessus de sa couronne pour y passer un fil ou une chaîne. Sur l'autre face, Carbon avait fait graver nos deux noms. C'étaient des gages d'*hospitium**, une très vieille coutume d'hospitalité réciproque. L'échange de ces gages imposait une obligation solennelle pour les deux parties. Lorsque l'un visitait l'autre, l'hôte devait faire bénéficier son invité de toutes les commodités, lui assurer une assistance médicale en cas de maladie, le protéger de ses ennemis, le soutenir au tribunal et lui procurer des funérailles honorables s'il venait à mourir. Pour souligner la nature sacrée de l'*hospitium*, la foudre de Jupiter, dieu de l'hospitalité, était gravée sous nos noms respectifs. Dussions-nous violer les lois de l'*hospitium* que nous encourrions sa colère. Nous pouvions léguer ces gages à nos descendants, qui à leur tour seraient tenus de les honorer longtemps après notre mort.

— J'accepte avec joie, dis-je, touché par son geste.

C'était exactement le genre d'honneur désuet que je pouvais attendre d'un homme aussi peu de son temps que Gnaéus Carbon.

— Je dois prendre congé. Salut.

Sans autre cérémonie, Carbon jeta son baluchon sur son épaule et sortit. Nous restâmes bons amis jusqu'à sa mort, qui survint plusieurs années plus tard, en Égypte.

J'emportai le gage dans ma chambre et je le rangeai dans la petite boîte d'olivier ouvragé, aux incrustations d'ivoire, qui me servait pour les objets de ce genre. Certains remontaient à plusieurs générations et me liaient à des familles d'Athènes, d'Alexandrie, d'Antioche et même de Carthage, une ville qui n'existait plus. En le rangeant, un souvenir confus affleura dont je ne discernai pas le sens. J'étais trop préoccupé pour attacher de l'importance aux messages insignifiants de ma mémoire défaillante.

Ma principale préoccupation, qui l'emportait sur les considérations rationnelles, les dangers et les véritables problèmes, n'était autre que Claudia. J'avais beau faire, je ne parvenais pas à chasser cette femme de mon esprit. Je gardais le souvenir vivace de sa dernière vision, à demi nue, la tête couronnée d'un halo de lumière. J'essayais sans succès d'imaginer une issue favorable à notre entrevue. Ce n'était pourtant pas le moment de penser à de telles choses, alors que j'avais à résoudre une affaire de meurtre, une affaire d'incendie criminel, cela dans une ambiance de conspiration mettant en cause des Romains haut placés et un roi oriental, ennemi juré de Rome.

Les hommes, surtout les jeunes, n'ont pas les idées claires quand la passion entre en jeu, nous enseignent les philosophes. À Rome, maints diseurs de bonne aventure proposaient des potions pour débarrasser les amoureux de leur obsession. J'avais songé à en consulter un, mais j'avais dû m'avouer que je ne souhaitais pas être libéré de mon engouement. Que les jeunes gens se complaisent dans ce genre de souffrances demeure un grand mystère, mais le fait est là.

Caton interrompit mes pensées.

— Maître, une femme demande à te voir. Elle n'a pas voulu me dire le but de sa visite.

J'imaginai aussitôt l'une de ces plaintes assommantes, hantise des fonctionnaires, mais j'avais besoin de me changer les idées.

— Je la recevrai dans mon étude.

Je passai une toge et m'assis à ma table de travail, suffisamment encombrée de parchemins pour me donner l'air d'un homme très occupé. En fait, il s'agissait surtout de lettres et de papiers personnels, mes écritures officielles étant aux archives où des esclaves publics s'occupaient de les classer. Quelques instants plus tard, Caton fit entrer une jeune femme qui me sembla vaguement familière. C'était la servante de Claudia, la petite Grecque effrontée.

— Chrysis, n'est-ce pas ? dis-je d'un ton froid.

D'ordinaire, un esclave ne demande pas d'entretien à un fonctionnaire, sauf s'il a un message de son maître à délivrer. Si Caton avait connu le statut de la jeune femme, il ne l'aurait jamais laissée entrer. Mais aussi, quand les esclaves ne s'habillent pas comme des esclaves, comment savoir ?

— Oui, je suis Chrysis.

Ses larges pommettes et son petit menton pointu formaient un triangle parfait. Avec ses yeux verts au regard glacé et ses cheveux roux, elle ressemblait à une harpie malicieuse. Elle se mouvait comme dotée de plus d'articulations que le commun des mortels.

— Pourquoi n'as-tu pas dit à mon serviteur que tu étais l'esclave de Claudia ?

— Parce que je ne suis pas une esclave.

Son nom était grec mais je n'arrivais pas à identifier son accent, bien que je l'eusse entendu ailleurs récemment. J'étais obnubilé par le souvenir de sa maîtresse.

— Alors, qui es-tu pour Claudia ?

— Sa compagne.

Elle utilisa le nom grec, sans doute pour éviter l'équivalent latin qui, au féminin, signifiait également « prostituée ».

— Eh bien, Claudia n'est certes pas une femme comme les autres ! Pourquoi désirais-tu me parler ?

— Claudia souhaite te voir, articula-t-elle du bout des lèvres d'un air narquois.

C'était exactement ce que j'avais espéré et craint en même temps.

— La dernière fois, Claudia m'a laissé comprendre qu'elle ne souhaitait plus me revoir.

Sans se départir de son sourire énigmatique, l'étrange créature fit le tour de ma table de travail. Les mains derrière le dos, elle se déplaçait avec la fluidité d'un python. Elle avait le don de conférer à ses moindres mouvements une indescriptible lubricité. Plantée à côté de moi, les mains toujours derrière le dos, elle se pencha jusqu'à coller son visage au mien.

— Oui, mais Claudia parle plus souvent sous l'effet de la colère qu'avec son cœur. Elle t'apprécie beaucoup. Elle brûle de désir pour toi et n'en trouve plus le sommeil.

Au moins, je comprenais qu'elle n'ait pas voulu écrire un tel message. En revanche, je comprenais moins qu'elle l'ait confié à cette surprenante coquine. J'avais bien sûr des doutes sur la sincérité du message, mais il reflétait tellement mes propres sentiments que j'essayai de me persuader de son authenticité.

— Dans ce cas, il faut faire quelque chose pour les insomnies de ta maîtresse. Comment propose-t-elle de résoudre ce problème ?

— Elle souhaite que tu la retrouves ce soir, dans une maison qu'elle possède près d'ici. Elle s'y rendra la nuit venue, et je viendrai t'y conduire.

— C'est entendu, dis-je, la bouche étrangement sèche, les mains moites.

Mes sentiments pour Claudia mêlés à la sensualité dégagée par cette répugnante créature me forçaient à feindre une indifférence digne, mais je doutai fortement que Chrysis fût dupe.

— À ce soir, donc, susurra-t-elle.

Elle se glissa hors de mon étude sans plus de bruit qu'un fantôme. Si silencieusement que je la soupçonnai de marcher pieds nus, bien qu'il faille un courage hors du commun pour s'aventurer nu-pieds dans les rues de Rome.

Je laissai échapper un soupir longtemps retenu. Il restait beaucoup de temps avant la nuit, et j'avais besoin de m'occuper l'esprit. Pour une fois, je n'avais aucune obligation professionnelle à remplir, je décidai donc d'écrire mon courrier. Je commençai une lettre, mais, après avoir hésité sur la formule de salutations, je ne me souvins même plus à qui je comptais l'adresser.

À la quatrième tentative, dégoûté, je lançai mon style contre le mur. Ce geste, incongru chez moi, me surprit.

Comme je réfléchis mieux en marchant, je quittai ma demeure et me mis à errer dans les rues. C'était folie de penser à Claudia, je m'efforçai donc de penser à l'enquête. Je possédais de nombreux faits, autant d'indices, mais j'échouais à les relier entre eux, comme les verges du châtiment sont liées à la hache de l'exécution dans les faisceaux romains.

Déambulant dans les vieilles rues de Rome, parmi les images, les odeurs et les bruits familiers, je réfléchis à ce qui avait bien pu m'échapper. En fait, qu'est-ce que j'avais ? Deux cadavres, l'infortuné Paramédès d'Antioche et le misérable Sinistrus. Un incendie qui aurait pu ravager la ville entière, le vent eût-il soufflé du sud. J'avais Publius Claudius et sa sœur, ainsi qu'un mystérieux H. Ager qui régissait une ferme près de Baïes. J'avais un prince étranger, Tigrane, et le puissant, mais absent, général Lucullus, et le roi Mithridate qui jouissait de l'hospitalité de Tigrane l'Ancien. Je pouvais y ajouter Sertorius, à qui sa rébellion en Espagne avait attiré un sort funeste. Je suspendis mon pas.

Quel rapport y avait-il eu entre Sertorius et Mithridate, que la Méditerranée tout entière séparait ? Seule les unissait leur hostilité à Rome. Le cas de Sertorius était différent, bien sûr : il n'en voulait qu'au gouvernement de l'époque, le parti anti-Marius. Il s'était proclamé l'unique gouvernement légal de Rome, en exil, et avait constitué son propre Sénat en réunissant les mécontents et les laissés-pour-compte.

Comment ces deux ennemis de Rome avaient-ils noué leur intrigue ? Grâce à la seule puissance navale hormis celle de Rome, bien sûr ! À savoir, les pirates. À la stupéfaction des passants, je lâchai une bordée de jurons, maudissant mon aveuglement. Quelques jours plus tôt, le jeune Titus Milon m'avait parlé de ses années de service dans la flotte à chasser les pirates. Si mon esprit avait fonctionné convenablement, s'il n'avait pas été obscurci par les pensées lubriques entretenues par le souvenir de Claudia, cette information m'aurait incité à chercher dans la bonne direction. C'est aussi dans la nature des jeunes gens de blâmer les femmes pour leurs propres errements.

Carthage avait été la première puissance navale en Méditerranée. Nous avions détruit sa flotte. Ou plutôt, Carthage avait détruit plusieurs flottes romaines, mais nous en avions reconstruit d'autres et nous avions fini par éliminer la menace carthaginoise. Cet impératif accompli, nous avions négligé notre flotte, pour affirmer, comme toujours, notre prééminence sur la terre ferme.

Les pirates s'étaient glissés dans la faille. Leur présence n'était pas nouvelle. Dans certaines régions côtières, pirater était une activité honorable. Après tout, Ulysse et Achille n'avaient-ils pas allégrement pillé d'inoffensifs villages côtiers dans leurs pérégrinations entre la Grèce et Troie ?

Le fait était là : les pirates opéraient librement sur les flots que nous aimions appeler « notre mer ». La navigation n'était pas sûre, mais les marchands n'étaient pas les seules victimes des pirates. Ils lançaient surtout des attaques sur les côtes pour s'emparer d'esclaves. Leur repaire, sur l'île de Délos, était devenu le plus important marché d'esclaves de toute la Méditerranée. Les peuples qui n'étaient pas des clients de Rome étaient à la merci des pirates. Les autres ne bénéficiaient d'ailleurs que d'une protection extrêmement limitée.

Pendant la guerre servile, Spartacus s'était entendu avec les pirates pour convoyer son armée d'esclaves et de déserteurs de Messine à un port quelconque de la mer Noire. Si Crassus n'avait pas eu vent de l'affaire et pu ainsi soudoyer les pirates pour qu'ils trahissent Spartacus, le glorieux rebelle se serait sans doute enfui sain et sauf. Nous avions horreur de l'admettre, mais les pirates méditerranéens formaient une sorte de nation nomade, plus riche et plus puissante que bien des royaumes.

Tout à mes réflexions, je ne m'étais pas rendu compte que j'étais arrivé sur les bords du Tibre, dans le quartier des entrepôts. Chacun d'entre nous reçoit, à sa naissance, l'assistance d'un génie*, et le mien, à la manière particulière de ces esprits gardiens, avait guidé mes pas pendant que mes pensées conscientes se dirigeaient ailleurs. Il m'avait pour ainsi dire transporté sur les lieux mêmes de mes préoccupations. Non loin, s'élevait l'énorme masse du Circus* Maximus. Devant moi, la construction qui devait remplacer l'entrepôt de Paramédès était déjà bien avancée.

Je me dis que mon génie faisait preuve d'une subtilité peu ordinaire, car je n'étais pas seulement dans le quartier du cirque et des entrepôts : c'était là, en effet, que résidait la petite mais riche et florissante communauté orientale. On y trouvait des Syriens, des Arméniens, des Arabes, des Judéens et quelques Égyptiens. Je m'aperçus alors que c'était exactement l'endroit où je voulais aller. Ici, plus que n'importe où à Rome, je pourrais recueillir des informations sur les pirates.

Je traversai encore plusieurs carrefours jusqu'à m'approcher à un pâté de maisons du cirque. De chaque étal, de chaque échoppe, s'échappaient les fragrances du monde méditerranéen. Ici étaient entreposés des épices, de l'encens et des bois rares aux parfums exotiques. Les odeurs de cèdres fraîchement sciés en provenance du Levant, de poivre moulu venant d'encore plus loin, se mêlaient à celles de l'encens d'Égypte et des oranges d'Espagne. L'air embaumait l'Empire.

Je trouvai l'échoppe de Zabbaï, un marchand d'Arabie *Felix*, nichée sous les arches d'une arcade ombrageuse. Zabbaï faisait commerce du matériau le plus précieux au monde : la soie. La mémoire de l'homme est si courte que même à présent des hommes te diront, lecteur, que les Romains virent de la soie pour la première fois quand les Parthes déployèrent leurs bannières devant les armées de Crassus à Carrhae, mais c'est une erreur. Il est vrai que les Romains n'avaient jamais vu une aussi grande quantité de soie, aux teintes luxuriantes, mais on en vendait à Rome depuis plus de cent ans, adultérée et mélangée à des étoffes moins nobles.

Zabbaï était un marchand oriental typique, riche, poli et onctueux comme de l'huile. L'Arabie *Felix* doit son joli nom à sa situation géographique privilégiée, croisement des routes d'Orient et de la mer Rouge, riche du commerce côtier, point névralgique pour l'embarquement des marchandises à destination de la côte méditerranéenne proche.

L'employé se leva à mon approche et me gratifia d'une profonde courbette.

— Que puis-je pour toi, maître ?

Il ne me connaissait pas, mais il était capable de reconnaître un fonctionnaire quand il en voyait un.

— Va me chercher Zabbaï, ordonnai-je.

Quelques minutes plus tard, ce dernier émergea d'une arrière-salle protégée par une draperie. Sourire mielleux, mains jointes, il portait une ample robe flottante coupée dans un splendide tissu et un turban de soie coiffait sa tête. Sa longue barbe se terminait en une pointe effilée. Il était on ne peut plus exotique, mais j'étais soulagé de voir un Oriental qui ne cherchât pas à paraître grec.

— Mon ami Décius Cécilius Métellus le Jeune ! s'exclama-t-il. Quel honneur pour moi ! Ta présence illumine ma journée, comme je me réjouis…

Et ainsi de suite pendant de longues minutes. Les effusions orientales ennuient profondément les Romains, mais je dois avouer que les Orientaux considèrent notre approche plus directe comme de la grossièreté et un affreux manque de culture.

— Mon très estimé Zabbaï, dis-je quand il reprit son souffle, je ne viens pas pour commercer, mais pour une affaire qui concerne l'État.

— Ah, la politique ! Dois-je déduire que tu te présentes à la questure ?

— Non. Je ne serai pas éligible avant six ans. Il ne s'agit pas de politique intérieure, mais d'affaires étrangères. Connaissant tes constants voyages, tes contacts avec les pays lointains, et principalement ton expérience des affaires maritimes, j'ai pensé que tu étais l'homme de la situation.

Il était hautement flatté ou faisait semblant de l'être.

— Tout ce que tu voudras ! fit-il d'un geste large. Tout ce que tu voudras pour plaire au Sénat et au peuple de Rome ! En quoi puis-je te servir ? Non, d'abord, installons-nous confortablement. Suis-moi.

Il souleva la draperie et nous pénétrâmes dans une réserve où brûlaient continuellement des bâtons d'encens afin de protéger les balles de soie précieuse de l'humidité et des insectes. Traversant la pièce, nous aboutîmes dans une agréable cour intérieure, arrangée à la romaine avec une jolie fontaine, mais agrémentée de plantes orientales dont certaines étaient en fleurs. Les Arabes, qui viennent d'une région désertique, adorent encore davantage l'eau et les plantes que les Italiques.

Il y avait, près de la fontaine, une table basse sculptée dans un bois précieux et garnie d'un carrelage aux couleurs chatoyantes. Nous nous installâmes sur des coussins moelleux remplis de plumes et d'aromates. Seuls des Orientaux pensent à ce genre de raffinement. Des servantes nous apportèrent des plats de noisettes, de fruits secs et de pétales de fleurs confites, avec du vin fortement coupé comme il seyait à cette heure matinale.

Après avoir suffisamment goûté aux friandises pour faire honneur à son hospitalité, je passai aux choses sérieuses.

— Zabbaï, mon ami, j'aimerais que tu m'éclaires de ton expérience des pirates qui infestent notre mer.

— Ah, les pirates ! s'exclama Zabbaï en se lissant la barbe. Je pratique trop souvent ces hommes d'affaires exigeants. Que veux-tu savoir ?

— D'abord, des considérations générales. Comment s'effectuent les transactions annuelles avec ces forbans ?

— Comme beaucoup de marchands qui utilisent la voie maritime, je préfère payer un tribut annuel, plutôt que de négocier une rançon pour chaque navire saisi.

— Pourtant, tu dis que tu les pratiques trop souvent. Qu'entends-tu par là ?

— Les plus grandes flottes coopèrent, et dans la plupart des cas, un simple paiement effectué à Délos suffit à les acheter toutes. Cependant, il y a des flottilles indépendantes qui n'obéissent à aucun maître. Elles sévissent surtout dans les mers occidentales, près des piliers d'Hercule, de la côte espagnole et aussi près de l'ancienne Carthage, sur la côte africaine. Ces brigands saisissent mes navires et mes agents, puis ils m'accordent un certain temps pour payer la rançon. Passé le délai, mes agents sont conduits à Délos où ils sont vendus comme esclaves. Que de désagréments !

— La côte espagnole, dis-tu ? m'étonnai-je.

— En fait, ils sont sur la plupart des mers au-delà de la Sicile. L'inconvénient est somme toute mineur, car la plus grande partie du commerce, au moins quatre-vingt-dix pour cent, concerne surtout l'Orient. Je te le demande, quelles grandes cités existe-t-il à l'ouest de Rome depuis la destruction de Carthage ? À l'est, en revanche, il y a de nombreuses villes, de riches îles, et dans un rayon relativement restreint. Par exemple, Antioche, Alexandrie, Pergame, Éphèse, Chalcédoine, la Crète, Chypre, Rhodes et toutes les autres îles. Voilà où se traitent les affaires, c'est pourquoi les pirates sont plus nombreux et mieux organisés dans ces parages.

— Oui, mais à l'ouest ? insistai-je. Tu parles de flottilles indépendantes. Sont-elles nombreuses et puissantes ?

Zabbaï fit un geste éloquent pour signifier la vanité des choses humaines.

— Ce n'est pas comme si ces histoires étaient réglementées par un traité, par les lois d'une guilde ou par les accords solennels d'un groupe d'entrepreneurs. Les pirates dont je te parle sont des individualistes au caractère capricieux. Tel groupe va décider de croiser devant telle ou telle côte, pendant qu'un autre s'acharnera sur un détroit entre deux îles, imaginant que le trafic commercial y sera plus juteux à cette saison. Les flottilles ne s'arrangent pas entre elles.

— Alors, comment décident-ils où croiser ?

— Ils peuvent avoir de multiples raisons. Les rêves et les présages jouent un rôle. Ils peuvent aussi consulter l'une des sibylles. À moins qu'ils n'aient des informations plus précises, obtenues en soudoyant des agents de transport maritime. Il n'est jamais bon de parler des routes de navigation devant certaines oreilles.

Les Romains n'aiment pas la mer, c'est bien connu. D'habitude, quand nous avons besoin d'une flotte, nous en levons une chez nos alliés les Grecs, nous la flanquons d'un commandant romain et nous appelons cela une flotte romaine. Même s'il est étrange qu'un peuple péninsulaire soit à ce point hydrophobe, c'est un fait avéré. Nous sommes tout aussi ignares s'agissant de commerce, activité que nous percevons comme gréco-orientale et presque honteuse. La richesse honorable ne peut venir que de la terre, de l'agriculture et de la guerre. Rome subsiste grâce aux pillages de la guerre et aux tributs prélevés sur les vaincus. L'image du bon financier est celle de Crassus, qui s'est enrichi à force d'extorsions. Je décidai qu'il me faudrait en apprendre davantage sur ces procédés si étrangers aux Romains.

— Il y a quelques années, dis-je, tu te souviens sans doute que le général Sertorius, en rébellion contre Rome, noua des relations infâmes avec le roi du Pont, Mithridate. Il lui fournit des navires et des officiers. Tes pirates occidentaux ont-ils servi d'intermédiaires entre les deux ?

La réponse dut lui paraître tellement évidente que Zabbaï écarquilla les yeux d'étonnement. Néanmoins, il répondit avec une exquise politesse :

— Et comment aurait-il pu en être autrement ? Ceux qui s'occupent de commerce maritime savent très bien que Mithridate a fait parvenir sa demande par l'intermédiaire de Djed, le chef des pirates, et que le complice de Sertorius n'était autre que l'illustre pirate Persée. Djed est égyptien, et Persée vient de Samothrace, si je ne m'abuse. Tous ces pirates forment une confrérie cosmopolite, et on trouve dans leurs flottes des hommes de toutes les nations maritimes.

— Oui, mais je m'interroge. Comment entre-t-on en contact avec eux ? Ils n'ont pas l'air d'avoir des représentants à terre, et ils ne possèdent pas d'ambassade dans les différents pays. Si on veut les joindre, comme le fit Sertorius, et plus tard Spartacus, comment le leur fait-on savoir ?

— Je te l'ai dit, ce sont des hommes d'affaires. Ils négocient de grandes quantités de marchandises, principalement d'importants lots d'esclaves qu'ils doivent vendre chaque année. Pour faciliter la vente et le transfert de ces marchandises, ils ont des agents dans tous les grands ports.

— Tu veux dire qu'un agent des pirates opère à Ostie ? m'étonnai-je, scandalisé.

— Oh, mais très certainement. Et aussi à Rome.

— À Rome ?

— Après tout, fit remarquer Zabbaï avec une certaine logique, Rome est la ville où vivent les acheteurs les plus fortunés, n'est-ce pas ?

— Connais-tu le nom de l'agent actuel ?

— J'aimerais bien. Hélas, le dernier est mort, et le nouveau n'a pas encore pris ses fonctions.

— Ah ? Et quel était le dernier agent ?

— Un importateur de vins et d'huile d'olive du nom de Paramédès d'Antioche.

Zabbaï a dû me croire à demi ivre car je pris congé peu après cette révélation. Toutefois, il ne manqua pas aux devoirs de l'hospitalité et insista pour m'offrir un cadeau. C'était une écharpe de soie couleur safran de près de deux mètres carrés, solide comme une armure et légère comme un souffle. La pièce étant en pure soie, la richesse du cadeau l'assimilait quasiment à un pot-de-vin, mais comme Zabbaï n'avait aucune raison de me soudoyer, je décidai d'accepter l'écharpe. J'imaginai qu'il cherchait à établir de futures relations avec un homme appelé à un avenir politique. Comme son aide précieuse et son cadeau me disposaient favorablement à son égard, il faut croire qu'il savait ce qu'il faisait.

J'avais donc une autre piste. Feu Paramédès avait été l'agent des pirates. Ignorais-je encore autre chose des activités de l'humble importateur ? Le très hospitalier Sergius Paulus s'était bien gardé de mentionner les relations troubles de Paramédès ; pourtant, il avait été son patron, il devait donc tremper lui aussi dans cette lucrative affaire.

Je commençai à me sentir profondément mélancolique. La façon dont le Sénat avait parsemé mon enquête d'embûches indiquait une débauche de corruption au plus haut niveau. Je n'aurais pas dû être surpris. D'ailleurs, je ne l'étais pas. Intrigues, guerres intestines et corruption avaient davantage été la règle que l'exception au cours des deux dernières générations, et le Sénat restait un repaire de criminels et d'égoïstes malgré les tentatives périodiques des censeurs d'en écrémer les pires éléments. Mais les censeurs ne sont élus que tous les cinq ans et ils n'ont qu'une année de pouvoir avant de se retirer. Le mal progressait trop vite pour que de telles méthodes puissent le combattre avec efficacité.

Je descendis le long des docks, puis m'assis sur un énorme bollard en bois et contemplai d'un œil vide les tourbillons d'eau boueuse comme pour y trouver un présage. Quelque douloureuse que fût cette pensée, je dus m'avouer que le Sénat était devenu obsolète.

Notre système d'assemblées couronnées par le Sénat, avec ses questeurs, ses édiles, ses préteurs, ses consuls, ses censeurs et ses tribuns du peuple, s'était avéré judicieux quand Rome était encore une simple ville-État, et chaque citoyen un fermier-soldat. Les comices centuriates avaient autrefois été un rassemblement guerrier où, chaque citoyen libre étant présent, il était facile de voter sur des sujets d'intérêt public. À cette époque, la plupart des citoyens étaient fermiers ou artisans ; les esclaves étaient rares et les désœuvrés davantage. Les rapports entre nous étaient bons, comme l'étaient ceux avec nos voisins.

Maintenant, tout avait changé. Le service public désintéressé n'avait plus cours ; c'était la richesse qui faisait les sénateurs. Nos généraux guerroyaient par goût du pillage, et non plus pour protéger la République ; là où Rome avait été partout respectée et estimée comme une alliée fidèle à ses engagements, toujours prête à défendre les libertés d'un État voisin, elle était à présent redoutée comme un prédateur cupide.

Le célèbre réquisitoire de Cicéron contre Verrès avait porté le fer dans la plaie. Au cours du procès, un ancien collègue de Verrès avait cité sa philosophie de l'administration : pendant le pillage de la Sicile, Verrès avait déclaré qu'il garderait les profits de la première année pour son enrichissement personnel, ceux de la deuxième enrichiraient ses amis et ceux de la troisième achèteraient son jury. Que la plupart des Romains prissent cela comme un merveilleux trait d'esprit plutôt que comme un commentaire sur la façon scandaleuse avec laquelle on administrait les provinces romaines témoignait d'un signe des temps.

Pourtant, tout n'était pas perdu. Les Siciliens avaient demandé à Cicéron de les représenter parce qu'ils avaient fortement apprécié l'honnêteté de sa questure dans l'île. Et Sertorius, malgré son excessive loyauté à la cause de Marius et son impardonnable rébellion, avait été un administrateur d'authentique génie. J'ai déjà eu l'occasion de parler de l'excellente administration des villes orientales par Lucullus.

Que restait-il donc à faire ? L'esprit et les vertus romains étaient toujours présents, même si les citoyens représentaient aujourd'hui une minorité qui s'appuyait sur une énorme masse d'esclaves. Rome élevait encore en son sein des hommes honnêtes et généreux, prêts à restaurer la glorieuse renommée de la République, quand bien même cela impliquait une réforme de notre système gouvernemental autrement plus radicale que n'avait osé l'imaginer Sylla. En attendant, ces honnêtes citoyens devaient poursuivre les criminels, quel que fût leur rang. Tel était le devoir qui m'incombait.

Je me levai au moment où le soleil franchissait le zénith. C'était l'heure des bains. Ensuite, j'irais dîner. La nuit tombe vite à cette époque de l'année, et quand la ville serait plongée dans l'obscurité, l'étrange Chrysis viendrait chez moi pour me conduire vers Claudia.

Je pris la direction du Forum, plus léger à chaque pas.

VI

Dans d'autres villes, le silence tombe avec le crépuscule, mais à Rome, les premières heures de la nuit sont les plus bruyantes. La cause en est que, à de rares exceptions, le trafic des véhicules y est interdit pendant la journée. À la nuit tombée, d'innombrables chars et carrioles franchissent les portes de la ville, pour approvisionner les marchés du lendemain en produits fermiers, les chevaux du cirque en fourrage, apporter des matériaux pour les incessantes constructions immobilières, du charbon de bois et du bois pour le chauffage, des oiseaux sacrificiels pour les temples, et ainsi de suite. Certaines carrioles entrent vides : elles sont destinées à charger les marchandises qui ont remonté le fleuve depuis le port d'Ostie. Au-delà de Rome, le Tibre cesse d'être navigable pour les plus gros navires, l'intérieur du pays est donc desservi par les routes.

Au début de la nuit, les rues de Rome retentissent du choc des roues métalliques sur les pavés, de l'indescriptible grincement des roues en bois brut sur l'essieu des carrioles, des jurons profanes des conducteurs de char, des grognements des esclaves de trait, du beuglement des bœufs et du braiment des ânes. Le silence ne s'instaure qu'après minuit.

Pendant que le défilé des chars et des carrioles passait devant ma porte, j'attendais avec impatience l'arrivée de Chrysis. Nerveux et mal à l'aise, je cherchais une occupation quelconque pour tuer le temps. Une promenade à travers les rues sombres n'étant pas sans risques, je songeai à m'armer. Il était formellement interdit de porter une arme dans l'enceinte de la ville, mais tout le monde transgressait la loi, de toute façon.

J'ouvris mon coffre et examinai son contenu. Caton entretenait soigneusement mes épées et mon armure dans l'éventualité d'un rappel militaire, devoir de tous les fonctionnaires romains. Dans le coffre se trouvaient le casque de bronze orné de sa crête, l'éclatante cuirasse et les jambières de parade en bronze, et aussi ma cotte de mailles en acier gaulois. Je pris ma longue épée de cavalier et la courte pour les combats au sol. Elles étaient toutes deux d'excellente qualité, quoique trop encombrantes pour les porter sous la tunique. Le *pugio*, avec sa large lame à double tranchant de vingt centimètres de long, était plus pratique. Je glissai le poignard dans sa gaine sous ma ceinture, puis un objet accrocha mon regard, une masse enchevêtrée de lanières de cuir et de bronze.

C'était une paire de cestes*. Le pugilat est le plus stupide des arts martiaux. Il consiste à utiliser la main humaine, avec sa multitude d'os minuscules d'une rare fragilité, pour la fracasser sur le crâne humain, enclume inébranlable s'il en est. Pour atténuer les dommages causés à leurs phalanges, les anciens Grecs avaient inventé les cestes, qui, au début, n'étaient que des bandes de peau enroulées autour des mains et des avant-bras. Plus tard, on avait donné un peu de piment à cet exercice plutôt ennuyeux en agrémentant de lamelles de bronze la surface d'impact. Plus tard encore, on ajouta des piques de bronze. La paire que je possédais, de type macédonien, était un *murmekes*, appelé aussi « démembreur ». Les jointures étaient protégées par une épaisse lamelle de bronze, garnie de quatre pointes pyramidales de plus d'un centimètre. J'avais gagné ma paire de cestes au cours d'une partie d'osselets pendant mon service militaire, et depuis, je l'avais traînée avec moi partout. Elle allait enfin m'être utile. Je remis l'un des deux cestes dans le coffre, débarrassai l'autre de son excédent de lanières pour ne conserver que la partie qu'on enroule autour de la paume et des jointures. J'enfouis le ceste sous ma tunique, de l'autre côté du *pugio*, afin de l'enfiler à ma main gauche pendant que je saisirais la dague de la droite.

Quelques minutes plus tard, Caton vint m'annoncer qu'une femme m'attendait dehors. J'ignorai son regard lourd de reproche et je me hâtai de la rejoindre. Nous dûmes attendre le passage d'une immense carriole de foin avant de pouvoir nous parler.

— Viens, suis-moi, me dit-elle alors.

Même voilée, rien ne pouvait déguiser sa voix insinuante ni ses mouvements ondulants de serpent.

La lune, qui se réfléchissait sur les murs blanchis à la chaux, procurait une lumière suffisante. Je me flattais de connaître chaque rue de Rome, mais Chrysis me conduisit dans un quartier inconnu, à quelques minutes de marche à peine de chez moi. En réalité, personne ne peut se vanter de connaître Rome. La ville est grande, et les quartiers, décimés par le feu ou par l'avidité des spéculateurs, changent constamment. Nous étions dans un quartier d'*insulae*, le nouveau type de bâtiments construits à mesure que la ville se peuplait, l'étroitesse de l'enceinte ne permettant qu'une expansion verticale. Ces immeubles s'élevaient sur cinq, six, parfois sept étages. Les plus fortunés occupaient les appartements du rez-de-chaussée pourvus d'eau courante ; les étages supérieurs abritaient les plus pauvres. Ces immeubles avaient la détestable habitude de s'écrouler brusquement à cause de la précarité des matériaux utilisés et d'une main-d'œuvre sans qualification. Les censeurs édictaient sans cesse des lois définissant les normes de construction, que les entrepreneurs s'ingéniaient à contourner aussitôt.

La faible lueur disparut comme nous pénétrions dans ce quartier, car les *insulae* étaient si hautes et les rues si étroites que la lune n'y dardait ses faibles rayons que quelques minutes par nuit.

Je devrais peut-être parler des trois types de voies qui quadrillaient Rome à l'époque. L'*itinera** était uniquement piétonnière ; l'*acta**, appelée aussi rue à une voie, permettait le passage d'un seul véhicule ; la *via*, ou rue à deux voies, était assez large pour que deux chars puissent s'y croiser. À l'époque, il n'y avait que deux *viae* à Rome, la Via Sacra et la Via Nova, aucune ne desservant Subure. La situation ne s'est pas grandement améliorée depuis. Nos routes romaines, considérées comme des merveilles dans le monde entier, ne commencent qu'aux portes de la ville. Les rues de Rome ne sont que les anciens chemins de terre que nous avons pavés. Les visiteurs d'Alexandrie ne cessent d'en être choqués.

Nous croisâmes deux fois des hommes de retour d'un banquet tardif, accompagnés d'esclaves portant des torches et de gardes du corps couturés de cicatrices et brandissant des pieux menaçants. Je les enviai, et me promis de posséder un train pareil dès que ma fortune me le permettrait. Cela dit, je ne les aurais certainement pas emmenés dans ma virée nocturne.

Soudain, Chrysis m'agrippa le bras et m'entraîna vers une porte dérobée. Il fallait qu'elle eût des yeux de chat pour la trouver, ou même pour me voir, d'ailleurs.

Elle gratta à la porte, et j'entendis un verrou qu'on tirait de l'intérieur. La porte s'ouvrit et Claudia apparut sur le seuil baigné d'une lumière vive.

— Entrez, mes amis, murmura-t-elle d'une voix roucoulante qui s'insinua dans toutes les fibres de mon corps.

Je m'exécutai et Chrysis verrouilla la porte derrière moi. Habitué à l'obscurité, je fus d'abord aveuglé par l'abondance de lumière. Il y avait des lampes partout, certaines comportaient jusqu'à sept ou huit mèches, toutes brûlaient une huile parfumée. Afin d'utiliser au mieux l'espace disponible de l'*insula*, les appartements n'étaient pas arrangés comme les maisons classiques : une grande salle ouvrait sur la rue, et quelques petites pièces adjacentes donnaient dans la salle principale.

— Bienvenue à toi, Décius, dit Claudia.

Elle se tenait devant une statue en bronze de Priape. L'immense phallus du dieu jaillissait, illuminé par les lampes. D'ordinaire, de telles statues décorent un jardin, mais comme le dieu avait été sculpté en train d'oindre son membre démesuré avec une huile qu'il prenait dans un pichet, on comprenait que l'intention était davantage érotique qu'un appel à la fécondité.

— Je suis bien aise de l'apprendre, déclarai-je. Après notre dernière rencontre, je désespérais d'entendre un mot amical sortir de tes lèvres.

Claudia éclata d'un rire musical. Il ne semblait pas forcé ; étudié, plutôt.

— Sache qu'il ne faut pas toujours me prendre au sérieux. Nous autres, femmes, manquons du contrôle que les hommes exercent sur leurs émotions. Notre cœur nous dicte nos sentiments que nous exprimons librement. C'est Aristote qui l'affirme, cela doit donc être vrai.

Encore son rire musical.

— Tu paraissais sincère l'autre soir, dis-je en admirant sa robe et son maquillage.

Elle avait fait un usage excessif de cosmétiques, sachant qu'elle serait exposée à la lumière artificielle. Elle était légèrement vêtue d'une robe grecque, épinglée aux épaules par des fibules serties de joyaux. Ses seins se balançaient librement sous l'étoffe, preuve qu'elle ne portait pas de *strophium**.

— Je suis toujours sincère, répondit-elle, énigmatique. Viens t'asseoir près de moi et laisse-moi me faire pardonner mes paroles malheureuses.

Elle me prit la main et me conduisit dans une partie de la salle meublée à l'orientale, où trônait une table basse en bronze ouvragé, entourée d'une multitude d'épais coussins. Nous nous installâmes et Chrysis nous apporta un plateau de friandises avec un pichet de vin et plusieurs gobelets.

— Ma petite cachette te plaît-elle ? me demanda Claudia pendant que Chrysis remplissait les gobelets. Même Publius ignore son existence.

— Extraordinaire ! m'exclamai-je, sincère.

J'avais attentivement examiné la décoration, et ce n'était certes pas le genre d'intérieur qu'on attendait d'une patricienne. Ni d'une plébéienne, à vrai dire. Sur les murs, les fresques, admirablement peintes par les meilleurs artistes grecs, représentaient des couples et des groupes se livrant à des activités sexuelles dans toutes les positions imaginables. Ces couples n'étaient pas toujours hétérosexuels, et l'une des fresques mettait en scène une femme honorée simultanément par trois hommes. On trouve ce genre de décor dans les bordels, bien que d'une qualité moindre. Jamais dans les chambres des célibataires les plus libres de préjugés, respectables ou non. Nous autres, Romains, rien ne peut nous choquer, excepté la conduite de nos femmes.

— J'ai décidé, déclara Claudia, que la vie étant affreusement brève, il serait vain de se priver de ses plaisirs. De plus, j'adore choquer.

— Oh, mais je suis choqué, Claudia, assurai-je. Des générations de Claudii doivent se retourner dans leur tombe.

— Ça, c'est autre chose, dit-elle avec une moue d'impatience. Pourquoi calquer notre conduite sur les désirs des morts ? D'ailleurs, la plupart de mes ancêtres ont mené une existence scandaleuse, et je ne vois pas pourquoi leur mort ferait d'eux des parangons de vertu.

— En effet.

— C'est un cru très rare de Cos, me dit-elle en me tendant l'un des petits gobelets. Il date du consulat de Paul Émile et de Varron ; ce serait un crime de le couper.

J'acceptai le gobelet et goûtai le vin. D'ordinaire, nous jugeons barbare de boire du vin sans eau, mais nous faisons quelques exceptions pour les crus rares, dégustés en petites quantités. Celui-ci était riche à souhait, et si fruité qu'une simple gorgée réveillait le parfum des raisins des coteaux ensoleillés de Cos. Il avait un drôle d'arrière-goût amer que j'attribuai à l'année maudite de sa vinification. Paul Émile et Varron étaient les consuls dont l'armée avait rencontré Hannibal à Cannes. Le rusé Carthaginois avait choisi de combattre le jour où l'incompétent Varron commandait, et l'armée romaine avait été quasiment anéantie par les troupes de mercenaires inférieures en nombre, mais conduites par Hannibal, le plus grand général de tous les temps. C'était le jour le plus noir de l'histoire de Rome, et certains Romains refusaient encore de toucher ce qui datait de ce consulat.

— Je préfère que les choses se terminent ainsi, me dit Claudia, après le malentendu de l'autre soir. Après tout, il vaut mieux se rencontrer ici que dans une maison pleine de politiciens goinfres et ivres. Tu ne trouves pas, Décius ?

— Ça ne se discute pas.

— Tu es le premier homme que j'invite dans mon petit refuge, loin du monde sordide.

J'étais ravi de l'apprendre.

— J'espère que tu sauras rester discrète, dis-je.

— Je ferai comme il me plaira.

— Cependant, Claudia, je te supplie de faire attention. Les périodes de licence sont toujours suivies de périodes de réaction, quand le Sénat et le peuple réaffirment leur vertu en persécutant ceux qui ont eu l'imprudence d'étaler leur débauche au grand jour. Les censeurs adorent condamner publiquement les hommes et les femmes de haute lignée dont la conduite est jugée trop relâchée.

— Oh, oui ! acquiesça-t-elle avec une pointe d'amertume. Surtout les femmes. Les femmes qui vivent selon leur bon plaisir couvrent leurs maris de honte, n'est-ce pas ? Les hommes ont beau faire, ils ne déshonorent jamais leurs épouses. Eh bien, Décius, laisse-moi endosser mon manteau de sibylle afin de te dévoiler l'avenir. Un jour, mon frère Publius sera l'homme le plus puissant de Rome, et personne, quelle que soit sa charge, n'osera me critiquer en face. Pour le reste, je me moque de ce qu'on raconte derrière mon dos.

C'est vrai qu'elle ressemblait à une sibylle. L'excès de cosmétiques lui faisait un masque de hiérophante ; j'espérais simplement que l'éclairage en était la cause. La perspective d'un Publius Claudius au pouvoir suprême était assez terrifiante comme cela.

— Pourquoi sommes-nous si sérieux ? demanda-t-elle en se détendant. Je ne t'ai pas invité pour une dispute. Je te propose un marché : si tu t'abstiens de juger mon mode de vie, je ne t'ennuierai pas avec mes prédictions ni avec la gloire future de mon frère.

— Marché conclu.

La proposition me semblait excellente. J'étais dans un état bizarre, flottant et détaché, dans une sorte de réceptivité surnaturelle que les épicuriens les plus sinistres s'accordent à considérer comme la plus propice au plaisir, car débarrassée des tracas de la vie quotidienne ou de la peur des conséquences encourues.

— Arrachons cette nuit au tissu de nos vies, proposai-je, qu'elle soit unique à jamais.

— Je n'aurais pas pu si bien dire. Chrysis, amuse-nous.

J'avais presque oublié la fille, et je fus surpris de la voir, sur un coussin, déguster son vin comme si elle était notre égale. Encore une preuve de son statut incertain. Elle se leva, passa dans une autre pièce et revint avec une corde. Elle en fixa l'une des extrémités à un anneau de bronze scellé dans un mur, étendit la corde à travers la pièce et attacha l'autre extrémité à un anneau du mur opposé. La corde, de l'épaisseur du petit doigt, était tendue à environ un mètre du sol.

— Chrysis possède de nombreux talents, souffla Claudia, si proche à présent que nos épaules se touchaient. Elle a été acrobate professionnelle, entre autres.

Entre autres quoi ? J'aurais bien voulu le savoir, mais Chrysis accapara mon attention, une fois de plus. D'une main, elle détacha sa robe qui glissa au sol. Elle n'était plus vêtue que d'une minuscule bande d'étoffe autour des reins, et son corps ressemblait presque à celui d'un adolescent. Seuls ses larges mamelons et la rondeur de sa croupe attestaient de sa féminité. Cette vision était d'autant plus étrange que Claudia, femme jusqu'au bout des ongles, se collait maintenant à moi.

J'attribuai le charme de l'atmosphère au vin rare et j'en bus aussitôt une longue gorgée.

D'un bond agile, Chrysis fut sur la corde où elle resta un instant, genoux fléchis, bras en balancier. Lorsqu'elle eut repris l'équilibre, elle se mit lentement debout sur ses deux pieds nus. Alors elle rejeta son corps en arrière, ses cheveux caressant la corde, sa colonne vertébrale en arc de cercle. Ses mains touchèrent la corde et son bassin se dressa comme si, me sembla-t-il, elle s'offrait à un dieu. Cette vision, si bizarre fût-elle, me parut plaisante.

Puis, d'un nouveau bond, elle se retrouva en équilibre sur les mains. Elle redressa lentement la tête, creusa les reins, jusqu'à ce que les plantes de ses pieds reposent sur le sommet de son crâne. Sans effort apparent, ses pieds descendirent le long de ses joues et effleurèrent bientôt la corde. Son corps dessinait à présent un cercle parfait. Comment une colonne vertébrale pouvait-elle être à ce point flexible ?

— Elle peut jouer de la flûte dans cette position, murmura Claudia. Elle peut jouer de la harpe avec ses doigts de pieds et tirer de même à l'arc.

— Une fille aux multiples talents, remarquai-je.

Des images lascives défilèrent devant mes yeux ébahis, illustrant toutes les autres possibilités qu'offrait une telle souplesse. Claudia surprit mon expression béate.

— Plus tard, nous pourrons peut-être lui demander de nous montrer des figures qu'elle n'exécute jamais en public, proposa-t-elle.

— Elle ne m'intéresse pas, mentis-je en m'efforçant de me libérer du charme de Chrysis. Toi seule m'intéresses.

— Pourquoi es-tu si pressé de te débarrasser d'elle ? souffla Claudia en se frottant contre moi.

Désorienté par le vin, par la décoration singulière et les figures invraisemblables que Chrysis dessinait avec son corps, je commençais à perdre la tête.

Chrysis exécuta un saut périlleux arrière, conclut par plusieurs sauts arrière en touchant le sol de ses mains avec une telle légèreté qu'elle accomplit ses prouesses dans le même silence irréel qui semblait accompagner chacun de ses gestes. Devant nous, elle ôta sa dernière parure, et plus aucun doute ne subsista quant à la nature de son sexe. Nue, le corps enduit d'une fine pellicule de sueur, son pubis fraîchement rasé étincelait comme une perle. Elle nous sourit fièrement et s'inclina.

J'applaudis vigoureusement. Le bruit que je faisais semblait venir d'un autre monde. Claudia joignit ses applaudissements aux miens, puis elle se pencha pour m'embrasser et nos lèvres s'unirent en un long baiser fougueux. Soudain, elle se recula, consternée.

— Qu'est-ce que c'est ? s'écria-t-elle.

Je ne pouvais deviner ; alors, elle fouilla sous ma tunique et sortit le ceste et la dague. Sans savoir pourquoi, j'éclatai de rire.

— Rome est une ville dangereuse, expliquai-je. Surtout la nuit.

Claudia parut trouver mon explication du plus haut comique, puis elle jeta les armes dans un coin avant de rejoindre mes bras impatients. Notre respiration devint haletante et nos gestes précipités. Je me sentais à la fois emporté par mes sens et parfaitement détaché, et certains événements me paraissaient irréels. Lorsque je voulus atteindre les fibules qui retenaient la robe de Claudia, mes mains me semblèrent maladroites, comme gelées ; pourtant la robe glissa le long de son corps. L'instant suivant, je me retrouvai en *subligaculum** alors que je ne me souvenais plus d'avoir ôté ma tunique. Des trous noirs enveloppèrent certains détails alors que d'autres étaient éclairés d'une clarté lumineuse, comme lorsque l'on participe à l'initiation d'un des grands mystères.

Je me souviens de Claudia, debout devant moi, nue. Comme de nombreuses femmes de haute lignée, elle était entièrement épilée, et l'usage de la pierre ponce avait adouci sa peau. Elle ressemblait à la statue grecque d'une déesse, et pourtant je la sentais vibrer de tout son corps. J'avais devant les yeux mon Artémis sculptée par Praxitèle.

D'autres détails ne possédaient pas cette clarté. À un certain moment, je sentis la chair de Claudia, mais je m'aperçus que trop de mains caressaient mon corps. J'ouvris les yeux et je vis Chrysis au milieu de nous, allongée sur les coussins, un sourire de sensualité maligne sur son visage félin. J'étais trop éméché pour protester. Mes facultés rationnelles m'avaient abandonné ; je n'étais plus guidé que par les émotions pures.

La nuit se dilua dans une fantasmagorie de membres emmêlés, de coussins humides, de lumières vacillantes et de vin amer. Je goûtais, caressais, pénétrais, incapable de discerner où s'arrêtait mon corps et où commençait celui de l'autre. Je me mouvais dans un univers de seins, de cuisses, de langues, de bouches, de doigts, qui se heurtaient, se pénétraient dans des combinaisons sans fin. Parfois, j'étais couché sous une femme, ma tête enserrée par les cuisses de l'autre, et je n'aurais pas pu dire quels membres étaient à qui. Certains libertins tiennent cette sorte d'activité omnisexuelle pour le raffinement suprême, mais je trouvais cette expérience non seulement troublante mais difficile à mémoriser. Or je considère comme une perte de temps de se lancer dans des expériences dont on ne se souvient même pas. C'est pourquoi je ne pratique pas régulièrement ce genre d'activité.

Je m'éveillai, la tête bourdonnante. La grise luminosité tant estimée des Romains pénétrait faiblement par les petites fenêtres. Les reins fourbus et l'estomac retourné, je me levai avec force difficultés et tentai de garder un semblant d'équilibre. Mes douces compagnes de la veille avaient disparu. Nu, malade et dégoûté, j'avais le sentiment d'avoir été joliment abusé. Mais dans quel but ?

J'errai dans la grande salle, récupérant mes vêtements éparpillés. Mes armes étaient toujours dans le coin où Claudia les avait jetées ; je les fourrai sous ma ceinture, puis vérifiai si je n'avais rien oublié. Mes souvenirs de la nuit étaient si confus que je ne me rappelais plus si j'avais été dans d'autres pièces ; je décidai donc de les explorer.

Une toute petite pièce servait de cuisine. Le four semblait n'avoir jamais été utilisé, bien que la réserve de charbon de bois fût approvisionnée. Claudia faisait probablement venir ses mets de l'extérieur quand elle résidait dans son refuge. À côté de la cuisine, pour partager la même tuyauterie, se trouvait une minuscule salle de bains, avec une baignoire pourvue de pattes de lion en bronze, inutilisée elle aussi.

Il y avait deux chambres à coucher, l'une pour Claudia, et l'autre pour Chrysis, sans doute, bien qu'aucune ne contînt d'objets personnels. La dernière pièce était une réserve où on avait entreposé une litière. Je refermai la porte et j'allais pour partir quand un souvenir émergea de ma mémoire embrouillée et me fit faire demi-tour.

Il faisait sombre, car les réserves n'ont jamais de fenêtres, et celles des autres pièces étaient étroites, comme souvent lorsqu'elles ouvrent sur la rue. Inutile d'inciter les cambrioleurs à entrer. Je retournai dans la pièce principale, rallumai une lampe, puis revins dans la réserve pour examiner la litière. Elle ressemblait à des milliers d'autres à Rome : léger châssis d'olivier avec un sommier de cuir tissé, des boucles de cuir sur les côtés pour y glisser les perches, et de minces poteaux fuselés qui formaient un cadre auquel on pendait les draperies. C'étaient ces dernières qui m'intéressaient. Elles avaient sans doute été trempées par la pluie, car on les avait étendues à sécher. J'approchai la lampe pour les examiner. C'était un tissu brodé de fils de soie qui représentait des vignes en grappes et des oiseaux stylisés, à la mode parthe. J'avais déjà vu cette litière quelque part et je savais très exactement où : en quittant la maison de Sergius Paulus, quand je discutais avec le prêtre du temple de Mercure, une litière proche de celle-ci était sortie de chez Paulus, elle transportait une personne voilée.

J'éteignis la lampe, la remis à sa place et sortis. En remontant la rue, je croisai un barbier qui installait son tabouret et sa bassine et étalait ses outils sur une table pliante. Après avoir passé ma main sur ma joue hérissée, je décidai qu'il était temps de m'offrir un rasage.

Dans mes jeunes années, les fonctionnaires mettaient un point d'honneur à se faire raser par des barbiers ambulants comme n'importe quel citoyen. Ce jour-là, cependant, j'avais une meilleure raison de m'adresser à l'un de ces humbles artisans. Les barbiers, c'est notoire, sont au courant des moindres ragots de la ville. La plupart dédaignent le luxe clinquant d'une échoppe et circulent avec leur attirail dans les rues, où ils peuvent raser la moitié des citoyens tout en observant l'autre moitié.

— Je te fais la barbe ? demanda l'homme alors que je me dirigeais vers lui d'un pas chancelant. Installe-toi, ajouta-t-il avec grandiloquence comme s'il offrait la place du consul à un invité d'honneur.

Je m'assis sur le tabouret et me préparai à l'épreuve. Outre le lever matinal, les Romains professent qu'il y a de grandes vertus à subir le rasoir émoussé des barbiers publics.

— La nuit a été agitée, on dirait ? me déclara-t-il avec un clin d'œil entendu. J'ai rasé pas mal de jeunes gens après une nuit pareille, mon bon maître. Tu ne seras pas le premier, ne t'inquiète pas.

Il repassa son rasoir sur sa paume, aussi calleuse que celle de Milon.

— Rassure-toi, je ne suis pas comme certains, je sais ce qu'il en est de se faire raser avec une gueule de bois. C'est comme se faire écorcher par le bourreau, pas vrai ? s'esclaffa-t-il. T'en fais pas, c'est pas mon genre. Le truc, c'est de mélanger du lait d'ânesse caillé avec l'huile. Ça te laisse la peau douce comme des fesses de bébé.

Ayant dit cela, il commença à oindre mes joues de sa potion. Chaque barbier possède sa recette secrète, celle de mon bonhomme avait une étrange mais agréable odeur.

— Dis-moi, fis-je pendant qu'il officiait, cette *insula* est là depuis longtemps ?

Je lui montrai celle qui abritait l'appartement de Claudia. Elle comptait quatre étages, ce qui était peu pour l'époque.

— Celle-là ? On l'a construite l'année dernière.

Il s'attaqua à ma barbe. Était-ce le tranchant de son rasoir ou l'efficacité de sa lotion, en tout cas, c'était comme me faire raser par le *tonsor** de mon père, un esclave syrien d'une adresse légendaire.

— L'immeuble précédent a brûlé, mon bon maître. Un incendie terrifiant qui a fait un vacarme épouvantable. Heureusement, les vigiles n'étaient pas loin, pour une fois. Ils ont fait ouvrir les conduites d'eau, l'incendie n'a pas eu le temps de se propager. Évidemment, il n'est rien resté de l'immeuble.

— Sais-tu qui a construit le nouveau ?

— Oh, un affranchi. Il paraît que c'est un gros richard. Comment s'appelle-t-il, déjà ?

Il commença à me raser le bas de la nuque.

— On prétend que le bougre serait aussi riche que le consul Crassus, c'est dire.

Je ne voulais pas influencer mon informateur, mais j'avais besoin de vérifier mes soupçons.

— Je crois que je sais de qui tu parles. Il a le même *nomen** que ce consul, celui qui partageait le consulat avec Varron quand l'armée a rencontré Hannibal à Cannes.

Le barbier cracha par terre.

— Maudit soit ce jour ! lâcha-t-il. Mais tu as raison, le type se nomme Paulus. Oui, c'est ça, Sergius Paulus. On prétend que c'est l'affranchi le plus riche de Rome, et c'est pas peu dire. La moitié de la ville lui appartient, y compris cette *insula*. Penser que des affranchis possèdent des fortunes alors qu'un brave citoyen doit gagner sa pitance à la sueur de son front, quelle honte !

— Toi, tu as été dans la légion, remarquai-je.

Je connaissais le genre d'homme.

— Oui, quinze ans avec le général Sylla, annonça-t-il avec fierté. On n'a jamais obtenu les terres qu'on nous avait promises, et après ? C'était le bon temps. On dirait que tu as fréquenté les Aigles, toi aussi. Il t'en reste une belle trace, si je peux me permettre.

Je palpai ma cicatrice. Mon bonhomme avait bien travaillé ; la peau était lisse.

— J'ai fait l'Espagne, avec le général Métellus. Je n'ai pas eu le plaisir de participer aux belles batailles contre Sertorius, je combattais la rébellion ibérique dans les montagnes.

Le barbier émit un sifflement appréciateur.

— Ça a dû saigner ! Comme pour nous, en Numidie. Et voilà le travail ! Ça ira ? demanda-t-il en me présentant un miroir de bronze dans lequel j'admirai mon reflet.

Le drôle avait du mérite, vu l'état dans lequel il avait trouvé le matériau.

— Magnifique, assurai-je. Dis-moi, cette *insula*... sais-tu quelque chose sur les gens qui l'habitent ?

Le barbier décida finalement que ma curiosité allait trop loin.

— Vraiment, maître…

— Je suis Décius Cécilius Métellus le Jeune, de la commission des Vingt-Six, m'empressai-je. Nous avons reçu des plaintes parlant d'irrégularités dans la construction et la location de cette *insula*, j'aimerais savoir ce qu'en pensent les citoyens du quartier.

— Oh, dans ce cas… Ce Sergius Paulus a loué le rez-de-chaussée à des gens de la haute, les étages suivants à des commerçants et les derniers à des malheureux, je n'en sais pas plus. L'immeuble est en bon état, mais dans quelques années ce sera un taudis comme les autres.

— Probable. As-tu entendu parler de la femme qui loue l'un des appartements du rez-de-chaussée ? Elle circule parfois dans une somptueuse litière portée par des Numides.

— Ah, celle chez qui les décorateurs ont travaillé ces derniers mois ? Je ne l'ai jamais vue moi-même, mais il paraît que c'est une couche-tard. Cela dit, on ne m'a pas parlé de Numides. Certains prétendent qu'elle est portée par des Égyptiens, d'autres par des Nubiens.

Ainsi Claudia préférait louer ses porteurs plutôt que d'utiliser les esclaves de la famille. Certains proposaient ce genre de louage, mais il serait futile de vérifier. Il y avait de fortes chances qu'elle empruntât aussi des porteurs à ses amis. Cette piste ne m'apprendrait pas grand-chose, de toute façon. Je pourrais à la rigueur demander aux esclaves où ils l'avaient conduite, mais, selon toute vraisemblance, ils ne s'en souviendraient plus. Et même, quel intérêt ? Les esclaves ne pouvaient témoigner au tribunal que sous la torture. De plus, personne ne les croyait, alors ?

— Je te remercie, mon brave, dis-je en donnant un as au barbier.

La munificence du paiement le surprit. Un quart d'as aurait fait amplement l'affaire.

— Pas de quoi. Si t'as besoin de renseignements sur le quartier, n'hésite pas. Demande simplement Quatrus Probus, le barbier.

Je lui promis de faire appel à lui si nécessaire et retournai tranquillement chez moi. Par la suite, l'ancien légionnaire devenu barbier devait devenir l'un de mes meilleurs informateurs. Mais il agissait toujours par devoir civique, et non par cupidité.

Je regagnai mon domicile en titubant. Mes clients m'ignorèrent avec superbe.

— Je te fais grâce de tes commentaires, dis-je à Caton qui se précipitait. Vite, chez le préteur. Nous sommes en retard.

Nous allâmes de conserve chez père. À notre arrivée, le vieux Nez-Coupé en personne me prit à part.

— Où étais-tu ? siffla-t-il, avec une agitation inhabituelle chez lui.

— J'ai passé la nuit dehors, comme le dernier des dégénérés, repartis-je.

— Je n'en doute pas. Il se trouve qu'il y a eu quelques incidents cette nuit, quelles qu'aient été tes activités par ailleurs.

— Tiens ? C'est-à-dire ?

— Nous avons eu un meurtre, et dans ton district encore !

Je fus parcouru d'un frisson, comme lorsque, enfant, je m'apercevais qu'il était temps de réciter mes leçons à mon professeur de latin, et que je ne les avais pas apprises.

— Non seulement tu faisais la noce avec tes amis, mais tu n'étais même pas chez toi pour entendre le rapport des vigiles.

— Qu'avaient-ils donc à me communiquer de si important ? rétorquai-je avec impatience. Quoi de plus que le lot quotidien ?

— Simplement que l'un des hommes les plus riches de Rome a été assassiné, déclara mon père.

Sur ma nuque, les cheveux fraîchement coupés se hérissèrent.

— Il avait beau être de basse naissance, son meurtre va attirer de gros ennuis.

— Son nom ? demandai-je, devinant déjà.

— Sergius Paulus, l'affranchi le plus riche de sa génération. Tu n'as pas idée à quel point le décès du misérable va compliquer ma tâche.

— Puis-je savoir, père, comment la mort de cet homme va compliquer ta tâche ?

— À cause d'Herculanum, grogna-t-il. C'était sa ville natale. Comme certains affranchis, il s'était vengé de ses années de misère en devenant le patron de sa ville natale. Tu connais la chanson… construction d'un grand amphithéâtre, plus que grand, ostentatoire, à la mémoire de ses ancêtres putatifs, un théâtre, un temple de Junon, etc. Tous les magistrats locaux vont envahir mon tribunal et exiger de savoir comment ces projets seront achevés maintenant que l'infortuné Sergius Paulus n'est plus.

— À propos de l'infortuné, comment a-t-il rejoint le Styx ?

— Comment le saurais-je ? s'étonna père. C'est toi qui aurais dû recueillir les rapports des vigiles. Demande donc au capitaine. Il doit être dans les parages.

Je me mis aussitôt en quête du capitaine des vigiles et le trouvai en train d'ingurgiter des restes de gâteaux, arrosés de vin éventé et copieusement allongé, l'air à demi endormi.

— Que s'est-il passé ? demandai-je.

— Eh bien, puisque tu n'étais pas chez toi, je suis allé à la maison du préteur, ton père, comme tu m'as ordonné de le faire au cas où tu ne pourrais pas…

— Bravo ! hurlai-je presque, m'attirant les regards ahuris des clients de père. Je vois que tu connais tes consignes. Alors, me diras-tu ce qui s'est passé la nuit dernière ?

Il se lança dans le récit des événements de la veille. Il arpentait les rues à la tête de sa compagnie de vigiles armés de seaux, quand un esclave hystérique s'était précipité sur lui et l'avait supplié de le suivre sur-le-champ. Un personnage important venait de succomber à une agression.

— Comment Paulus a-t-il été tué ? m'impatientai-je.

— On l'a étranglé, patron. On l'a étranglé avec un lacet, semble-t-il. Maintenant que j'y pense, c'est comme pour l'autre affranchi, il y a quelques jours à peine.

— Vraiment ? Dans quel état était la maison ?

— Je n'ai pas vérifié. J'ai posté un garde à l'entrée et j'ai ordonné que personne ne quitte la demeure ; ensuite, j'ai couru chez toi. De là, je suis venu ici. Ça ne fait pas une heure que l'esclave m'a prévenu.

J'essayai de rassembler mes esprits, entreprise difficile car je n'avais pas encore récupéré de ma nuit mouvementée. Qu'est-ce que Claudia avait mis dans le vin ? Je me souvins d'une sorte d'amertume. C'était bien digne de sa famille de gâcher un si bon cru. D'une certaine manière, je trouvai réconfortant d'avoir été drogué. Cela excusait mon comportement de satyre.

Je retournai auprès de mon père.

— Père, je dois commencer mon enquête dans les plus brefs délais. Puis-je t'emprunter tes licteurs ? Il faut que j'arrive chez Paulus avant les officiels. Les esclaves seront confinés tant que le meurtrier ne sera pas identifié. Répertorier la fortune de Paulus ne sera pas une mince affaire. Je ne crois pas qu'il avait un fils.

— Comme tu voudras, dit père en faisant signe à deux licteurs d'approcher. Je passerai chez Paulus dans la journée, remplir mes devoirs de préteur urbain. Dans quel désordre vais-je tomber ? C'est toujours la même histoire quand un de ces riches affranchis meurt. Pas de famille reconnue pour réclamer ses biens. Avait-il une épouse ?

— Je le découvrirai, promis-je.

— Alors, va. Tâche d'avoir rédigé ton rapport quand j'arriverai.

Comme nous quittions la demeure paternelle, mes clients trottant derrière moi, je dis à l'un des licteurs :

— Va au *ludus* de Statilius Taurus et demande au médecin Asclépiade de me rejoindre chez Sergius Paulus.

L'homme se mit en route d'un pas tranquille. Inutile de demander aux licteurs de courir, ils sont bien trop conscients de leur propre dignité.

J'avais au moins un sujet de préoccupation pour oublier ma tête douloureuse et la nausée qui me soulevait le cœur. La nouvelle ne tarderait pas à faire le tour de la ville. Les meurtres n'étaient pas chose rare à Rome, mais celui d'un personnage important était toujours matière à scandale. À une époque, pas si lointaine, l'histoire n'aurait fait ciller personne. Pendant les proscriptions, les sénateurs et les *equites** avaient été massacrés en masse. Chaque indicateur recevait une part des biens du traître qu'il dénonçait, de sorte que la vie des riches ne pesait pas lourd. Mais les hommes ont la mémoire courte, et les récentes années avaient été paisibles et prospères. À présent, le meurtre d'un riche affranchi occuperait les conversations des oisifs pendant des jours entiers.

Quand nous arrivâmes chez Paulus, le vigile somnolait, adossé à la porte. Il m'assura en bâillant que personne n'était sorti, depuis que le capitaine était parti à ma recherche, puis il s'effaça et je pénétrai dans la maison, escorté du licteur et de mes clients. J'avisai mon vieux soldat, Burrus.

— Fouille toutes les pièces. Vérifie s'il y a d'autres issues ou des fenêtres assez larges pour laisser entrer un homme.

Il partit s'acquitter de sa tâche. Un homme gras, la mine retournée, se précipita vers moi, s'inclina plusieurs fois en transpirant abondamment.

— Ah, maître, je suis content que tu sois là. C'est atroce, atroce ! Sergius Paulus, mon maître, a été assassiné.

— À ce qu'on m'a dit. Et tu es ?

— Postumus, maître, le majordome. Si tu veux bien me suivre…

Je l'arrêtai d'un geste.

— Rassemble immédiatement les esclaves du foyer dans le péristyle. Quelqu'un a-t-il quitté la maison depuis qu'on a découvert le corps ?

— Oh, non, maître. Et le personnel est déjà réuni. Si tu veux bien me suivre…

— Parfait. Paulus était-il marié ?

— Il avait une épouse-esclave, mais elle est morte avant son émancipation.

Les esclaves ne peuvent contracter de mariage légal, bien sûr, mais seul un maître particulièrement dur refuse de reconnaître une liaison entre esclaves.

— Avait-il des enfants libres ?

— Aucun, maître.

Les vautours se partageraient donc la dépouille. Nous pénétrâmes dans le péristyle. Celui de Paulus était une cour flanquée de colonnades, sans bassin, mais dont le centre était agrémenté d'un cadran solaire. Moyennement vaste pour une maison de campagne, l'espace était démesuré pour une maison de ville. Heureusement, car plus de deux cents esclaves s'y entassaient.

Les larmes coulaient d'abondance ; chacun reniflait et gémissait à qui mieux mieux au point qu'on aurait cru à un rassemblement de pleureurs professionnels. Peut-être Sergius Paulus était-il un bon maître, mais selon toute probabilité, les lamentations étaient inspirées par la frayeur, et cela pour de bonnes raisons. C'était le cauchemar des esclaves qui leur tombait dessus : s'il s'avérait que le maître avait été assassiné par un de ses esclaves, et si ce dernier ne confessait pas son crime, ou s'il n'était pas dénoncé, ils seraient tous crucifiés. C'était sans doute l'une de nos lois les plus cruelles, mais elle était toujours en vigueur, et à supposer que je ne découvre pas le meurtrier, Caton (l'odieux sénateur, pas mon brave esclave) insisterait pour qu'elle soit appliquée à la lettre. Il ne s'inquiéterait pas de savoir si la victime était un affranchi plutôt qu'un Romain libre. Pour Caton, un maître restait un maître, et il n'avait jamais manqué une occasion de se montrer d'une brutalité primaire digne des ancêtres auxquels il vouait un culte aveugle.

— Qui a été le dernier à voir le maître vivant ? demandai-je, assez fort pour être entendu de tous.

Un eunuque obèse s'avança en hésitant.

— Je me nomme Pepi, maître, annonça-t-il d'une voix fluette. Je dors toujours en travers de la porte du maître, pour protéger son sommeil et répondre à son appel, au cas où il aurait besoin de mon aide pendant la nuit.

— Eh bien, tu ne lui as pas été d'une grande aide, on dirait. Quelqu'un t'a enjambé, cette nuit.

— Impossible ! s'indigna-t-il, avec une moue enfantine, typique des eunuques. Le plus petit bruit me réveille. C'est pour ça que le maître m'avait choisi. Pour ça, et parce que je suis fort, et que je pouvais le porter aux latrines s'il n'était pas en état d'y aller seul.

— Eh bien, mon gaillard, ça fait de toi le suspect numéro un.

La moitié d'homme blêmit, sentant déjà les clous s'enfoncer dans ses chairs.

— As-tu remarqué quelque chose d'inhabituel avant que ton maître n'aille se coucher ? repris-je.

— Euh… N-n-on, maître. Il avait bu beaucoup de vin, comme souvent. Je l'ai déshabillé, je l'ai mis au lit et je l'ai bordé. Il ronflait déjà que je n'avais pas encore quitté la pièce. J'ai fermé la porte, je me suis allongé sur ma paillasse et je me suis endormi. Comme toutes les nuits.

— N'as-tu rien remarqué ? T'es-tu réveillé ? Réfléchis bien, mon gaillard, si tu veux échapper à la croix.

La sueur coulait des maigres sourcils de l'eunuque pendant qu'il grimaçait dans un effort de concentration désespérée. Puis son visage s'illumina.

— Oui, je me souviens. Vers les premières heures, quelque chose m'a réveillé. J'ai d'abord cru que le maître m'avait appelé, mais il n'y avait aucun bruit dans sa chambre. Alors j'ai compris que le maître avait cessé de ronfler et que c'était ça qui m'avait réveillé. Ça arrive quelquefois. Je me suis donc rendormi.

— Ça tient debout, admis-je. Les morts ronflent rarement. Comment sais-tu l'heure qu'il était ?

— De ma paillasse, j'aperçois le péristyle. Il y avait une faible lueur, la lueur qui précède l'aube.

— Vous tous, ordonnai-je aux esclaves, ne bougez pas de la maison et restez calmes. Qu'un de vous s'échappe, vous serez tous complices, et crucifiés. Mais allez le cœur léger, j'arrêterai bientôt l'assassin, et je ne crois pas que ce soit l'un d'entre vous.

Je n'en avais aucune preuve, mais je ne voulais pas risquer de mouvements de panique intempestifs. Ils me lancèrent des regards pleins de gratitude et d'espoir, qui me donnèrent honte de ma misérable hypocrisie.

Burrus entra alors dans le péristyle.

— Il n'y a pas d'autres portes, maître, annonça-t-il, à part celle d'entrée. Dire qu'on se demande pourquoi tant de gens meurent dans les incendies ! Seul un enfant pourrait passer par les fenêtres tellement elles sont petites, comme dans la plupart des immeubles. Bien sûr, ajouta-t-il, le pouce pointé vers la cour intérieure, on pourrait descendre un éléphant par ce *compluvium**.

Je fis signe au majordome d'approcher.

— Qu'on m'apporte une échelle, lui ordonnai-je. Je veux examiner le toit.

Il claqua des doigts et un esclave courut chercher l'objet.

— Bon, je veux voir Sergius Paulus, maintenant, repris-je.

Je suivis le majordome le long d'un court corridor qui ouvrait sur une porte. La paillasse de l'eunuque avait été poussée de côté et oubliée. Avant d'entrer dans la chambre, je fis jouer la porte. Elle s'ouvrait vers le couloir : pour entrer, il aurait donc fallu déménager l'eunuque et sa paillasse. De plus, la porte grinçait bruyamment sur ses gonds.

La chambre était étonnamment nue, malgré la richesse du propriétaire. Il n'y avait qu'une petite table et un lit juste assez large pour la corpulence de son utilisateur. C'est un détail que j'ai souvent remarqué chez les anciens esclaves : une chambre à coucher n'est jamais qu'un endroit pour reposer un corps éreinté de fatigue. Les plaisirs de Paulus se bornaient à la table et aux bains.

Il était allongé sur sa couche, le visage déformé, le cou rayé d'un cercle livide. Malgré son expression douloureuse, il n'y avait aucune trace de lutte. Il s'était couché ivre mort et ne s'était sans doute plus réveillé. Le tueur avait emporté son lacet.

Le mur opposé était troué dans sa partie supérieure d'une minuscule fenêtre dont chaque côté ne devait pas dépasser trente centimètres, peut-être moins. Seul un enfant aurait pu entrer par là. C'était d'ailleurs mon hypothèse. Je sortis en laissant des ordres pour que personne ne pénètre dans la chambre.

Perché en haut de l'échelle, j'examinais le toit quand j'entendis quelqu'un appeler mon nom. Je baissai la tête et j'aperçus mon père, accompagné d'un groupe d'officiels.

— Qu'est-ce que tu fais perché sur une échelle comme un vulgaire peintre en bâtiment ? lança-t-il. Je croyais que tu avais une enquête à mener ?

— Mais je mène mon enquête ! répliquai-je. J'examine le toit. Il est dans un état déplorable. Partout des tuiles branlantes et décrépites, et de la mousse. Pourquoi un homme aussi riche que Paulus ne pouvait-il s'offrir un toit décent ?

— Tu commenteras l'état des immeubles quand tu seras questeur. Pas maintenant.

Je pris une tuile sur le bord du toit et l'examinai. Des fragments tombèrent dans la gouttière. Je regardai dans la cour : aucune trace de débris de tuile. Je redescendis de mon échelle.

— Quoi qu'il en soit, il n'est pas venu par les toits, expliquai-je. Il aurait laissé des traces.

— Pourquoi cet intérêt pour des détails aussi insignifiants ? jeta une voix.

C'était celle de mon collègue Rutilius. Optimius était là, lui aussi.

— Je cherche à découvrir le meurtrier, dis-je.

— Ça semble évident, dit Optimius. Le gros eunuque a tué son maître. La fenêtre est trop étroite pour laisser passer un cambrioleur, et l'esclave dormait en travers de la porte. Qui aurait été mieux placé que lui ?

— Cesse de dire des bêtises, lui rétorquai-je avec mépris.

— Qu'est-ce que tu veux dire ? demanda-t-il.

— Même cet abruti d'eunuque n'est pas stupide au point d'utiliser un garrot. Ni une dague ni aucune arme, d'ailleurs. As-tu remarqué sa carrure ? Paulus était ivre mort, il n'aurait eu qu'à l'étouffer avec un oreiller, on aurait cru à une mort naturelle. Ce ne serait pas le premier ivrogne à s'étouffer dans son sommeil. Je parie que plus d'un maître au fouet facile a trouvé la mort grâce à cet expédient.

— Ne dis pas des choses pareilles ! s'écria Rutilius, scandalisé.

— Et pourquoi pas ? Nous vivons tous dans la crainte d'être assassinés dans nos lits par nos propres esclaves. Ne viens pas me dire que tu n'y as jamais pensé ! Sinon, pourquoi en crucifier toute une maisonnée pour le meurtre d'un maître ? Pourquoi Crassus aurait-il crucifié six mille rebelles l'année dernière ?

Tout le monde partageait l'indignation de Rutilius. J'avais eu le malheur de soulever un sujet autrement plus sensible que la chasteté de leurs épouses. La crainte secrète que nous éprouvions tous et que nous déniions. En temps ordinaire, je ne me serais jamais laissé aller à parler avec une telle liberté, mais je n'étais décidément pas dans un bon jour.

— Si ce n'est pas l'eunuque, alors qui ? demanda mon père, ramenant la conversation sur des bases plus saines.

— Je l'ignore, mais…

Je m'aperçus un peu tard que j'admettais mes doutes au mauvais moment, et devant ceux que je désirais convaincre de mes certitudes. J'essayai de réparer ma gaffe.

— Je possède de fortes présomptions. Toutefois…

Je m'interrompis, jetai des regards alentour, puis poursuivis en baissant le ton :

— Ce n'est ni le lieu ni le moment d'en parler, si vous voyez ce que je veux dire.

Non, ils ne voyaient pas, mais ils acquiescèrent, dociles. Les Romains adorent les secrets.

— Poursuis donc ton enquête, enchaîna père. Mais n'y perds pas trop de temps.

Il se retourna et hurla un ordre :

— Secrétaire ! rugit-il d'une voix qui avait plus d'une fois semé la terreur chez les légionnaires.

Un Grec aux doigts maculés d'encre s'avança au trot.

— Paulus a-t-il laissé un testament ? interrogea père.

— Oui, préteur. Des copies sont conservées aux archives et aux temples de Vesta et de Saturne*. Le maître dictait un nouveau testament en janvier de chaque année.

— Un nouveau tous les ans ? Le bonhomme était donc si indécis ? Enfin, un testament simplifiera grandement les choses.

— Excuse-moi, préteur, marmonna Rutilius, mais ça ne simplifiera rien du tout. Si le défunt venait d'une noble famille, si de nombreux parents influents le validaient, qui contesterait un tel testament ? Mais un simple affranchi, et avec tant de biens en jeu ? Les débats seront féroces et risquent de s'éterniser.

— Tu as peut-être raison, concéda père. Il vaudrait sans doute mieux reporter la lecture du document à l'année prochaine et laisser les magistrats nouvellement élus se charger de régler l'affaire. Je serai en Espagne, loin de ces tracas.

À cette époque, lorsque de nouveaux préteurs prenaient leurs fonctions pour un an, le Sénat leur attribuait des proprétures pour un, deux, voire trois ans. Même pour un administrateur honnête, il y avait là de nombreuses occasions de s'enrichir. Père avait tiré l'Espagne : ce n'était pas l'opulence, mais ce n'était pas mal du tout.

Père fit savoir, avec cette façon qu'ont les puissants, qu'il préférait rester seul, et Rutilius, Optimius et les autres se dispersèrent sous prétexte d'affaires urgentes.

— Mon fils, déclara Décius Cécilius Métellus l'Ancien à Décius Cécilius Métellus le Jeune, tu devrais peut-être venir en Espagne avec moi et servir dans mon équipe. Par les temps qui courent, il est plus judicieux de ne pas rester à Rome. En outre, cela te fera du bien de te familiariser avec les problèmes administratifs. Autant voir comment se passent les choses avant que le Sénat ne t'attribue une province.

À sa manière, il faisait preuve de sollicitude. Il voulait m'épargner les conséquences de ma propre folie, tant que c'était possible de le faire sous les auspices du devoir.

— J'y réfléchirai, promis-je. Mais j'ai d'abord ces meurtres à élucider, un assassin à arrêter, peut-être plusieurs.

— Fais ton devoir, mais sans zèle intempestif. Des gens ont été assassinés dans ton district, mais qui ? Un gladiateur émancipé, la pire des fripouilles, un obscur importateur gréco-oriental, et maintenant un affranchi. Bon, un affranchi riche, je te l'accorde, mais un ancien esclave néanmoins. Ne risque pas ta carrière, ton avenir, ta vie, même, pour des causes qui n'en valent pas la peine.

Je fus surpris de voir pour la première fois un vieil homme plutôt effrayé, mais qui ne s'en souciait pas moins de son fils.

— Des citoyens libres ont été assassinés dans Subure, père, dis-je. Subure est mon district, et je veillerai à ce que justice soit faite.

Il n'avait rien à objecter à cela. Un magistrat romain ne pouvait pas plus nier le devoir qu'il ne pouvait nier l'existence des dieux. J'étais injuste, bien sûr. Je ne risquais pas grand-chose, je n'avais ni femme ni enfants, je n'occupais pas de hautes fonctions. J'appartenais simplement au groupe de citoyens sacrifiés : les jeunes gens de bonne naissance qui formaient traditionnellement le corps des officiers. Mais j'étais assoiffé de vertu, et si malheureux que la vie m'importait peu. Était-ce l'insouciance de la jeunesse ou l'esprit de l'époque, je ne sais. Les hommes de ma génération n'avaient aucun respect de la vie, la leur pas plus que celle des autres. Même le plus riche et le mieux né se lançait avec intrépidité dans les entreprises les plus désespérées : mieux valait mourir que ne pas avoir osé.

Quelques minutes plus tard, Asclépiade se présenta. L'endroit grouillait de monde : on aurait cru le Sénat pendant un débat sur la guerre. Deux questeurs étaient arrivés et faisaient avec leurs secrétaires l'inventaire de la maison, aidés par le majordome. Deux licteurs étaient venus pour conduire l'infortuné eunuque à la prison, sous le Capitole, où il attendrait qu'on décide de son sort.

— Encore un meurtre ? s'étonna Asclépiade.

— Oui, et dans des circonstances étranges, dis-je. Suis-moi, je te prie.

Nous nous rendîmes dans la chambre à coucher, la seule pièce où le calme régnait encore ; Asclépiade s'agenouilla près du lit et examina le cou de la victime.

— Je veux voir sa nuque, déclara-t-il, mais j'aurais besoin qu'on m'aide à le retourner.

Je demandai à mes clients qui attendaient de l'autre côté de la porte, mais ils reculèrent d'effroi. Les Romains sont prêts à toutes les atrocités sur un vivant, mais ils n'oseront pas toucher un cadavre, par crainte d'hypothétiques contaminations.

— Alors, allez me chercher des esclaves, ordonnai-je.

Quelques instants plus tard, on avait retourné le cadavre et Asclépiade poussa un cri de triomphe. Il désigna la marque d'une boucle sur le cercle livide.

— Qu'est-ce que c'est ? demandai-je.

— La trace du nœud. C'est typique du garrot utilisé par les Syriens.

Une silhouette se dessina dans l'embrasure de la porte. J'allais ordonner à l'intrus de décamper quand je me ravisai fort à propos. C'était le consul Pompée en personne. Je crus qu'avec tous ses licteurs et ses assesseurs, ajoutés à la foule déjà présente, la maison allait exploser comme un volcan.

— Métellus le Jeune, salut ! lança Pompée.

C'était un bel homme majestueux, au visage carré, mais il ne semblait pas à l'aise dans sa toge. Il préférait l'armure, sans doute.

— Vénéré consul, dis-je en me redressant, je ne m'attendais pas à te voir ici pour une simple enquête de meurtre.

— Quand un homme aussi riche que lui meurt, expliqua-t-il en jetant un regard sur le cadavre, c'est toute l'économie de Rome qui frémit. Il y a foule dans la rue. Maintenant qu'on m'a vu entrer, l'agitation va se calmer. Les citoyens sont comme des enfants à l'esprit troublé, il suffit qu'ils voient un homme connu pour ses succès militaires pour croire que tout va rentrer dans l'ordre.

Déclaration qui n'était pas dénuée de bon sens.

— Lorsque j'ai traversé le Forum, reprit-il, les spéculateurs s'interrogeaient déjà sur le cours des esclaves. Cet homme devait en posséder des milliers. S'ils sont vendus tous en même temps, les prix vont chuter. Et on ignore combien il possédait de terres et de bétail, combien de navires. Je sais qu'il avait des intérêts dans des mines en Espagne, même s'il n'en possédait pas lui-même.

Pompée, qui en détenait un nombre important, était bien placé pour le savoir. Il remarqua la présence d'Asclépiade.

— Un peu tard pour appeler un médecin, non ?

— Il n'est pas là pour soigner, me hâtai-je d'expliquer, mais pour examiner le cadavre. Maître Asclépiade est un spécialiste des blessures par armes. Ses expertises me sont fort utiles dans mes enquêtes.

— Tiens ! s'étonna Pompée. C'est une idée originale. Eh bien, poursuis ton devoir.

Il s'apprêta à partir, puis se ravisa.

— Mais à ta place, je ne perdrais pas trop de temps sur cette affaire. Ce sera aux questeurs et aux préteurs à démêler le problème le plus important. En tant qu'homme, cet individu ne comptait pas. L'eunuque l'a assassiné. Ne cherche pas plus loin.

— Je ne chercherai plus, promis-je, dès que je serai assuré que le meurtrier a été arrêté.

— Comme tu voudras.

Son regard n'était pas hostile, la phrase n'était pas menaçante, mais il avait dit cela d'une voix qui me glaça les sangs. Il sortit de la chambre dans un silence de mort.

VII

— Je ne comprends toujours pas, dis-je à Asclépiade.

Nous étions assis dans ses vastes quartiers, au *ludus* de Statilius Taurus. C'était la première fois que je me retrouvais dans ceux d'un médecin, mais je soupçonnais que le style de décoration que j'avais sous les yeux n'était pas habituel à la profession. Des armes de toutes sortes étaient accrochées aux murs, ou garnissaient les râteliers qui encombraient les pièces. Sur la plupart des armes était fixé un rouleau de parchemin qui décrivait les blessures qu'elles pouvaient infliger.

— Qu'est-ce que tu ne comprends pas ? s'étonna Asclépiade. Que l'homme ait été étranglé ?

— Mais non ! J'ai déjà trois meurtres sur les bras, une effraction, un vol, et tout ça semble lié. Sans oublier l'incendie criminel. Sinistrus a certainement assassiné Paramédès, mais qui a bien pu étrangler Sinistrus ? Je ne peux pas croire que c'est le même individu qui a aussi assassiné Sergius Paulus. Ça voudrait dire que nous avons trois meurtriers ? Et qui est entré chez moi, m'a assommé et a volé l'amulette ? Macron prétend que ce ne peut être qu'un jeune garçon, un étranger en plus.

J'arpentai la pièce, puis allai à la fenêtre d'où parvenaient des cliquetis d'armes entrechoquées, les cris et les halètements des combattants qui s'entraînaient dans la palestre.

— C'est un problème délicat, déclara Asclépiade en manipulant un style d'argent. Mais qu'est-ce qui te fait croire que ce n'est pas la même personne qui a tué Paulus et Sinistrus ?

— Tu as vu la chambre de Paulus. Tu as vu la fenêtre. Je ne pense pas que l'eunuque l'ait tué. Et ça m'étonnerait qu'il ait laissé entrer quiconque, sachant qu'il risquait d'être crucifié. Donc, le meurtrier est entré par la fenêtre. C'est peut-être le même garçon qui m'a assommé. Fort bien, rien de plus logique. Étrangler un ivrogne endormi, la belle affaire !

— Jusque-là, je te suis, admit Asclépiade.

Il portait sur sa tête le filet argenté que je lui avais offert. Je me promis de lui choisir un second présent.

— Oui, mais le garçon n'a pas pu tuer Sinistrus, un solide gaillard, rompu au combat. Y aurait-il donc deux meurtriers, tous deux experts du garrot ?

Asclépiade reposa le style et me gratifia d'un sourire supérieur.

— Pourquoi estimes-tu que l'étrangleur de Sinistrus devait fatalement être une force de la nature ?

Sa question me prit de court.

— Mais, enfin… il faudrait… ça semble évident, non ?

— Le garrottage n'implique pas forcément d'étrangler de ses propres mains, expliqua le médecin d'un air condescendant. Permets-moi une modeste démonstration.

Sur ce, il se leva et alla prendre un petit arc suspendu au mur. La corde pendait librement à une extrémité, il la détacha, l'enroula autour de chaque main et vint se camper devant moi.

— Voilà la manière la plus classique d'utiliser un garrot, dit-il. Tu es bien plus grand et bien plus fort que moi, et cependant…

Il passa derrière mon dos. Je vis une main surgir comme un éclair devant mes yeux et je sentis aussitôt la corde mordre mon cou. Bien que je m'y attendisse, je cédai à l'affolement. Je ne connais rien de pire que d'avoir le souffle coupé et d'être conscient de ne pas pouvoir respirer. J'essayai d'attraper Asclépiade ; il se pressa contre moi. J'arrivai à agripper ses vêtements, mais pas suffisamment pour me libérer de son étreinte. Je me précipitai alors contre un mur, prêt à me retourner d'un coup afin d'écraser le Grec contre la pierre, mais à peine avais-je fait un mètre que l'homme et la corde avaient disparu.

— Tu vois ? me dit-il pendant que je m'asseyais, soufflant et haletant. On peut toujours étrangler plus fort que soi. La victime sombre dans l'inconscience en moins d'une minute. La mort intervient au bout de cinq minutes, six au maximum.

— Mais pourquoi Sinistrus n'a-t-il pas écrasé le garçon contre le mur ? demandai-je quand j'eus repris ma respiration.

— À cause de la surprise, ou de sa propre bêtise, mais il y a peut-être une autre explication.

Il confectionna rapidement une sorte de nœud avec la corde.

— Tu te souviens de la marque que je t'ai montrée sur la nuque de Paulus ?

J'acquiesçai. Asclépiade s'approcha de moi et fit un geste brusque. J'étais de nouveau en train d'étouffer, mais cette fois, le Grec se tenait devant moi en souriant, les mains derrière le dos. J'essayai de saisir la corde, mais elle était si profondément incrustée dans ma chair que je ne réussis pas à l'agripper. Des points noirs tourbillonnaient devant mes yeux et j'avais l'impression que les chutes du Nil résonnaient dans mon crâne. Mes jambes flageolèrent, mes genoux fléchirent, et je tombai à quatre pattes, je ne sentis même plus mes membres. Des mains s'activèrent à mon cou, et, soudain, l'air afflua dans mes poumons, doux comme l'eau pour l'homme qui meurt de soif.

Asclépiade m'aida à regagner la couche et me tendit une coupe de vin allongé.

— Tu vois, dit-il en présentant la corde devant mes yeux encore larmoyants, c'est un nœud coulant plus qu'un véritable garrot. Une fois lancé, le nœud syrien se resserre tout seul autour de sa cible, et rien ne peut le relâcher. Cependant, celui qui possède l'adresse peut le dénouer en un clin d'œil.

— Tes élèves doivent te craindre comme la foudre, croassai-je. J'espère que tu ne leur enseignes pas l'art de l'épée de la même manière.

— On retient plus facilement les leçons avec une bonne démonstration, se contenta-t-il de répondre.

Pour le coup, je venais d'apprendre non pas une mais deux leçons, dont l'une, qu'il n'était pas sage de m'appuyer sur mon appréciation limitée d'une situation singulière ou nouvelle pour en tirer des conclusions hâtives. Dans ce cas-là, on a toujours tendance à habiller sa propre ignorance des oripeaux du savoir. Je me jurai de toujours prendre à l'avenir l'avis de spécialistes, comme on le fait habituellement en matière de droit, de médecine ou de religion.

Je remerciai Asclépiade de m'avoir à demi étranglé et pris congé. L'énigme, si elle n'était pas résolue, n'en avait pas moins été simplifiée d'un iota. Le meurtrier de Sinistrus avait aussi assassiné Sergius Paulus, et c'était le même qui s'était introduit chez moi et m'avait assommé. À ce stade, le plus mince éclaircissement était le bienvenu.

D'un autre côté, ma colère grandissait. Des hommes influents conspiraient à faire échouer mon enquête.

Sans que je pusse en approfondir la raison, Claudia s'était servie de moi. Contre toute logique, le meurtre de Sergius Paulus me mettait en rage. Je ne l'avais rencontré qu'une seule fois et je le soupçonnais d'être impliqué dans la conspiration, mais l'homme m'avait plu. Dans une ville de politiciens égoïstes et de militaires malhonnêtes qui se targuaient de patriotisme, il était rafraîchissant de rencontrer un parvenu aussi franc que Sergius Paulus, un homme qui avait voué sa vie à l'accumulation des richesses et des plaisirs de la chair comme seul peut le faire celui qui a été élevé en esclavage.

J'avais interrogé plusieurs de ses esclaves. La perspective de la crucifixion, au cas où l'assassin ne serait pas découvert, les terrifiait, bien entendu. Ils ne souhaitaient pas de mal à l'eunuque, mais comme sa culpabilité les sauvait, on devinait qu'ils l'espéraient ardemment. En outre, ils étaient habités d'un espoir pathétique, car Paulus avait promis à nombre d'entre eux qu'il les libérerait par testament s'il venait à mourir prématurément.

Je n'avais pas eu le courage de leur dire combien leur espoir était vain, que des puissants convoitaient les biens de leur maître, biens dont ils faisaient partie. Le testament serait très certainement cassé. Les esclaves m'avaient semblé sincèrement affligés par la mort de Sergius, et il fallait le cœur de pierre d'un Caton (le sénateur) pour ne pas être ému par un tel dévouement. Paulus ne s'était pas remarié après la mort de sa femme-esclave, et même s'il s'était diverti à loisir avec ses jolies petites esclaves, il ne leur avait jamais fait miroiter la perspective du mariage comme tant d'hommes sans scrupules. Il n'avait eu d'enfant d'aucune femme, une calamité qu'il attribuait à une fièvre qu'il avait contractée en se rasant pour la première fois.

À mon goût, Sergius Paulus valait bien dix Publius Claudius, un rustre cruel, qui avait hérité de tous les privilèges à la naissance, mais qui était pourtant rongé par la certitude qu'on l'avait privé du meilleur. Au moins, Rome accordait-elle à des hommes comme Sergius Paulus la possibilité de s'élever au-dessus de leur statut servile et de devenir quelqu'un, ce qu'il n'avait pas manqué de faire. Les Grecs nous ont toujours regardés de haut et nous ont traités de Barbares grossiers, mais je n'ai jamais entendu parler d'un esclave athénien qui aurait gagné sa liberté à l'époque glorieuse de Périclès, et qui serait devenu un citoyen, avec de bonnes chances de voir ses fils s'asseoir dans la Curie, revêtus d'une toge au liséré pourpre, et débattre des affaires importantes de l'État avec d'autres sénateurs.

On ne peut pas nous retirer ce mérite. Nous autres, Romains, avons pratiqué la cruauté et la conquête sur une échelle jamais atteinte, et pourtant nous avons laissé sa chance à chacun. Nous avons réduit des nations entières en esclavage, mais nous ne faisons pas de la servitude un obstacle à l'ascension sociale. Les patriciens se flattent de leur supériorité, mais que sont-ils sinon les piètres vestiges d'une aristocratie décrépite, depuis longtemps discréditée ?

C'est bien triste à dire, mais à l'époque, nous étions fous. Nous nous battions classe contre classe, famille contre famille. Nous avions même innové avec une guerre des maîtres contre les esclaves. Des nations ont été détruites par la guerre civile et par les luttes intestines. Rome est toujours sortie renforcée de ce genre de conflits, preuve supplémentaire de notre originalité. À l'époque dont je parle, deux partis se faisaient la guerre : les *optimates*, une aristocratie oligarchique qui se considérait comme l'élite ; et les *populares*, qui se voulaient le parti de l'homme du peuple. En fait, les politiciens de chaque parti n'avaient d'autre idéal que l'accroissement de leur bien-être. Pompée, un ancien collègue de Sylla, était le chef des *optimates*, alors que Caius Julius Caesar, bien que patricien, était l'homme en vue des *populares*. L'oncle par alliance de César n'était autre que le grand Marius dont le nom était toujours vénéré par les *populares*. Avec de tels chefs, le fait que Rome ne fût pas aisément détruite par ses ennemis prouvait à n'en pas douter que nous bénéficiions d'une faveur particulière des dieux.

Ces belles pensées ne résolvaient pas mes problèmes. D'autant que j'avais un fait nouveau à considérer : le souhait désenchanté de mon père que l'affaire fût reportée à la prochaine magistrature m'avait rappelé qu'il ne me restait plus beaucoup de temps. Les nouveaux magistrats prendraient leurs fonctions dans près d'un mois. Les membres des commissions ne sont pas élus, ils sont nommés ; j'avais le pressentiment que les futurs préteurs avaient déjà choisi leurs candidats et que je n'étais pas de ceux-là. C'était l'époque où nous utilisions l'ancien calendrier, qui ne serait abandonné que quelques années plus tard, de sorte que le grand pontife* devrait déclarer un mois supplémentaire. Cette année-là, l'année commencerait aux alentours du 1er janvier, comme maintenant. Le nouveau calendrier n'était pas l'une des meilleures idées de César. (Il l'appelait son calendrier. En fait, c'était l'astronome de Cléopâtre, Sosigène d'Alexandrie, qui l'avait créé, et c'était par manquement à son devoir que César avait laissé l'ancien se désagréger quand il était grand pontife. Tu ne trouveras pas ce détail, lecteur, dans les livres d'histoire écrits plus tard par ses valets.)

Le plus étonnant était que Pompée, ou Crassus, ou n'importe quel préteur, aurait pu m'ordonner de stopper mon enquête, ou de remettre un faux rapport.

C'était d'ailleurs ce qu'ils rêvaient de faire. Mais après le chaos des années précédentes, nos gouvernants étaient déterminés à respecter les formes constitutionnelles et à éviter par tous les moyens les stigmates de la tyrannie.

Ce qui ne signifiait pas, bien évidemment, qu'ils se gêneraient pour saboter mon travail, même s'il fallait m'assassiner. J'étais convaincu que seul le prestige de ma famille me préservait de mesures radicales. Les deux partis courtisaient les Metelli. Nous avions une vieille réputation de modération et de pondération dans les affaires de l'État. Les Metelli s'étaient toujours opposés aux extrémismes des deux partis. Nous bénéficiions donc d'une renommée enviable auprès des aristocrates et des hommes du peuple confondus, et seul un politicien suicidaire nous aurait attaqués de front.

Cependant, je n'étais pas rassuré pour autant. J'ai déjà mentionné l'extrême témérité de nos hommes politiques, et je ne savais toujours pas jusqu'où les conduirait cette fange de corruption. Jusqu'à présent, tous ceux qui auraient pu m'aider à résoudre l'énigme avaient été assassinés.

Je me souvins alors d'un homme qui pouvait me servir. Le marchand Zabbaï m'avait expliqué que les pirates possédaient un agent à Ostie. La ville portuaire n'est pas à plus de dix-huit milles de Rome, qu'on emprunte la via Ostiense ou qu'on descende le fleuve. J'espérais qu'il me fournirait des informations précieuses. Je ne perdais rien à essayer, en tout cas, et j'étais décidé à m'y rendre sur-le-champ.

Je repassai chez moi, puisai quelques pièces dans mon coffre chroniquement dégarni, en remplis une petite bourse, pris mon manteau de voyage, le même vêtement de laine que j'avais porté dans ma campagne d'Espagne, j'avertis Caton de ne pas m'attendre avant le lendemain et me mis en route.

Connaissant à peine Ostie, je décidai de prendre un guide et j'avais justement l'homme de la situation. Je rendis donc visite à Macron.

— Décius Cécilius ! s'exclama-t-il. Je ne m'attendais pas à te voir. Je n'ai toujours pas reçu de nouvelles du domaine de Baïes. J'en aurai d'ici deux ou trois jours.

— Fort bien. Mais ce n'est pas ça qui m'amène. Il faut que j'aille à Ostie et j'ai besoin d'un guide car je dois rencontrer des gens qui n'ont rien d'officiel. Prête-moi Milon, je te le rendrai avant demain soir.

— Certainement.

Il envoya un esclave quérir le jeune homme.

— Tu peux peut-être m'aider davantage, déclarai-je. J'ai besoin de contacter un agent qui négocie pour les pirates. Saurais-tu son nom et où on peut le trouver ?

— Mon territoire s'arrête aux murailles de Rome. Mais Milon te renseignera. Qu'est-il arrivé à ton cou ? me demanda-t-il soudain.

— Mon cou ?

— Oui, on dirait que tu as essayé de te pendre. Les choses vont-elles mal à ce point ?

Je palpai ma gorge. Je ne sentis rien mais je devinai que je portais la même trace que j'avais vue autour du cou de Sergius Paulus.

— Oh, ça ! J'ai juste pris une leçon de garrot. Ça devient à la mode, ces temps-ci.

— Il paraît. Ce matin, c'était au tour de Sergius Paulus, non ? Ces porcs d'Orientaux. La ville en est pleine. C'est déjà assez qu'ils nous apportent leurs foutus dieux et leurs cultes, voilà qu'ils utilisent leurs lacets. Comme si l'acier romain n'était pas assez bon !

— Encore un signe des temps.

Quelques minutes plus tard, Milon arriva et je lui expliquai ce que j'attendais de lui.

— Tu peux l'aider ? demanda Macron.

— Aucun problème. On peut prendre une barge qui descend à vide et être à Ostie avant la nuit. Ton homme s'appelle Hasdrubal ; c'est un Phénicien de Tyr. Il avait une échoppe sur le quai de Vénus.

— Eh bien, allons-y, dis-je.

Nous quittâmes Macron et nous dirigeâmes vers les quais, à quelques minutes de marche. Je pris l'écharpe que m'avait offerte Zabbaï et la nouai autour de mon cou à la mode des soldats. Je n'étais pas disposé à subir d'autres questions sur l'état de mon cou. Dans la rue, des gens interpellaient Milon, qui leur répondait par un salut en souriant.

— On dirait que tu t'es vite fait connaître, remarquai-je.

— Macron me demande de gagner des votes pour les prochaines élections.

— Elles n'auront pas lieu avant des mois. N'est-ce pas prématuré de faire du racolage ?

— C'est aussi ce que dit Macron. Je lui explique qu'il n'est jamais trop tôt. Lui, il pense toujours à l'ancienne mode, comme tout le monde. Les gens s'imaginent que c'est comme pour la fonction publique ou le calendrier religieux : il y a des jours pour le travail, des jours pour les sacrifices, des jours pour les fêtes, et ainsi de suite. Moi, je prétends qu'on travaille tous les jours de l'année. Depuis que je suis à Rome, j'ai abattu deux fois le travail de dix des hommes de Macron réunis.

— Méfie-toi de Macron, conseillai-je. Les hommes comme lui ont vite fait de prendre ombrage des jeunes qui grimpent trop vite.

Nous passions près de ma maison lorsque j'aperçus trois hommes venir à notre rencontre, nous barrant la route. L'un était Publius Claudius.

— Quel heureux hasard ! fit-il. Nous venons justement de chez toi et ton esclave nous a dit que tu avais quitté la ville.

— Je vais de ce pas prendre le bateau, expliquai-je.

Il était accompagné de deux énormes brutes, anciens gladiateurs couturés de cicatrices dont les tuniques cachaient mal les armes qu'ils portaient.

— Tu voulais me voir pour des raisons personnelles ? demandai-je.

— Pas précisément. J'ai un conseil à te donner, Décius. Un conseil que notre consul Pompée est trop poli pour te l'avoir clairement délivré. Il faut que tu cesses immédiatement de fourrer ton nez dans les agissements de l'importateur grec. Rédige un rapport crédible disant que tu n'as pas réussi à découvrir son assassin ni l'auteur de l'incendie de son entrepôt.

— Je vois. Et pour Sergius Paulus ?

— C'est l'eunuque qui l'a tué, qui d'autre ?

— En effet, qui d'autre ? Ah, et Marcus Ager, alias Sinistrus ?

— Tout le monde s'en moque ! Je te préviens, Décius, remets ton rapport et personne ne cherchera plus loin. Sinon…

— Ah, tu me préviens ?

Il commençait à me fatiguer et je sentais la colère monter dangereusement.

— Et de quel droit me fais-tu ces recommandations ? Ou, devrais-je dire, ces menaces ?

— Je suis un citoyen romain qui s'inquiète des affaires publiques. Suivras-tu mon conseil, Décius ?

— Certainement pas. Et maintenant, laisse-moi passer, ordonnai-je en essayant de me frayer un chemin.

Tu empêches un officiel romain de remplir ses fonctions.

— Strabon, Coclès ! s'écria Publius.

Les deux brutes portèrent la main sous leur tunique.

— Même toi, Claudius, tu n'oseras pas attaquer un fonctionnaire romain en plein jour.

— Tu n'as pas à me dire ce que j'ai le droit de faire dans ma ville !

Je compris seulement que Publius Claudius était fou. Un vrai Claudius. Les deux brutes avaient sorti leur dague, et je me rendis compte que j'avais mal apprécié la situation. Même Pompée ne m'aurait pas affronté directement, mais rien n'arrêtait Publius. J'allais, mais un peu tard, m'emparer de mes armes, quand Milon s'interposa.

— Permets-moi, dit-il en m'écartant.

Et en deux gestes vifs, il frappa les deux hommes. Comme ça, à mains nues, un coup à droite, un coup à gauche, avec un bruit de planche brisée. Les deux hercules s'effondrèrent, tels des bœufs sacrificiels sous la hache du prêtre. Leurs visages ruisselaient de sang, comme frappés par une massue hérissée de clous. J'ai déjà évoqué la callosité des mains de Milon.

— Celui-là aussi ? demanda-t-il en désignant Publius qui tremblait d'une rage contenue.

— Non, c'est un patricien. Le tuer, à la rigueur, mais ces gens-là prennent très mal l'humiliation.

— Qui est cet homme ? siffla Publius.

— Oh, excuse-moi, j'en oublie les bonnes manières. Publius Claudius Pulcher, permets-moi de te présenter Titus Annius Milo, citoyen d'Ostie et résidant à présent dans notre ville, un client de Macron. Milon, je te présente Publius Claudius Pulcher, descendant d'une longue lignée de consuls et de criminels. Autre chose, Claudius ?

J'avais envie de lui raconter ce que j'avais fait avec sa sœur, juste pour le plaisir de le voir étouffer d'apoplexie, mais je n'étais pas sûr de ce que j'avais réellement fait.

— Ta famille ne te sauvera pas, cette fois-ci, menaça Publius. Ce n'est pas un jeu pour les enfants, il faut pouvoir aller jusqu'au bout. Quant à toi, fit-il en s'adressant à Milon, je te conseille de retourner à Ostie. Ici, c'est *ma* ville !

Publius parlait toujours de Rome comme s'il en était l'unique propriétaire.

— J'ai bien envie de te tuer, ricana Milon. Ça m'évitera de le faire plus tard.

— Non, pas devant moi, je te l'interdis ! hurlai-je. Ce n'est pas parce qu'un imbécile mérite la mort que tu dois l'exécuter toi-même.

Milon haussa les épaules et décocha à Publius un sourire moqueur.

— Très bien, concéda-t-il. Une autre fois, alors.

— C'est ça, fit Publius d'un air sinistre. Une autre fois.

Nous atteignîmes le fleuve sans autres incidents. Plusieurs années plus tard, je repensai aux ennuis et aux malheurs que j'aurais permis d'éviter si j'avais laissé Milon tuer Claudius. Les augures eux-mêmes ne peuvent prévoir l'avenir, ils déchiffrent seulement la volonté des dieux dans les signes qu'ils nous adressent. Seules les sibylles voient l'avenir, mais elles s'expriment dans un charabia incompréhensible. Pour moi, ce jour-là, Claudius n'était qu'un minable fils de famille nuisible, et Milon un sympathique jeune voyou plein d'avenir.

Sur les quais, nous avisâmes une barge qui se préparait à redescendre le fleuve après avoir déchargé sa cargaison. Nous montâmes à bord et nous installâmes à l'avant. Bientôt, les rameurs levèrent l'ancre et dirigèrent l'embarcation vers le milieu du Tibre. Ensuite, le courant fit le travail à leur place.

C'était autrement plus agréable que de voyager par la route. Bien sûr, l'air était humide et frais, mais je n'aurais pas été mieux loti à cheval et cela permettait de ménager mon dos. La via Ostiense, de même que beaucoup de routes aux abords de la ville, était bordée de tombes, comme s'il était vraiment nécessaire de nous rappeler notre condition de mortels. Les tombes n'étant pas assez lugubres, certains avaient jugé bon de les couvrir de slogans politiques, d'annonces pour les prochains jeux et de serments d'amoureux.

Le fleuve était dépourvu de cet étalage de vulgarité. Une fois hors de la ville, nous pûmes admirer la plaine du Tibre, émaillée de jolies fermes, de riches résidences secondaires, et, çà et là, d'un latifundium avec son propre embarcadère. Après l'assourdissant vacarme de la ville, cette promenade fluviale était des plus reposantes. Le vent se leva, et les rameurs hissèrent leur unique voile carrée afin d'accélérer l'allure, et même le claquement des tolets cessa. Le silence régnait.

— Je repense à cet imbécile de Claudius, déclara Milon. Est-ce que tous les politiciens romains lui ressemblent ? J'ai entendu parler de lui. On prétend qu'il veut devenir tribun.

J'aurais voulu le rassurer, lui dire que Claudius était une exception regrettable, que la majorité des hommes politiques ne songeaient qu'à servir honorablement le Sénat et le peuple, malheureusement je ne pus.

— Oui, il est assez représentatif, dus-je admettre à contrecœur. Peut-être est-il seulement un peu plus impitoyable, un peu plus fou.

— J'aimais déjà Rome, ricana Milon, mais je crois que je vais l'aimer encore davantage.

Nous atteignîmes Ostie en fin d'après-midi. Je n'avais qu'une connaissance superficielle de la ville, car lorsque j'avais embarqué pour l'Espagne, j'étais tellement ivre que mes amis avaient dû me porter à bord, mes souvenirs étaient donc on ne peut plus flous. Pour le retour, j'avais emprunté la voie terrestre, plus longue mais moins périlleuse. Cette fois, j'avais la ferme intention de découvrir la ville. Quand j'atteindrais l'âge requis, je me présenterais à la questure, or chaque année, un questeur était affecté à Ostie pour superviser l'approvisionnement en céréales. Les longues et nombreuses guerres avaient presque vidé l'Italie de ses fermiers, et les latifundia n'étant guère rentables, nous dépendions des récoltes extérieures.

Nous passâmes devant le grand port maritime, construit à l'occasion des guerres puniques et qui tombait maintenant en ruine. Sur leurs cales, les vieux navires de guerre ressemblaient à des cadavres de soldats, oubliés après la bataille, et dont la peau desséchée dessinait le squelette. Certains bateaux étaient entretenus, leur mât, leur voile, leur espar et leurs agrès rangés pour l'hiver. Comme nous glissions devant les quais de marchandises, Milon déclina leurs noms : le quai de Vénus, le Vulcain, le Cupidon, le Castor et Pollux, et une demi-douzaine d'autres.

Le temple de Vulcain, dieu protecteur d'Ostie, dominait la ville. Du quai de Vénus, nous marchâmes jusqu'au Forum, flanqué de deux belles statues de bronze des Dioscures, patrons d'Ostie et de Rome. Ostie était plus petite et moins peuplée que Rome ; plus agréable, en fait. Les rues étaient plus larges, les immeubles plus récents, la plupart agrémentés d'une façade de marbre d'un blanc étincelant. Les autres étaient principalement en brique. Les architectes avaient renoncé au plâtre et à la chaux, pour d'harmonieux assemblages de briques.

— Il se fait tard, me dit Milon, mais on peut encore obtenir quelques renseignements. Viens, allons au théâtre.

Du Forum, nous empruntâmes une large rue qui nous amena au bâtiment en question. Le choix de Milon m'étonna, vu le caractère de notre mission, mais après tout, c'était lui le guide.

C'était un immense bâtiment de trois étages, à la façade de marbre, et semi-circulaire comme les théâtres grecs. À cette époque, Rome n'avait pas de théâtre permanent et devait se contenter de constructions en bois vite inflammables, où, parfois, le Sénat se réunissait les jours de grande chaleur.

Il s'avéra que les guildes, confréries et corporations concernées par le commerce maritime avaient établi leurs bureaux sous la colonnade du théâtre. Cette astucieuse utilisation de l'espace public centralisait toutes les organisations dans un même lieu, et chacune payait sa part pour l'entretien du bâtiment. En nous promenant sous les arches, j'admirai l'allée pavée qui courait le long du théâtre. Devant chaque bureau, des mosaïques représentaient l'activité de la confrérie : deux avirons croisés pour la guilde des rameurs, une amphore pour les importateurs de vins, des voiles pour les fabricants de voiles, et cætera. L'une des mosaïques représentait un homme nu en train de nager. Perplexe, j'interrogeai Milon.

— *Urinatores*, m'expliqua-t-il. Sauveteurs de plongée. C'est une guilde extrêmement importante à Ostie. Il y a beaucoup de naufrages dus aux tempêtes et aux accidents, et il faut débarrasser le chenal des débris. Leur travail est nécessaire mais aussi très périlleux ; c'est pourquoi ils sont très respectés.

— Je veux bien le croire.

À près de dix-huit milles, et pourtant si différente de Rome. Les deux villes auraient pu être aux deux extrémités de la mer.

— Où allons-nous ? m'enquis-je.

— Ici, me dit Milon en mettant le pied sur une mosaïque qui représentait les trois Moires à leur métier : Nona, Decima et Morta.

— Là, j'aurai besoin d'explications, dis-je. Sûrement, Ostie ne reçoit pas de cargaison de destin.

Milon partit d'un éclat de rire. Son rire était le plus joyeux que j'eusse entendu, celui du triumvir* Marc Antoine excepté.

— Non, dit-il enfin, nous sommes au quartier général de la guilde des importateurs de vêtements.

Nous entrâmes et un employé leva la tête des rouleaux de parchemin qu'il était en train de ranger, l'air pressé de plier bagage.

— J'allais fermer, bougonna-t-il. Revenez demain… Oh, Milon ! Salut.

— Salut, Silius. On ne te retiendra pas longtemps. Je te présente Décius Cécilius Métellus, de la commission des Vingt-Six, à Rome.

— Salut, dit-il sans afficher la révérence craintive habituelle.

Il savait que je n'avais aucun pouvoir à Ostie.

— On veut seulement savoir si Hasdrubal est toujours dans le coin, expliqua Milon. Et où il exerce.

— Ah bon. Si ce n'est que ça… Il a changé d'endroit, vous le trouverez près du quai de Junon, entre le marchand d'amphores d'occasion et le dépôt de cordages.

— Oui, je connais. Il continue son ancien trafic, j'espère ?

— Tu veux dire…

Silius fit le geste de se trancher la gorge.

— Oui, c'est toujours leur agent à Ostie.

— Bien. Merci, Silius. Viens, maître.

Je suivis Milon qui m'entraîna vers le fleuve. J'aurais pu aller à la résidence du questeur et demander l'hospitalité pour la nuit, mais je n'avais pas envie de rencontrer un fonctionnaire que je ne connaissais pas et à qui j'aurais dû fournir des explications sur les raisons de ma présence à Ostie ; je demandai donc à Milon s'il savait où nous pourrions trouver une auberge.

— J'ai l'endroit qu'il te faut, me déclara-t-il avec un sourire.

Et voilà qu'il me conduisit dans l'enceinte d'un grand temple. Après tout, dans une ville où les commerçants tiennent boutique dans un théâtre, pourquoi pas une auberge dans un temple ? Mais plutôt que d'aller vers les exquises colonnades du temple, nous descendîmes quelques marches pour pénétrer dans une immense crypte où des centaines d'hommes et de femmes étaient assis à de longues tables. Je n'avais jamais rien vu de pareil. À Rome, les échoppes à vin sont petites et les tavernes modestes. À Ostie, non. Quatre ou cinq foyers dispensaient lumière et chaleur, et des servantes circulaient au milieu des tables, portant des plateaux de victuailles et de pichets de vin.

Comme nous nous frayions un chemin à la recherche d'une place, des hommes saluèrent Milon. Je reconnus une douzaine de langues étrangères et remarquai les tuniques particulières et les attributs d'autant de guildes différentes, chacune rassemblée autour d'une même tablée. À l'une, les hommes avaient aux mains les mêmes cals que Milon ; à une autre, des athlètes au torse puissant et luisant se restauraient. Il s'agissait sûrement des plongeurs.

Nous nous installâmes à une petite table libre dans un recoin. Mes yeux s'étaient accoutumés à l'obscurité relative, et je m'aperçus que la taverne avait dû être taillée à même la roche qui supportait le temple. Pendant qu'on nous apportait un plateau de poissons et de saucisses fumants, avec du fromage, des oignons, du pain, des fruits et un pichet de vin, je questionnai Milon.

— On dit que la crypte est là depuis que la ville existe, m'expliqua-t-il. C'est une grotte naturelle qu'on utilisait autrefois comme réserve. Ensuite, on l'a agrandie, et le dieu là-haut, Mercure, fit-il l'index pointé vers le temple au-dessus, est apparu en songe à un prêtre et lui a ordonné de construire une grande taverne souterraine.

— Mercure, dis-tu ? Oui, c'est logique. J'imagine bien le protecteur du commerce demander à un prêtre d'ouvrir une affaire sous son propre temple. Louent-ils également des chambres ?

— Oui, derrière le temple. Elles sont décentes si tu n'es pas trop délicat.

— Ça m'ira, assurai-je.

Le vin n'était pas mauvais non plus, pour une taverne ; la foule des consommateurs était intéressante et variée. Les marins d'Ostie, de mer ou d'eau douce, étaient les mêmes durs à cuire qu'on rencontre dans tous les ports. Ils étaient bruyants et tapageurs, mais je ne vis aucune bagarre éclater. J'en parlai à Milon qui me désigna du menton un colosse au crâne rasé, assis dans un coin, une énorme massue en bois d'olivier à portée de main.

— Ils ont des spécialistes du maintien de l'ordre, expliqua-t-il. J'ai travaillé ici à la morte-saison, quand on n'avait pas besoin de moi sur les barges.

Nous attaquâmes le dîner en silence. Lorsqu'il ne resta plus que des arêtes et des miettes, une servante débarrassa le plateau et nous laissa un bol de figues et de noix. Tout en grignotant les fruits secs et en sirotant son vin, Milon commença à me sonder.

— Sans être indiscret, rendre visite à un agent des pirates ne me paraît pas judicieux pour un fonctionnaire.

— C'est vrai que je ne fais pas ça tous les jours, concédai-je.

— Et ce Claudius qui essayait de te forcer à arrêter l'enquête. Qu'est-ce que ça signifie ?

— En quoi cela te regarde-t-il ?

— Voyons ! s'exclama-t-il, feignant l'innocence. Je suis un citoyen romain qui s'inquiète des affaires publiques, comme l'ami Claudius.

Il joua la comédie le temps qu'il fallait, avant de rire de son rire inimitable, et cette fois, je ris de bon cœur avec lui. Malgré son impertinence, Milon avait une sorte de franchise désarmante et je ne pus m'empêcher de lui dévoiler toute l'histoire. Enfin, presque toute. J'omis mes exploits avec Claudia et Chrysis, par exemple. Je ne voyais pas l'intérêt de lui révéler l'incident, qui demeurait encore mystérieux pour moi.

Expliquer la situation à Milon me soulagea. Je ne pouvais me confier à aucun de mes pairs ni de mes collègues. Mes supérieurs semblaient compromis dans l'affaire et avaient à tout le moins des secrets coupables à cacher. Raconter mes malheurs et mes interrogations à Milon me permettait de purifier l'air de ses vapeurs malsaines. Il m'écouta avec une attention appliquée et ne m'interrompit qu'une ou deux fois, pour éclaircir un point particulier sur le rôle politique des hommes dont j'ai déjà parlé : César, Claudius, Hortalus, et même Cicéron.

— Ainsi, fit-il lorsque j'en eus terminé, tout tourne autour de l'amulette volée ?

Là encore, je fus impressionné par sa vivacité d'esprit.

— Il doit y avoir autre chose, dis-je ; mais c'est vrai que l'amulette est peut-être la clé qui me permettra d'ouvrir le coffre aux secrets.

— Il faut être prudent avec ce genre de boîte. Souviens-toi de Pandore, des hommes d'Ulysse et de la jarre des maux.

— Inutile de me le rappeler. Toutefois, comme j'ai déjà entrouvert le couvercle, je n'ai pas l'intention de m'arrêter avant d'en avoir fouillé le fond.

Ravi d'avoir poussé la métaphore jusqu'au bout, j'avalai une gorgée de l'excellent vin de Mercure. Soudain, un souvenir me revint.

— À propos, j'aimerais savoir si la statue de Lucullus a vraiment été frappée par la foudre il y a peu.

— Et comment l'aurait-elle pu puisqu'on ne l'a même pas érigée ? Il y a quelques années, la ville a bien proposé de dédier une statue à Lucullus, mais on n'a jamais réussi à réunir les fonds nécessaires. On a juste posé un piédestal en marbre sur le quai de Junon.

— J'aurais dû m'en douter. Voilà donc que Claudius invente ses propres présages.

— Astuce politique on ne peut plus payante, avança Milon. Il suffit de répandre des histoires de présages défavorables à son adversaire. Qui irait vérifier ?

— Les politiciens mentent comme ils respirent ; ils ne sont plus à un mensonge près.

— C'est tout de même bizarre, remarqua Milon, qu'après la rébellion de Sertorius ils souhaitent encore maintenir des contacts avec les pirates, qui ne demandent qu'à se payer la tête de Rome. L'année dernière, on voyait leurs voiles depuis les quais ; ils croisaient devant Ostie avec la dernière insouciance, et notre flotte restait dans ses cales sans réagir.

— C'est une honte ! acquiesçai-je. Certains responsables ont peut-être été soudoyés pour laisser les pirates naviguer sans faire intervenir la flotte. Ça ne me surprendrait pas.

Milon engloutit une poignée de noix, qu'il fit glisser avec une rasade de vin.

— Ça m'étonnerait, déclara-t-il ensuite. Les pirates ne craignent pas la flotte romaine. Pourquoi paieraient-ils pour la neutraliser ?

— Tu as raison. Mais certains puissants songent peut-être à louer les vaisseaux pirates comme flotte secondaire ; ça s'est déjà vu, au cours de guerres passées.

Au tréfonds de mon crâne, là où les pires soupçons émergent, une pensée commençait à prendre forme.

— Non, murmurai-je, ils n'iraient pas jusque-là.

L'intérêt de Milon s'éveilla.

— Tu m'as pourtant bien dit que nos ambitieux politiciens étaient quasiment prêts à tout. Qu'est-ce donc qui te semble impensable ?

— Non, je refuse même de l'envisager. Il faudra que j'attende d'en avoir une preuve formelle.

— Comme tu voudras. Dans ce cas, si nous allions chercher une chambre pour la nuit ?

— Bonne idée.

Ce ne fut qu'en me levant que je m'aperçus de ma fatigue extrême. La journée avait été longue et riche en événements : le réveil chez Claudia, encore sous l'effet de la drogue ; le meurtre de Paulus ; mon début d'étranglement chez Asclépiade ; la rencontre avec Claudius et ses deux brutes, et enfin le voyage jusqu'à Ostie, suivi d'une brève visite de la ville pour finir dans cette taverne souterraine. Il était grand temps de me reposer. Nous sortîmes à l'air pur, et Milon dénicha un prêtre qui nous conduisit à notre chambre. Je m'écroulai sur mon lit sans prendre la peine d'examiner les lieux.

VIII

À mon réveil, je me sentais incommensurablement mieux. Par la porte ouverte, j'aperçus les premières lueurs du jour, et dans le couloir, une silhouette penchée au-dessus de la balustrade. Je sortis du lit, trouvai une bassine d'eau et m'aspergeai d'abondance le visage avec le liquide glacé. Milon se retourna en m'entendant quitter la pièce.

— Il était temps que tu te lèves, commissaire, remarqua-t-il. Aurore aux doigts de rosée quitte la couche de son époux – comment s'appelle-t-il, déjà ? – Tithonus, je crois.

— Ah, je vois que tu fais partie des lève-tôt, dis-je en m'avançant dans la galerie qui courait le long de l'auberge.

Nous étions au quatrième étage, pourtant, je ne me souvenais pas d'avoir grimpé d'escalier, la veille. D'où nous étions, nous pouvions admirer le port, distant de quelques centaines de mètres à peine. L'aube naissante nous permettait de distinguer une myriade de détails, et il soufflait un vent frais, parfumé des senteurs de la mer. Des marchés de la ville, telle une offrande aux dieux, montait le tumulte quotidien. Une fumée s'échappait du grand temple de Vulcain, sans doute le feu d'un sacrifice matinal. Il était grand temps d'entamer une nouvelle journée au service du Sénat et du peuple de Rome.

— Allons-y, dis-je à Milon.

Nous descendîmes l'escalier délabré et, avant de nous frayer un chemin vers le quai de Junon, nous nous fîmes raser par un barbier ambulant. Des passants hélaient sans cesse Milon, au point que je m'interrogeai sur les raisons de son départ d'une ville où il avait acquis une telle popularité. Sans doute Ostie était-elle trop petite à son goût.

Nous trouvâmes notre échoppe sans difficulté, entre le dépôt de cordages et l'établissement d'amphores d'occasion, comme on nous l'avait indiqué. Des jarres de ce dernier, entreposées dans la cour, parvenaient des relents de lie de vin surie. Une odeur bien différente, inhabituelle mais pas désagréable, imprégnait l'échoppe d'Hasdrubal. Je compris qu'elle provenait de la teinture tirée du murex. La pourpre jouissait d'une popularité extraordinaire en Orient, mais à Rome, on l'utilisait surtout pour le large ruban de la tunique sénatoriale et le mince liséré de la tunique équestre. Seul un général célébrant un triomphe avait le droit de porter une robe entièrement teintée de pourpre, à la mode des rois étrusques. La demande ne devait pas être importante, mais l'Italie regorgeait d'anciens cultes qui exigeaient leurs propres insignes et j'imaginai qu'Hasdrubal faisait le gros de son commerce en fournissant leurs prêtres.

Devant son échoppe, ce dernier arrangeait le drapé d'un riche tissu pour le mettre en valeur. Il leva la tête et nous sourit, mais son regard vacilla légèrement quand il reconnut Milon. Grand et maigre, le teint foncé, la barbe noire taillée en pointe, il portait le bonnet conique de son peuple.

— Bienvenue à toi, mon vieil ami Titus Annius Milo. Et à toi, citoyen…

— Je suis Décius Cécilius Métellus, de la commission des Vingt-Six, membre de la commission des Trois, de Rome, quartier de Subure. Je suis chargé d'enquêter, poursuivis-je, espérant l'avoir impressionné par mes titres ronflants, sur le décès prématuré d'un de tes collègues, un certain Paramédès d'Antioche.

— Ah, oui, j'ai appris sa mort.

Là, Hasdrubal fit une série de gestes compliqués, sans doute pour apaiser les esprits du mort ou un quelconque dieu oriental.

— Je le connaissais à peine, reprit-il, une simple relation d'affaires, mais je regrette qu'il nous ait quittés.

— Eh bien, figure-toi que son départ n'a pas été accidentel ni volontaire, et c'est pourquoi une enquête s'avère nécessaire.

— Je suis à ton entière disposition.

La main sur le cœur, Hasdrubal exécuta une profonde courbette.

— Fort bien. Le Sénat et le peuple de Rome seront des plus satisfaits, déclarai-je d'une voix mielleuse qui n'avait rien à envier au plus onctueux des Orientaux. Dis-moi, quel genre d'affaires Paramédès et toi traitiez-vous avec les pirates ?

— D'habitude, il s'agissait de négocier des rançons. De temps à autre, les pirates capturent un bateau ou lancent une attaque contre une propriété habitée par un personnage important ; parfois même, ajouta-t-il en gloussant, pardonne-moi, un magistrat romain. Si les parents de cette personne, sa guilde ou sa corporation sont de la région Rome-Ostie, l'un d'entre nous négocie le transfert de la rançon. Par exemple, de nombreuses guildes maritimes d'Ostie possèdent un fonds de secours pour leurs membres qui tombent entre les mains des pirates. Dans la plupart des cas, la rançon est établie longtemps à l'avance : tant pour un maître marchand, tant pour un timonier, et ainsi de suite. Pour un personnage fortuné ou particulièrement haut placé, la rançon se discute directement entre les parties concernées.

— Je vois. Et avez-vous, toi ou Paramédès, négocié des commissions d'une importance particulière ou extraordinaire entre les pirates et des citoyens de Rome ?

Hasdrubal était perplexe.

— Extraordinaire ? Qu'entends-tu par là ?

— Eh bien, par exemple : il y a quelques années de cela, à l'époque de la rébellion de Sertorius en Espagne, il y eut certains arrangements entre ce général rebelle et le roi du Pont, Mithridate. Or, je sais que les pirates ont servi d'intermédiaires. Est-ce que Paramédès ou toi avez conclu des accords de ce genre ?

Il eut un geste de dérision. Ces gesticulations constantes m'assommaient, et j'étais content que les Romains n'aient pas la détestable habitude d'en émailler leurs propos.

— Je n'ai jamais traité d'affaires de cette ampleur, finit-il par déclarer. Nous autres, agents locaux, nous n'appartenons pas vraiment à la communauté pirate. Je doute qu'on nous fasse confiance pour les accords dont tu parles.

Voilà qui ne semblait pas très prometteur.

— Et Paramédès ? demandai-je tout de même.

— Lui non plus. Il a été leur agent plus longtemps que moi, et il a exercé dans d'autres coins de la Méditerranée, mais…

Hasdrubal réfléchit un instant.

— Bien sûr, si un Romain souhaite engager une ou plusieurs flottilles pirates, il peut très bien faire appel à nous pour arranger les contacts initiaux.

C'était déjà mieux.

— S'est-on adressé à toi pour les contacts dont tu parles ?

— Le cas ne s'est jamais présenté. Mais je ne peux pas répondre à la place de Paramédès.

— Malheureusement, il ne peut pas répondre davantage. Saurais-tu, par hasard, qui a négocié de la part des pirates à l'occasion de la conspiration entre Sertorius et Mithridate ?

C'était un essai en l'air, mais j'ai souvent remarqué que ce genre d'approche était aussi fructueux qu'une question directe.

— Les capitaines pirates sont des individualistes, il est rare que l'un d'eux soit autorisé à parler pour tous. Ils préfèrent utiliser les services d'un personnage haut placé qu'ils chargent de négocier en leur nom. Dans le cas que tu cites, il me semble que l'intermédiaire des pirates était le jeune Tigrane, le fils du roi d'Arménie.

L'expression qui se lut sur mon visage devait être éloquente, car Hasdrubal s'inquiéta.

— Tu ne te sens pas bien, citoyen ?

— Mieux que tu ne peux l'imaginer, Hasdrubal. Le Sénat et le peuple de Rome te remercient.

Il rayonnait.

— Souviens-toi de moi quand tu seras préteur et que tu auras besoin de pourpre pour ta toge.

— Ah, autre chose, si ce n'est pas trop te demander. Pendant la récente rébellion, Spartacus avait obtenu des pirates qu'ils convoient son armée de Messine à une destination inconnue. Le jour convenu, les pirates ne se sont pas présentés. On les avait achetés.

Hasdrubal prit un air gêné.

— Oui, ça ne leur ressemble pas, admit-il. Renier un accord !

— Peu m'importent les considérations éthiques, mais je voudrais savoir une chose : était-ce Tigrane leur négociateur ?

— C'était bien lui, acquiesça le Phénicien en se lissant la barbe d'un air songeur.

— Hasdrubal, dis-je en me levant pour prendre congé, je te promets de ne jamais acheter de pourpre ailleurs que chez toi.

Il nous raccompagna à sa porte avec force effusions et d'assommantes gesticulations.

— Aux quais ! lançai-je à Milon. Je dois être à Rome le plus vite possible.

— Aucun problème. Il est encore assez tôt pour attraper une barge. Ça valait le coup de faire le déplacement, pas vrai ? s'esclaffa-t-il comme si l'idée était venue de lui.

— Oui, admis-je. Ça commence à prendre sens. Et c'est encore pire que je ne le pensais. Crassus et Pompée sont tous les deux dans le coup.

Nous n'étions qu'à quelques pas du quai de Junon. Nous trouvâmes presque aussitôt une barge qui transportait des amphores de vin sicilien et qui accepta de nous conduire à Rome. Je n'aurais en aucun cas voulu voyager en compagnie d'une cargaison de poissons. Dès que nous fûmes installés à l'avant, la barge largua les amarres et commença à remonter vers l'embouchure du fleuve, par où nous étions arrivés la veille. Milon observa un instant les rameurs d'un air critique, puis reporta son attention sur moi.

— Tu deviens infréquentable, m'annonça-t-il. Un homme qui arrive à se mettre non seulement un, mais les deux consuls à dos, doit attirer la foudre comme le toit d'un temple. Qu'est-ce qui te fait croire que Crassus est dans la combine ?

— C'était lui qui avait piégé Spartacus à Messine, non ? Après avoir conclu un accord avec Spartacus, Tigrane a dû aller trouver Crassus pour essayer d'obtenir un meilleur prix.

— Pompée a aussi combattu l'armée servile, remarqua Milon.

— C'est vrai, mais plus tard. Quand Spartacus était à Messine, Pompée n'était pas encore rentré d'Espagne. Il a taillé en pièces la bande avec laquelle Crixus avait réussi à forcer le front que Crassus avait disposé à travers la péninsule. D'ailleurs, qui d'autre aurait pu soudoyer une flottille de pirates ? Crassus possède une fortune colossale, alors que Pompée gaspille la sienne à dorloter ses soldats.

— Oui, ça tient debout, concéda Milon. Mais c'était la rébellion servile de l'année dernière, et le soulèvement de Sertorius était antérieur de quelques années. Qu'est-ce que ça vient faire dans ce qui se passe aujourd'hui à Rome ?

Je m'adossai à une balle de toile d'emballage avec laquelle on matelasse les grosses jarres de vin.

— Je l'ignore, avouai-je, mais je commence à avoir quelques soupçons. Le... comment dire ? Le diplomate des chefs pirates est à Rome en ce moment même, alors que les deux hommes avec lesquels il a traité terminent leur dernier mois de consulat commun. L'ancien agent des pirates à Rome, Paramédès, vient d'être assassiné. Comment ne pas faire le rapprochement ?

— Et Tigrane est l'invité de ton cher ami Claudius.

Rien n'est plus excitant que de démêler une intrigue, et Milon s'amusait visiblement.

— Mais où intervient le meurtre de Paulus ? fit-il.

— Je ne l'ai pas encore découvert, dis-je, en me souvenant avec malaise de la litière que j'avais trouvée dans la cachette de Claudia, la même que j'avais surprise sortant de chez Paulus. Cela dit, Paulus était riche, peut-être plus riche que Crassus. Ça suffit pour l'inclure dans la conspiration. D'après moi, Sinistrus a assassiné Paramédès, et on a tué Sinistrus pour le réduire au silence.

— À moins qu'il n'ait voulu faire chanter son employeur, remarqua Milon.

— Encore mieux. De toute façon, il ne comptait pas. J'ai juste besoin de savoir qui l'a acheté à l'école de Statilius et l'a ensuite émancipé à une époque où c'était illégal. Le préteur qui a autorisé la transaction était forcément dans le coup, lui aussi.

— Tu vas bientôt retrouver la moitié du Sénat impliquée, ricana Milon.

— C'est possible, dis-je, mi-plaisantant mi-sérieux.

— Reste l'amulette volée.

— Là, j'avoue que je nage. Tant qu'on ne l'aura pas retrouvée, je ne pourrai comprendre pourquoi un objet aussi insignifiant possède autant de valeur.

Nous gardâmes le silence un moment, le temps d'admirer le panorama. L'absence de brise n'aidait pas la progression de la barge, mais nous nous laissions bercer par le chant rythmé des rameurs. Le clapotis régulier des avirons dans l'eau ne manquait pas non plus d'un certain charme mélodieux.

— Explique-moi, repris-je enfin, comment il se fait qu'un jeune et athlétique rameur d'Ostie arrive dans notre ville, affublé du vieux nom romain d'Annius.

Il s'adossa à une balle et croisa les mains derrière sa nuque.

— Mon père s'appelait Caius Papius Celsus. Il possédait des terres non loin d'ici. Comme on ne s'entendait pas, je me suis enfui de chez moi à seize ans et je me suis engagé dans la marine. Ma mère, qui était de Rome, en parlait toujours avec regret ; elle disait que c'était une grande ville, belle, riche, et que même un étranger pouvait y réussir. Ça m'a donné envie de connaître Rome. L'année dernière, je me suis arrangé pour me faire adopter par le père de ma mère, Titus Annius Luscus. Étant d'Ostie, j'avais le droit de citoyenneté, mais l'adoption m'a donné une tribu romaine. Je peux assister au conseil plébéien et aux comices centuriates. J'apprends la politique avec Macron, sur le terrain.

— Et avec moi, tu apprends la politique de haut niveau.

— C'est ça, acquiesça-t-il en s'esclaffant de son rire charmeur. Et d'après ce que j'ai vu, ça se rapproche beaucoup de ce qui se pratique sur le terrain.

Pour des raisons évidentes, il est plus long de remonter le fleuve que de le descendre. Des pluies récentes avaient grossi le Tibre et renforcé son courant, et pour aggraver le tout, le bateau avançait vent contraire. Par la via Ostiense, nous aurions pu être à Rome en quatre heures ; là, il faisait presque nuit quand nous atteignîmes la ville. Au moins n'avions-nous pas la plante des pieds en feu.

— J'avais des gens à voir, déclarai-je à Milon. Maintenant, il est trop tard. Enfin, on a déjà bien travaillé comme ça.

Il ne partageait pas mon optimisme.

— J'aurais préféré arriver plus tôt, dit-il d'un air sombre en scrutant les quais avec inquiétude. Il fait presque nuit, ça va être risqué.

— Qu'est-ce que tu veux dire ?

— Claudius a eu deux jours pour panser sa fierté patricienne blessée. Il va sans doute nous tomber dessus avant qu'on ait atteint nos foyers.

Je n'y avais pas songé. Si Claudius voulait toujours me contrecarrer, il aurait posté des hommes à lui à la porte d'Ostie et sur les quais. J'avais encore mes armes, et Milon semblait s'en tirer à mains nues, mais nos agresseurs éventuels seraient en surnombre. À cette époque, il n'était pas rare qu'un aventurier politique comme Claudius entretienne une troupe de vingt à trente voyous et qu'il puisse en mobiliser plus de deux cents en un clin d'œil. Bien sûr, Claudius commençait seulement sa carrière honteuse, mais j'étais certain qu'il avait trouvé une douzaine de fripouilles pour nous attendre.

— On aurait dû acheter des manteaux à capuche à Ostie, remarquai-je. Un bon déguisement nous aurait été fort utile.

— S'il fait assez noir, dit Milon, ils ne nous verront peut-être même pas.

Je n'en étais pas si sûr.

— Il y a dans cette ville une personne dotée d'yeux de chat. Mon cambriolage, l'assassinat de Paulus et celui de Sinistrus ont tous été commis en pleine obscurité.

— C'était peut-être un fantôme, déclara Milon.

Je me demandai s'il était sérieux.

— Mais je n'ai jamais entendu parler d'un fantôme étranglant quelqu'un, volant des objets ou s'intéressant à la politique. Non, le coupable est décidément fait d'une matière plus substantielle.

La nuit tombe vite à cette époque de l'année. Lorsque les rameurs amarrèrent la barge, les étoiles avaient déjà envahi la voûte céleste. Les habituels badauds traînaient toujours sur les quais, mais comment les distinguer de nos éventuels agresseurs ? Nous grimpâmes sur le quai, puis nous nous dirigeâmes vers les entrepôts, l'œil aux aguets.

— Je t'accompagne chez toi, proposa Milon.

— Merci.

Il n'était pas question de refuser au nom d'une fierté imbécile.

— Si tu veux, tu peux dormir chez moi.

— Pas la peine. C'est après toi qu'ils en ont.

Nous avançâmes bientôt à l'aveuglette. La faible lueur des étoiles qui se reflétait sur le pavé rendu mouillé par une averse récente permettait à peine de distinguer les plus grosses constructions.

Je sursautai quand Milon me toucha l'épaule. Il s'approcha et me glissa à l'oreille :

— Il y a quelqu'un derrière nous.

Nous étions encore à plusieurs carrefours de chez moi.

Sans bruit, j'empoignai le pommeau de ma dague de la main droite et enfilai le ceste de l'autre. Nous fîmes encore quelques pas, puis Milon murmura :

— Ils étaient quatre à nous suivre ; ils ne sont plus que deux. Les autres ont fait le tour pour nous prendre en tenaille.

Quels qu'aient été nos poursuivants, l'inconnu aux yeux de chat était leur guide. Je les entendais à peine, mais Milon avait l'ouïe plus fine que moi. C'était aussi un meilleur tacticien.

— Faisons demi-tour, conseilla-t-il, et attaquons-nous à ceux qui nous suivent. On s'occupera des autres ensuite.

— Bonne idée.

Nous suivîmes son plan, et j'entendis nos poursuivants approcher, puis les bruits de pas cessèrent quand ils comprirent que nous nous étions arrêtés. Il y eut des murmures dans leurs rangs.

— Fonce ! m'ordonna Milon en s'élançant.

Je le suivis à l'aveuglette, la dague en avant. Je sentais bien une présence, mais je ne voyais pas où était mon adversaire et j'avais peur de frapper Milon. Puis un visage se matérialisa devant mes yeux et une haleine empestant l'ail et le vin me fouetta les narines. Je plongeai ma dague et vis briller l'éclair d'une lame. Je réussis à dévier l'épée avec la plaque de bronze qui entourait mes phalanges au moment où ma dague s'enfonçait dans un corps mou.

Dans ces moments cruciaux, les choses prennent un aspect irréel ; le temps s'étire. Comme mon agresseur s'écroulait, je contournai son corps et j'aperçus du coin de l'œil une faible lueur diffuse, comme celles qui scintillent au-dessus des marais pour tromper les voyageurs imprudents. Je crus pour de bon qu'un fantôme nous attaquait. Mais le fantôme de qui ? Il y avait eu tant de morts ces derniers temps.

Des grognements m'indiquaient que Milon ferraillait toujours avec son agresseur. Puis deux autres formes se ruèrent sur nous. J'agrippai une étoffe, pensant tenir une tunique, et je m'apprêtais à porter un coup fatal à son propriétaire quand l'étoffe glissa de la lanterne qu'elle camouflait et j'aperçus l'homme qui la tenait me menacer de son épée. Un second s'avançait à croupetons et j'en entrevis un troisième derrière eux. Donc, ils étaient cinq. Au temps pour l'ouïe supérieure de Milon !

J'attaquai aussitôt l'homme à la lanterne, pensant qu'elle le gênerait pour se battre, mais il la laissa tomber et fit front. La lanterne continua à éclairer la rue de son léger scintillement, rendant la scène encore plus surnaturelle. L'épée qui cherchait à m'atteindre ne l'était pas, elle. Je fis un pas de côté, mais butai contre un corps, celui de Milon ou de son adversaire, et je n'eus que le temps de rentrer mon ventre pour éviter la lame. Elle me laboura néanmoins les chairs en passant. D'un geste vif, je plantai ma dague dans l'avant-bras de l'audacieux et lui décochai de mon ceste un coup en pleine mâchoire. Je sentis les os se fracasser sous l'impact, mais, pour faire bonne mesure, j'achevai mon homme d'un coup de dague. Il n'est jamais bon de s'imaginer qu'un blessé est hors de combat tant qu'il bouge encore.

Lorsqu'il s'écroula, je me retournai pour voir où en était Milon. Il se bagarrait avec son deuxième adversaire de la soirée. Le cinquième agresseur, lui, avait disparu.

— Apporte la lanterne, m'ordonna Milon.

Je la saisis avec précaution par son anneau, l'ouvris, et de la pointe de ma dague, je réglai la mèche jusqu'à obtenir une lumière suffisante, ensuite je m'avançai vers Milon. Il maintenait son opposant au sol en lui tordant le bras, un pied sur son torse. Apparemment, il lui avait passé sa propre lame à travers le corps. Les trois autres semblaient morts, et des armes jonchaient le sol : une courte *sica*, une longue *sica*, et même un *gladius**. Le glaive était plus petit que celui des légionnaires, c'était cette arme qu'avaient utilisée les soldats romains un siècle auparavant et dont on se servait encore dans l'amphithéâtre. Les hommes, eux, m'étaient inconnus. Rome possédait tant d'hommes de main que leur sort comptait peu.

Celui que tenait Milon ressemblait à tous les autres : un robuste crétin auquel il aurait été difficile de donner un âge, avec les nombreuses cicatrices qui défiguraient son visage, parmi lesquelles des traces de ceste. C'était donc un pugiliste, profession que choisissent rarement les plus intelligents.

— Je crois que ce brave a des choses à nous dire, déclara Milon en tordant le bras du fripon, qui gémit de douleur.

— Fort bien.

Je m'accroupis à côté de l'homme et l'éclairai de ma lanterne. Il lui restait peu de temps à vivre ; je devais donc faire vite.

— Qui t'a engagé ? demandai-je.

— Claudius, grogna-t-il pendant que Milon renforçait sa prise. Il nous a dit que tu aurais une écharpe jaune autour du cou.

Moi qui parlais de déguisement, j'avais oublié que je portais cet objet trop voyant quand nous avions rencontré Claudius la veille.

— Et qui vous a guidés, ce soir, ordure ? demanda Milon. Qui vous a guidés pour que vous puissiez nous suivre ?

— Un garçon.

Comme il ne semblait pas prêt à en dire davantage, Milon l'encouragea à plus d'éloquence.

— Aaaah ! hurla le brigand. C'était un étranger, un Oriental. Il avait un accent oriental. Il prétendait qu'il reconnaîtrait notre cible. Il a fait l'aller et retour entre la porte d'Ostie et les quais toute la journée. Il est venu nous rejoindre quand on a fermé la porte pour la nuit et il est arrivé aux quais en même temps que vous. Il nous a dit que tu étais celui qu'on recherchait. Il nous a conduits dans les rues comme s'il était en plein jour. Ce gosse a même des yeux dans les talons, je vous jure.

Il articula ces derniers mots dans un râle, et Milon relâcha sa prise.

— Bon, on n'en tirera pas davantage, déclara-t-il. Qu'est-ce qu'on fait d'eux ?

— Laissons-les pour les vigiles. Je rédigerai un rapport complet quand j'aurai clos cette affaire, inutile de perdre du temps maintenant. Allons chez moi.

Avec la lanterne, nous arrivâmes à bon port sans difficulté.

— Je te laisse, me dit Milon quand Caton ouvrit la porte.

— Je n'oublierai pas ce que tu as fait pour moi, Milon, crois-moi. Tu as été largement plus qu'un simple guide.

— C'est ça. Souviens-toi de moi quand tu auras une magistrature importante.

Sur ce, il s'éloigna. Je crus d'abord qu'il s'attendait à se retrouver un jour devant mon tribunal, mais le jeune Milon avait d'autres ambitions.

J'ignorai les protestations scandalisées de Caton sur mes rentrées tardives et mes fréquentations douteuses et allai directement dans ma chambre. Je lui demandai de m'apporter quelque chose à grignoter, une bassine d'eau et des serviettes propres. Il s'exécuta en ronchonnant. Lorsqu'il revint avec ce que j'avais commandé, je le congédiai et fermai la porte derrière lui.

J'ôtai ma tunique pour examiner ma blessure. Elle semblait bénigne, mais elle me brûla quand je voulus la nettoyer avec du vin. Je la bandai de mon mieux à l'aide des serviettes, je comptais la montrer à Asclépiade le lendemain matin.

Éreinté par le voyage et la vive échauffourée, je m'assis sur mon lit et me forçai à ingurgiter quelques victuailles. J'avais déjà été blessé au combat, mais ce genre de bagarre était nouveau pour moi. Sans doute était-ce le contrecoup de cette brusque violence inattendue qui me rendait si mélancolique. Je venais d'être victime d'une tentative d'assassinat, et qui plus est, de la part des pires fripouilles, de la lie de l'humanité.

En outre, j'étais déçu que le garçon m'ait à nouveau échappé. Lui seul pouvait me conduire à l'amulette qu'on m'avait volée. Je vérifiai que les barres de bronze que j'avais fait installer étaient en place aux fenêtres. Oui, elles y étaient, mais seraient-elles suffisantes ? Je commençais à croire que ce garçon possédait des pouvoirs surnaturels et que de vulgaires barres métalliques ne l'empêcheraient pas d'utiliser son lacet démoniaque.

Grimaçant de douleur, je m'étendis sur le dos et fermai les yeux. J'avais appris beaucoup, et pourtant ce n'était pas assez. Sur cette triste pensée s'acheva une autre journée.

IX

Le lendemain, je rédigeai une lettre. C'était une chose que j'avais à l'esprit depuis que j'avais croisé la litière d'une des vestales, quelques jours auparavant. J'en avais caressé l'idée, puis je l'avais écartée. À présent, j'étais décidé. Ce que je m'apprêtais à faire n'était pas seulement illégal, c'était sacrilège. Cependant, je croyais sincèrement que le bien de l'État était en jeu. En outre, ma vie avait été menacée, et un homme qui vient d'échapper à la mort envisage ses rapports aux dieux d'un autre œil.

« Chère tante, commençai-je. De ton obscur neveu Décius Cécilius Métellus, salut. Je considérerais comme une faveur personnelle rarissime si tu me permettais de te rendre visite, le jour qui te conviendra le mieux. Les raisons qui me poussent à vouloir te rencontrer sont doubles : d'abord, j'ai négligé depuis trop longtemps mes obligations familiales envers toi, et ensuite à cause d'une délicate affaire d'État que tu peux m'aider à résoudre. Si tu acceptes de me recevoir, je te prie d'avoir la bonté de remettre ta réponse à ce messager. » Je glissai le papyrus dans un rouleau que je scellai avec un cachet de cire, et sur lequel j'écrivis : « Pour les yeux de la révérende Cécilia Mételli. »

Je confiai le rouleau à un jeune esclave que j'empruntai à mon voisin et lui ordonnai de le remettre à la maison des vestales et d'y attendre une réponse. Le garçon partit sur-le-champ, en se demandant quelle récompense il allait gagner, car la coutume voulait qu'on rétribuât l'esclave d'autrui avec générosité.

Le capitaine des vigiles m'avait annoncé dans son rapport matinal la découverte de quatre cadavres, mais j'étais en mesure de retarder l'enquête sur leur mort : d'abord, cela ressemblait à un règlement de comptes entre bandes rivales, ensuite, je pouvais faire valoir la priorité du meurtre de Paulus. La mort de quatre nouveaux brigands ne parviendrait jamais jusqu'au Sénat, et il me suffisait de découvrir leur identité et de rayer ensuite de la liste d'allocation des céréales ceux d'entre eux qui étaient citoyens, hypothèse fort peu probable. Il m'eût étonné qu'on vînt les réclamer, et dans trois jours, on les enterrerait dans la fosse commune. Leur disparition passerait inaperçue.

Dès que je me fus acquitté de mes devoirs matinaux, je m'excusai et me rendis au *ludus* de Statilius où je demandai Asclépiade. Il fut surpris de me revoir si vite.

— Non, ne me dis pas qu'il y a un autre meurtre à analyser ! s'exclama-t-il.

— Il s'en est fallu de peu. Mais la victime est indemne et elle est venue en personne afin que tu lui prodigues des soins. Tes esclaves savent-ils être discrets ?

— Viens, me dit-il, l'air inquiet, en m'entraînant dans la chambre où il avait failli m'étrangler quelques jours plus tôt. Tu es le Romain le plus original que j'aie rencontré depuis que je suis dans cette ville.

Je m'assis sur un tabouret et j'ôtai ma tunique. Asclépiade défit mon bandage maladroit, puis appela un de ses esclaves. L'homme entra et le Grec lui donna des instructions dans une langue que je ne reconnus pas, puis il examina ma plaie.

— J'ai vécu dans les endroits les moins civilisés, assura-t-il, mais je n'ai jamais vu de fonctionnaire se faire agresser si fréquemment.

— Tu fais partie de mes agresseurs, remarquai-je en grimaçant.

— Simple exercice éducatif. Mais celui qui t'a fait ça, dit-il en manipulant la plaie, ce qui m'arracha un cri de douleur, celui-là avait la ferme intention de t'ôter la vie. La blessure a été causée par un *gladius* ou par une dague à large lame au tranchant incurvé. Tu vois la légère entaille, là, au début de la coupure ? C'est là que la lame a entamé la chair avant de pénétrer plus avant.

— Je sais très bien de quelle arme il s'agissait, dis-je avec quelque impatience. Je l'ai vue de mes yeux, elle et celui qui la tenait. C'était un *gladius* d'arène.

— Exactement ce que je pensais ! triompha-t-il.

— Je suis fort aise que ton jugement se confirme, une fois de plus. Et maintenant, que peux-tu faire pour cette blessure ? Je me suis rendu compte en me levant qu'elle était plus sérieuse que ma fatigue et la faible lumière ne me l'avaient fait croire la veille.

— Oh, il n'y a rien à redouter, à moins que la gangrène ne s'installe, auquel cas tu mourras très certainement. Cependant, c'est improbable : tu es jeune, en bonne santé, et la plaie est propre. Si elle n'enfle ni ne suppure dans les prochains jours, tout devrait s'arranger.

— Tu es on ne peut plus réconfortant, ironisai-je.

L'esclave revint avec un plateau chargé d'instruments et une bassine d'eau bouillante. Il déposa le tout près du tabouret où j'étais assis, puis le médecin lui donna de nouvelles instructions et il repartit aussitôt.

— Quelle langue parles-tu ? demandai-je à Asclépiade pendant qu'il nettoyait ma plaie.

Avec une éponge qu'il trempait dans le liquide brûlant qui contenait des herbes astringentes, il commença par frotter activement la blessure. Je m'efforçai de retrouver la patience stoïque de mes ancêtres. J'essayai de puiser mon courage dans l'exemple de Mucius Scaevola, qui avait montré son mépris de la douleur en maintenant sa main dans le feu jusqu'à ce qu'elle fût entièrement calcinée.

— C'est de l'égyptien, déclara paisiblement le Grec.

Il n'en continuait pas moins de m'infliger des souffrances qui auraient fait la fierté d'un bourreau chargé d'arracher des aveux à un criminel.

— Je l'ai étudié à Alexandrie où j'ai vécu quelques années. Bien sûr, les gens parlent grec, là-bas, comme tous les civilisés, mais les habitants du Sud, de Memphis, de Thèbes, de Ptolémaïs, continuent à parler l'ancienne langue. Ils font aussi les meilleurs esclaves et les meilleurs serviteurs. J'ai donc étudié la langue pour apprendre les secrets médicaux des anciens Égyptiens et j'en ai profité pour acheter quelques esclaves. Je me suis assuré qu'ils n'avaient appris ni le latin ni le grec ; ainsi, ils me servent parfaitement et gardent mes secrets.

— Fort bien, dis-je quand la douleur s'atténua. Je te saurais gré de ne raconter à personne que tu m'as soigné.

— Tu peux compter sur mon entière discrétion.

Il s'efforça de garder un masque impassible de dignité professionnelle, mais sa curiosité l'emporta. Il était grec, somme toute.

— Donc, ce n'était pas, comment dire, une banale agression d'un détrousseur de grand chemin ?

— Mes agresseurs étaient on ne peut plus banals, déclarai-je.

— Tes agresseurs ! Il y en avait donc plusieurs ?

— Oui, quatre, dis-je en le regardant d'un air effaré s'emparer d'un morceau de tendon et d'une aiguille incurvée.

— Mais c'est homérique ! s'exclama Asclépiade en ajustant l'aiguille sur une paire de pinces en bronze ouvragé.

Tous ses instruments étaient agrémentés d'incrustations de feuilles d'acanthe en argent. Je me suis souvent demandé si les décorations sophistiquées des outils chirurgicaux n'étaient pas destinées à nous faire oublier l'usage inquiétant auquel ils sont destinés.

— En fait, admis-je, je n'étais pas seul. Mais je m'en suis tout de même payé deux.

Cette puérile fanfaronnade m'aida à supporter la morsure de la couture. Somme toute, après avoir ainsi clamé ma valeur, je ne pouvais décemment me plaindre de bénignes piqûres. Le Grec recousit la plaie à l'aide du tendon comme si ma chair n'était qu'une vulgaire toile de tente.

— Dirais-tu que cette attaque obéissait à des mobiles politiques ? m'interrogea-t-il.

— Je ne vois pas comment il pourrait en être autrement.

— Le monde politique romain ressemble à celui d'Athènes d'il y a deux cents ans, remarqua Asclépiade. Du temps des Pisistratides, d'Harmodios, d'Aristogiton et de leurs semblables. Athènes n'a pas connu que des hommes de la trempe de Périclès.

— Tu es bien le premier Grec à admettre que la Grèce n'était pas la perfection incarnée ! m'étonnai-je.

— Oh, nous restons tout de même supérieurs aux autres, fit-il avec un battement de cils offusqué.

L'esclave reparut, portant cette fois un bol fumant qui dégageait une odeur âcre.

— Ce cataplasme aidera la plaie à cicatriser sans risque d'infection, expliqua Asclépiade.

Il étendit la pâte infecte sur une gaze, puis l'appliqua sur mon flanc endolori. L'esclave me banda avec une grande dextérité, serrant le cataplasme tout en me laissant le loisir de respirer sans difficulté.

— Reviens dans trois jours, me dit le Grec, et je te changerai ton pansement.

— Comment vais-je pouvoir aller aux bains, de la sorte ? demandai-je.

— Même le meilleur médecin n'a pas réponse à tout. Mais je fais confiance à ton ingéniosité pour trouver une solution.

— Maître Asclépiade, je te remercie encore une fois. Attends-toi à recevoir une preuve de ma gratitude pour les saturnales* à venir.

Il parut ravi. Bien qu'il fût interdit aux avocats et aux médecins de percevoir des honoraires, ils pouvaient accepter des cadeaux.

— J'offrirai un sacrifice à mon dieu protecteur et je prierai pour que tu vives jusqu'aux saturnales. Puisse le mois qui s'annonce t'être plus doux que la semaine écoulée.

Il me raccompagna à la porte. Il n'était pas très subtil en me rappelant que les saturnales tombaient dans moins d'un mois et en sous-entendant que je devrais peut-être coucher un généreux cadeau en sa faveur sur mon testament, dussé-je trépasser avant la date. Trop pauvre pour être prodigue, je rentrai chez moi en réfléchissant à ce que je pourrais lui offrir. Je décidai qu'un médecin, prêt à exécuter ce qui n'était après tout que le travail d'un simple chirurgien, était fatalement un excentrique. Je lui offrirais donc un cadeau original.

Le jeune esclave m'attendait dans mon atrium. Il me tendit un petit rouleau de papyrus dont je brisai fébrilement le sceau. Le message était simple et bref : « Très cher neveu, cela fait bien trop longtemps. Viens me voir à la maison des vestales vers la douzième heure. Tante Cécilia. » Nous devions être à la fin de la neuvième heure. Comme les heures hivernales sont plus courtes que celles d'été, la douzième heure n'était pas très éloignée.

Tante Cécilia pensait certainement à la douzième heure affichée par le grand cadran solaire de Catane, sur le Forum. Messala l'avait rapporté comme trophée de Sicile près de deux cents ans auparavant, et le cadran fit longtemps la fierté de Rome. Malheureusement, réglé pour la Sicile, bien au sud de Rome, il ne permettait pas une lecture précise de l'heure. Incroyablement vieux jeu, les vestales ignoraient sans doute le cadran solaire et la clepsydre beaucoup plus modernes de Philippe et de Scipion Nasica, vieux d'à peine cent ans. J'optai pour une estimation approximative de l'heure, comme la plupart des Romains. D'ailleurs, ma tante avait précisé « vers la douzième heure ». En outre, les cadrans solaires ne marchaient pas par temps couvert, et la clepsydre annonçait des heures fantaisistes en hiver.

Je donnai un denier au garçon, abasourdi par tant de munificence. Il l'ajouterait à son pécule* avec lequel il pourrait racheter un jour sa liberté, à moins, éventualité de loin la plus plausible, qu'il ne l'utilise pour soudoyer le cuisinier et s'offrir des confiseries, ou qu'il ne le jouât aux prochains jeux.

Je décidai de me rendre au Forum. C'était l'heure des bains, mais je ne pouvais pas y assister à cause de mon bandage. En hiver, Rome est comme une énorme bête endormie qui passe la plus grande partie de la saison assoupie dans sa tanière. Les marchés sont moins bruyants, les clameurs des chantiers plus étouffées, le marteau des forgerons assourdi. Les Romains marchent même d'un pas plus lent. Nous autres, Italiens, avons besoin de la chaleur du soleil pour nous lancer dans nos activités frénétiques, bien que souvent improductives.

Au Forum, je paressai parmi la foule, échangeant des saluts, écoutant les plaintes de citoyens lésés, résidants de mon quartier, dont la plupart s'imaginaient, à tort, que tous les fonctionnaires sont interchangeables ; je passais donc mon temps à les renvoyer devant les autorités compétentes.

La tante Cécilia, à qui je m'apprêtais à rendre visite, était l'une des nombreuses tantes Cécilia de la famille, car les femmes n'ont pas de *cognomen**, ce qui occasionne de grandes confusions. Dans la famille, on appelait celle-ci Cécilia la vestale, et elle jouissait d'un prestige considérable. C'était la sœur de Quintus Cécilius Métellus, sous les ordres de qui j'avais servi en Espagne, l'un de nos plus illustres généraux jusqu'à sa défaite contre Sertorius et l'arrivée de Pompée, l'enfant prodigue, qui accapara toute la gloire.

En me rendant à la maison des vestales, je réfléchis à la manière d'aborder ma tante. On ne pouvait pas attendre d'une femme élevée dans la réclusion des vestales un regard concret sur la vie politique romaine. Chaste et archaïque, elle aurait certainement les croyances et l'attitude d'une noble Romaine descendant d'une longue lignée de héros. Cela prouvait à quel point mon inexpérience des femmes était grande à cet âge.

Au cœur du Forum, le temple de Vesta avait été construit en même temps que les fondations de la ville, près de sept cents ans auparavant. Il était circulaire, à l'ancienne mode, parce que nos ancêtres habitaient des huttes rondes. Au cours d'une de nos plus belles fêtes, qui était aussi la plus simple, pendant les calendes* de mars, on éteignait les feux de chaque foyer et, à l'aube de la nouvelle année (qui commençait alors aux calendes de mars), les vestales allumaient un nouveau feu en frottant des baguettes de bois. À partir de cette flamme, qu'elles veilleraient continuellement le restant de l'année, on rallumait les autres feux.

Depuis l'année passée, Cécilia avait été nommée *virgo maxima*, principale du collège. Elle jouissait de privilèges et d'un prestige identiques à ceux de n'importe quelle princesse des autres peuples. Seule parmi les vestales, elle avait le droit de recevoir en privé la visite d'un homme ; les autres devaient être assistées par un chaperon. Une vestale coupable d'une entorse à la chasteté subissait un terrible châtiment : on l'enterrait vivante dans une minuscule cellule avec un peu d'eau et de nourriture.

Le temple de Vesta avait beau être petit, la maison des vestales, l'*Atrium Vestae**, était le palais le plus beau de Rome. Située près du temple, elle était, comme toutes les résidences romaines, pourvue d'une façade aussi nue que celle d'un entrepôt, faite de briques enduites à la chaux. L'intérieur était loin d'une telle sobriété.

Une jeune esclave m'ouvrit la porte – pour des raisons évidentes, il n'y avait pas d'esclaves mâles – et courut avertir la *virgo maxima* qu'un fonctionnaire la demandait. L'intérieur de la maison était entièrement recouvert d'antique marbre blanc. Du plafond la lumière du jour illuminait les fresques murales qui présentaient les rites compliqués de la déesse. Partout l'accent était mis sur la beauté, la simplicité et une richesse dénuée d'ostentation. On aurait dit qu'une villa toscane avait été transportée à Rome et agrandie à la taille d'un palais. Je devrais ajouter qu'il n'y avait, et qu'il n'y a toujours, qu'un seul palais comme celui-ci à Rome. Le bon goût n'a jamais été la vertu première des Romains.

— Ah, Décius, comme je suis contente de te voir !

Je me retournai pour voir ma tante apparaître par une porte dérobée. Elle avait environ cinquante ans mais une existence dépourvue des soucis de ce monde et débarrassée des contraintes de la maternité lui avait permis de conserver une allure beaucoup plus jeune. Son visage sans rides reflétait une sérénité surnaturelle.

— Je suis très honoré que tu aies daigné me recevoir, révérende prêtresse, dis-je en m'inclinant.

— Oh, laissons cela. Tu es peut-être un fonctionnaire public, mais tu es toujours mon petit-neveu.

— Et tu en as beaucoup, ma tante.

— Nous sommes une famille prolifique, c'est vrai, mais je vois rarement mes proches, surtout les hommes. Et plus encore les hommes jeunes. Tes parentes, c'est différent : si tu savais comme elles viennent souvent pour bavarder ! Allez, suis-moi, et raconte-moi tout.

À ma grande surprise, elle me prit la main et m'entraîna dans une petite pièce de réception, meublée de fauteuils confortables et où un foyer central dégageait une agréable chaleur. De sa part, je m'étais attendu à cette sorte de comportement hiératique que les vestales affichent lors des fêtes et des cérémonies, et où elles ressemblent à des statues vivantes de la déesse. Au lieu de quoi, elle se comportait – il n'y avait pas de meilleure façon de l'exprimer – comme une *tante*.

Avant que je pusse lui faire part de l'objet de ma visite, je dus lui relater mes activités passées et récentes, la mettre au courant du mariage de mes sœurs, lui parler de la carrière de mon père, et ainsi de suite. Ma mère était décédée quelques années plus tôt, sinon nous y aurions passé la journée.

Une esclave nous apporta des gâteaux avec du vin allongé.

— Bien, fit ma tante quand elle fut rassasiée des histoires de famille. Ta lettre parlait d'une délicate affaire d'État. Nous autres, vestales, sommes vouées au service de l'État depuis une époque où la République n'existait pas encore. Les premières vestales étaient filles de rois. Sois assuré que j'agirai toujours pour le bien de Rome.

Tout cela dit avec une simplicité et une sincérité rafraîchissantes, quand on songe aux platitudes patriotiques proférées par la plupart de mes contemporains.

— Il y a dix jours, commençai-je, on vous a apporté des documents à conserver. Ces documents concernent une enquête sénatoriale sur un homme qui a été assassiné. Le meurtre a eu lieu pendant la nuit, et les documents ont été apportés ici aux premières heures de l'aube, avant même que mes vigiles ne me notifient le crime. Ils contiennent des preuves qu'on a délibérément soustraites à ma connaissance.

Tante Cécilia parut troublée.

— Je me suis occupée moi-même des documents dont tu parles, me confia-t-elle, mais à part l'heure inhabituelle, je n'ai pas vu d'irrégularités. Bien sûr, on nous confie plus volontiers des testaments à garder, mais certains documents officiels également : des traités, par exemple. Nous sommes tenues au secret le plus absolu.

— Peut-être devrais-je expliquer.

Je commençai à lui relater les événements des jours derniers. J'étais arrivé à la moitié de mon récit quand elle déclara quelque chose qui me surprit grandement, pourtant, cela ne l'aurait pas dû :

— C'est ce Pompée, n'est-ce pas ?

J'opinai du chef, abasourdi. Elle poursuivit :

— J'ai connu sa mère, une horrible femme. Et aussi son père, Strabon. Savais-tu que Strabon avait été tué par la foudre ?

— J'en ai entendu parler.

Elle hocha la tête comme si ce détail était particulièrement significatif, et peut-être l'était-il. Je poursuivis ma narration, dressai une liste des meurtres et des corruptions qui aurait assombri la journée la plus ensoleillée. Aussi, lorsque j'arrivai à la fin de mon récit, je ne fus pas surpris que l'obscurité eût remplacé le jour.

Ma tante resta quelques instants à réfléchir.

— Pompée, finit-elle par dire. Pompée et cette affreuse gens Claudia. Comment une vieille famille patricienne peut-elle continuer à produire des traîtres et des déments génération après génération ? Bien, Décius, tu m'as raconté ce que tu avais vu et fait, dis-moi maintenant où te conduisent tes soupçons.

Je m'étais attendu à trouver une femme plutôt naïve ; rarement m'étais-je autant trompé.

— J'hésite, mais à cause de ce que je vais te demander...

— Je ne suis pas stupide ! coupa-t-elle avec un mouvement d'impatience. Si tu espères me faire commettre un geste sacrilège, pour lequel je devrai subir une longue purification, tu as intérêt à me prouver que la sécurité de l'État l'impose.

Il me fallait donc être franc.

— Je pense que Pompée et Crassus veulent envoyer Publius Claudius en Asie pour suborner les troupes de Lucullus. C'est une sale affaire, mais Lucullus peut se défendre. La suite est plus grave. Je crois qu'ils préparent un accord avec les pirates pour attaquer les cargaisons d'approvisionnement de Lucullus, peut-être même les transports de troupes.

L'effroi se lut sur son visage et je ne pus m'empêcher de me sentir coupable. Vieille Romaine, elle ne pouvait manquer de percevoir qu'il s'agissait d'une agression directe contre les soldats loyaux à Rome, une haute trahison. Elle ne comprenait sans doute pas qu'il y avait bien une ou deux générations que les légions n'étaient plus fidèles à Rome. Leur allégeance allait à leurs généraux, souvent en proportion directe avec le butin que ces derniers leur procuraient. Pour Pompée, Crassus et la plupart des Romains, attaquer Lucullus ne signifiait pas attaquer les loyaux soldats de la République, c'étaient les *biens* de Lucullus qui étaient visés.

— C'est à peine croyable ! s'insurgea Cécilia. Ou plutôt, ce le serait s'il ne s'agissait pas de Pompée.

Après tout, Pompée avait remplacé son frère, un affront plus grave qu'une défaite militaire pour un général orgueilleux. Dans l'obscurité croissante de la nuit, elle darda sur moi un regard aigu.

— Et toi, Décius ? Tu supportes quotidiennement ce genre de traîtrise. Pourquoi risques-tu ta carrière, ta vie, même, pour un général que tu n'as jamais rencontré ?

— Ce n'est pas pour Lucullus, affirmai-je. Certes, il semble être un bon général, mais pour autant que je sache, ses soldats sont des pilleurs, bien souvent des étrangers, de surcroît, qui n'ont rien à envier à ceux de Pompée. Mais il y a eu trois meurtres dans mon quartier, et j'aimais bien Paulus.

— Est-ce bien tout ?

Je m'interrogeai. Étaient-ce seulement mon sentiment de justice bafoué et une sympathie hasardeuse pour un homme que je connaissais à peine ?

— Pour être franc, je ne veux pas voir les deux cents esclaves de Paulus cloués sur des croix devant les murailles de la ville.

Ma réponse sembla la satisfaire.

— Attends-moi ici, me dit-elle en se levant.

Elle quitta la pièce. Quelques minutes plus tard, une esclave vint allumer les lampes, puis Cécilia reparut avec un petit coffret de bois qu'elle posa sur la table, devant moi.

— Je reviendrai dans une heure, dit-elle avant de sortir à nouveau.

Les doigts tremblants, j'ouvris le coffret et brisai le sceau de cire frappé des lettres : *SPQR**. À l'intérieur, il y avait trois rouleaux de papyrus de qualité supérieure. Chacun portait les noms des consuls de l'année, des sénateurs chargés de l'enquête et du scribe. Le scribe avait été changé pour chaque papyrus, et aucun d'eux n'était employé par le Sénat. Sans doute des scribes particuliers des sénateurs. Deux des sénateurs étaient des fidèles notoires de Pompée qui avaient servi dans ses légions. C'étaient des quidams sans envergure qui avaient gagné leur pourpre en servant comme questeurs et qui ne deviendraient jamais préteurs sans le patronage de Pompée. Les investigations s'étendaient sur quatre ans, et seules les plus récentes avaient eu lieu sous le consulat de Pompée et de Crassus. Je pris le premier rouleau et défis le nœud qui l'attachait.

Le texte était plat et bref. L'enquêteur était Marcus Marius, un sénateur que je connaissais vaguement. C'était un parent éloigné de Caius Marius, et comme lui, il ne possédait que deux noms car les Marii n'utilisaient pas de *cognomen*. Le document indiquait qu'un questeur avait appris au sénateur que Paramédès d'Antioche, un résident, avait reçu la visite de plusieurs étrangers, placés sous surveillance. Paramédès était un agent connu qui travaillait pour le compte des pirates, mais les étrangers faisaient partie de l'entourage de l'ambassadeur du Pont. L'enquête du sénateur (une banale procédure de pure forme) avait conclu que Paramédès était selon toute vraisemblance un agent et un espion pour le compte du roi du Pont, Mithridate. En tant qu'enquête, c'était du niveau des propos tenus par un citoyen ordinaire quand il sort des bains et que le ciel est couvert.

Le deuxième rouleau présentait un intérêt autrement plus important. Le nom de l'enquêteur était difficile à établir car le style du scribe avait dérapé, maculant le *nomen* d'un gros pâté d'encre. Heureusement le *praenomen** était lisible : Mamercus. Ce ne pouvait donc être que le sénateur Aemilius Capito, car les Aemilii étaient la seule famille à utiliser ce *praenomen*. Le rapport racontait que le sénateur avait reçu l'ordre, de nul autre que du préteur urbain de l'année, Marcus Licinius Crassus, de prendre contact avec Paramédès d'Antioche. En fait, il ne s'agissait pas du tout d'une enquête. Crassus voulait interroger l'homme personnellement, à ses quartiers près de Messine, et Capiton agissait comme un simple garçon de courses, chargé de ramener Paramédès à Crassus.

Dans ces anciens temps de la République, les plus hauts magistrats, les consuls et les préteurs, détenaient tous l'*imperium*, ancien pouvoir militaire des rois, et chacun d'eux pouvait conduire une armée sur le champ de bataille. Spartacus avait défait l'armée consulaire de Gellius et de Clodanius. Crassus, qui avait servi sous Sylla, avait été choisi pour retenir Spartacus pendant qu'on avait dépêché un messager en Espagne pour faire revenir Pompée et son armée de légionnaires expérimentés.

Dans son rapport, Capiton écrivait qu'il avait localisé Paramédès et qu'il l'avait ramené au camp de Crassus, comme convenu. C'était déjà intéressant, mais la suite l'était davantage. Le lendemain de l'arrivée de Paramédès, Capiton l'avait escorté jusqu'à un petit village de pêcheurs, à une courte distance du camp de Crassus. Là, le Grec d'Orient avait pris un bateau et était revenu le lendemain avec un jeune ambassadeur des pirates, dont la flotte croisait dans le détroit de Messine pendant que ses chefs marchandaient avec Spartacus le transport de ses troupes vers la liberté. Le nom de l'ambassadeur n'était pas cité, mais la description correspondait à celle de Tigrane le Jeune.

Capiton avait reconduit les deux hommes au prétoire* de Crassus, mais n'avait pas assisté à la réunion qui avait suivi. Plusieurs heures plus tard, il avait escorté le jeune ambassadeur des pirates jusqu'au village des pêcheurs et l'avait vu s'embarquer. Le rapport s'arrêtait là.

J'étais profondément déçu. Jusque-là, je n'avais rien trouvé que je ne susse déjà. Les conspirateurs avaient sans doute perdu leur sang-froid et avaient mis la main sur tout ce qui, dans les archives du Sénat, portait le nom de Paramédès. N'aurais-je poussé ma grand-tante à commettre un sacrilège que pour ça ? Je pris le troisième rouleau.

Ce dernier portait les noms de Pompée et de Crassus, celui de Pompée complété du *cognomen* qu'il s'était choisi : « Magnus ». Se faire appeler « le Grand » témoignait du culot du bonhomme, même s'il devait déclarer par la suite que c'était Sylla qui l'avait, le premier, acclamé ainsi, et qu'un nom décerné par un dictateur était légal. Pour couronner le tout, Pompée transmit le nom à ses descendants, mais ils n'en sortirent pas grandis pour autant.

Le rapporteur était le sénateur Quintus Hortensius Hortalus. Je retins mon souffle. Hortalus était le patron de mon père, donc le mien par extension. Qu'il fût frappé de disgrâce ou d'exil occasionnerait de graves conséquences pour nous, même si nous n'étions en aucun cas impliqués dans la conspiration. Du moins espérais-je que mon propre père ne l'était pas ! J'ouvris l'étui et je déroulai le papyrus. Je le parcourus avec la fébrilité d'un homme qui se perce une blessure infectée, espérant que la douleur disparaîtra plus vite s'il agit rapidement. Ce n'était pas aussi simple qu'il y paraît. Hortalus déclamait des discours fleuris, dans un style qu'on taxait d'orientalisme ; sa prose était de la même eau. Même dans un rapport confidentiel, il écrivait comme lorsqu'il cherchait à séduire un jury dans une de ses innombrables plaidoiries en faveur d'anciens gouverneurs accusés de corruption. Une telle écriture paraît incongrue de nos jours, depuis que le style sans fioritures, mais non sans élégance, de César a révolutionné la prose latine. À eux seuls, les livres de César et les discours de Cicéron ont changé radicalement la langue telle qu'on l'enseignait dans ma jeunesse. Mais l'extravagance d'Hortalus était marginale, même pour cette époque. Son rapport mérite d'être reproduit textuellement, du moins tel que je me le rappelle après toutes ces années, à la fois pour son contenu et pour son style inimitable.

Au nom du Sénat et du peuple de Rome
Pères conscrits :
(Ceci ne doit être lu que par les consuls)

Entre les calendes de novembre, quand Jupiter éprouve notre fierté martiale de son tonnerre terrifiant et de ses éclairs mortels, et le début des jeux Plébéiens, qui portent la joie dans le cœur du peuple à cette saison où Proserpine, autrefois rayonnante, redescend dans le lit de son époux, le redoutable Pluton, Moi, Sénateur

*Quintus Hortensius Hortalus, tins commerce avec le jeune prince Tigrane, de cette terre où tombent en premier les rayons d'Hélios alors que les ténèbres de la nuit enveloppent encore le toit des temples de la ville de Quirinus**. (Tiens, songeai-je, la mielleuse petite fripouille serait donc à Rome depuis le 1er novembre ?)

Notre conversation porta sur la fierté outrecuidante de ce brigand criminel, Lucius Licinius Lucullus, et comment mater son orgueil guerrier. Lucullus et sa bande de mercenaires, non contents d'avoir pillé l'Asie avec la voracité anthropophage des chevaux de Diomède, ont jeté leurs yeux de rapaces sur les richesses du Pont, et même sur les splendeurs de l'Arménie, siège du royal père du jeune Tigrane. Le vaillant Tigrane le Jeune, qui, par choix, a délaissé le luxe d'une vie princière pour chercher fortune sur le royaume de Neptune, a offert les services de ses intrépides compagnons, car les fils de Neptune osent s'aventurer là où les fils de Mars ne le peuvent. Sous sa direction, ces audacieux descendants d'Ulysse harcèleront les vaisseaux de Lucullus qui naviguent sur les flots écumants du Maître des tremblements de terre. En retour, ils seront libérés des interventions romaines pendant deux ans. Le prince lui-même souhaite, en tant qu'ami de Rome, qu'on soutienne sa prétention à la couronne d'Arménie, dont son père l'a injustement privé. Étant le petit-fils de Mithridate du Pont par sa mère, il sera très heureux de régner sur cette terre, et, devenu roi, d'être un sujet loyal de Rome quand les armées romaines auront triomphé du perfide Oriental. (Je pense bien qu'il sera heureux ! Un royaume sans coup férir !)

J'ai bien sûr écouté ces propositions d'une oreille amicale, et je vous donne comme conseil, que vous pourrez suivre comme les chefs grecs suivirent ceux de l'antique Nestor, d'adopter son plan. C'est un moyen simple et efficace de soumettre le turbulent Lucullus tout en étendant la domination de Rome et en apportant son influence civilisatrice sur une terre plongée dans l'obscurité des Barbares adorateurs du feu. Car, ne vous y trompez pas, la cité aux sept collines de Romulus détiendra sur ces terres le pouvoir suprême, quel que soit le roi pseudo-grec qui régnera avec léthargie sur les trônes, d'un clinquant vulgaire, de ces peuples.

Comme le jeune Tigrane n'est pas officiellement reconnu par Rome, et comme une telle reconnaissance serait un affront pour son royal père, avec qui nous ne sommes pas encore en guerre, il porte, en quelque sorte, le casque de Pluton qui garantit l'invisibilité à qui le possède. Il réside pour l'instant dans la demeure de Paramédès d'Antioche, que vous connaissez. Dussiez-vous recevoir favorablement sa proposition, je me propose d'aider le jeune Tigrane, de façon limitée et sans caractère officiel, à faire ses débuts à Rome, par exemple au cours d'un banquet auquel assisteront diverses personnalités de chaque parti et conviction.

Il est souhaitable d'écarter Paramédès de ce plan, et ce le plus vite possible, car je sais qu'il joue un double jeu, en collusion avec Mithridate. J'ai déjà procédé à des arrangements dans ce but, lesquels seront exécutés dès que j'aurai obtenu votre accord et que le jeune Tigrane aura emménagé dans ses nouveaux appartements. La personne à qui a été confiée cette mission délicate vous est bien connue, ayant déjà accompli des missions analogues dans le passé.

J'attends votre réponse.

J'enroulai le papyrus et le rangeai dans son étui, rassuré de voir que mes mains ne tremblaient plus. Peu à peu, les choses se mettaient en place. Paramédès avait été assassiné dès que Tigrane avait emménagé dans la maison de Publius Claudius. C'était sans doute Publius qu'on avait chargé du meurtre, car il participait à la conspiration, possédait ses propres hommes de main, et aussi parce qu'il se repaissait de ce genre d'activité. Quelque chose me frappa quand je refermai le coffret : le jeune étranger aux pieds légers, aux doigts agiles, le lanceur de garrots qui faisait tant de dégâts dans Rome, était sans doute arrivé dans la suite du versatile Tigrane.

Ma tante me raccompagna à la porte.

— Ai-je eu raison de te laisser consulter les documents confiés à la déesse ?

— Tu as peut-être sauvé Rome, assurai-je.

— Alors, je suis satisfaite.

J'allais partir quand elle retint mon bras.

— Dis-moi une chose !

— Oui ? fis-je en me retournant.

— Cette écharpe. Est-ce la nouvelle mode chez les hommes ?

— La toute dernière, affirmai-je. Le style martial. Nos intrépides généraux et leurs troupes courageuses connaissent actuellement un grand succès populaire. Les soldats portent une écharpe autour du cou pour éviter les frottements de l'armure.

— Ah bon ! Ça m'intriguait.

Je pris congé et descendis les marches, pour plonger dans une nouvelle nuit obscure.

X

Le lendemain, sitôt remplies mes obligations matinales, je me mis en quête d'un conseiller juridique. Hortalus était réputé le meilleur avocat de Rome, mais pour des raisons évidentes, je répugnais à faire appel à lui ; j'optai pour Marcus Tullius Cicero, dont j'étais sûr qu'il n'était pas impliqué dans la conspiration. Mes recherches furent facilitées, car la veille, les augures ayant prédit des présages défavorables, on avait annulé les activités publiques pour la journée. Cicéron était donc chez lui, le dernier endroit où trouver, dans la deuxième moitié de la matinée, les jours d'activité légale, un Romain engagé dans la vie publique. Bien que modeste, la maison de Cicéron l'était moins que la mienne, et son originalité avérée. À mon arrivée, son *janitor* était plongé dans la lecture d'un papyrus. Les esclaves de Cicéron avaient une allure studieuse, et chacun était capable de lui faire la lecture quand ses yeux se fatiguaient. Ses pièces étaient garnies d'étagères qui supportaient des monceaux de parchemins. Il était facile de lui faire des cadeaux pour les saturnales, car il aimait les livres par-dessus tout, les manuscrits originaux de préférence, mais une copie décente faisait aussi bien l'affaire. Si tu avais en ta possession un manuscrit célèbre et que tu loues ses scribes préférés pour le lui recopier, Cicéron devenait ton ami à vie, ou du moins jusqu'à ce que tu te fâches avec lui pour des raisons politiques.

Le *janitor* appela un esclave pour me conduire auprès de son maître. L'esclave, à peine plus âgé que moi, était habillé comme un homme libre : c'était le fameux Tiron, secrétaire et confident de Cicéron. Il avait inventé un système d'écriture simplifiée pour prendre les notes abondantes dont l'abreuvait son maître. Son système, qu'il enseigna aux autres esclaves de Cicéron, fut rapidement adopté par tous les scribes de Rome, et son usage est aujourd'hui universel. Tous les citoyens de Rome, du cordonnier au consul, traitaient Tiron en homme libre.

— Si tu veux bien me suivre, me proposa-t-il.

Je le suivis le long d'un couloir fleurant bon le papyrus et le parchemin, puis nous gravîmes quelques marches et nous débouchâmes sur la terrasse. Cicéron était en train de lire dans son petit solarium* resplendissant. La journée était ensoleillée, bien que fraîche, et la lumière traversait la treille en dessinant des rayons dorés. Des coffres de plantes ornaient le muret qui courait le long du toit, et quelques fleurs défiaient la rigueur de l'hiver. Cicéron était assis devant une délicate table égyptienne, encombrée de parchemins, de rouleaux de papyrus vierges et de pots d'encre. Au centre trônait un vase rempli de roseaux effilés. Il sourit en me voyant.

— Décius, quel plaisir ! s'exclama-t-il.

Il me tendit une main que je serrai volontiers, puis il me désigna une chaise.

— Prends un siège, je t'en prie.

Nous nous assîmes tous deux, et Tiron s'installa à la droite de Cicéron, légèrement en retrait.

— Tu es bien aimable de me sacrifier un peu de ton temps précieux, déclarai-je. Ton inlassable activité est légendaire.

Il s'esclaffa.

— Je crois qu'un dieu malveillant m'a jeté un sort à ma naissance : il m'a insufflé le besoin irrésistible d'utiliser mes moindres moments d'éveil à travailler.

— Moi qui croyais que tu jugeais l'influence des étoiles déterminante…

— Alors, c'étaient les étoiles. En quoi puis-je te rendre service ?

— J'ai besoin qu'on me conseille sur certains points particuliers de la loi.

— Je t'écoute.

— Merci. Personne n'est plus qualifié que toi à Rome pour me conseiller.

— Certains prétendent qu'Hortalus est meilleur que moi.

Je repris mon souffle.

— Je vais peut-être porter plainte contre lui.

— Je croyais qu'il était votre patron, à ton père et à toi ? s'étonna Cicéron.

— Personne n'est plus mon patron quand il s'agit de trahison.

Le visage de Cicéron refléta une surprise non feinte.

— Une trahison ! C'est le terme le plus violent du vocabulaire pénal, mon ami. Si vous autres, Metelli, n'étiez connus pour votre modération dans les affaires politiques, je dirais que tes paroles sont inconsidérées.

— Le reste de ce que j'ai à dire est encore plus violent ; je m'abstiendrai donc de citer des noms. Je désire m'entretenir avec toi de la loi, pas des personnes. Je possède certaines preuves qui indiquent qu'une conspiration est à l'œuvre pour saper l'autorité d'un général romain en exercice et pour attaquer ses navires de ravitaillement. Le plan suppose une collusion avec la flotte des pirates orientaux.

— Je ne te demanderai pas le nom de ce général, bien qu'il soit facile à deviner. Mais une telle attaque ne tombe sous le coup de la loi que si le général en question devait être déclaré un ennemi de l'État par le Sénat, comme ce fut le cas pour Sertorius.

— Il n'y aura pas de vote du Sénat. Cette histoire doit rester une opération clandestine, connue seulement des conspirateurs.

— C'est une affaire grave, mais tu ne m'as pas encore donné de matériel qui autoriserait une accusation de trahison, que la Constitution définit comme un accord ou une conspiration en vue de renverser le gouvernement par la force.

C'était ce que j'avais craint.

— Il y a pire : un prince étranger participe à la conspiration. Sa récompense sera le trône de son père, un monarque avec qui nous ne sommes pas en guerre, et peut-être aussi le trône d'un autre contre qui nous combattons. Ce jeune imposteur a promis d'être une marionnette entre les mains de Rome.

— Là encore, point n'est besoin d'être devin pour identifier l'homme. Si le Sénat a décerné au monarque en question le titre d'« ami de Rome », comme ce fut le cas pour, disons, Nicomède de Bithynie, alors la conspiration pour lui prendre son trône et l'accorder à un autre aboutirait à une grave accusation de corruption. Mais, même là, il n'y aurait pas matière à trahison. Est-ce tout ?

— Jusqu'à présent, trois personnes ont été assassinées pour que la conspiration reste secrète : deux citoyens et un résident étranger. Le dernier meurtre était doublé d'un incendie criminel.

Cicéron prit le temps de la réflexion.

— Les meurtres de citoyens romains et les incendies criminels sont des crimes capitaux. Cependant, ils sont très difficiles à prouver devant un tribunal. L'un de ces conspirateurs haut placés a-t-il commis personnellement ces crimes ?

— L'un a été perpétré par un affranchi, un gladiateur émancipé. Lui-même a ensuite été assassiné, sans doute pour brouiller les pistes. Son meurtrier a aussi commis le troisième homicide. Toutes les preuves indiquent qu'il s'agit d'un assassin oriental qui fait partie de la suite du prince que j'ai déjà mentionné.

— Dans ce cas, tu ne parviendras certainement pas à trouver des charges contre les comploteurs. En outre, sauf à me tromper, ta troisième victime était un richissime affranchi, n'est-ce pas ?

— Exact.

— Nous avons donc deux affranchis et un étranger. L'un des affranchis a lui-même commis l'un des meurtres. Un jury romain te rira au nez si tu essaies d'introduire l'affaire devant un tribunal. Quelle est ta preuve principale ? As-tu des documents écrits en ta possession ?

— Non, ils ont été confiés à la garde des vestales.

— Hum ! Je ne te demanderai pas comment tu as réussi à les consulter. Les documents confiés au temple de Vesta peuvent être cités au tribunal après un vote du Sénat, lorsque la sécurité de l'État est en jeu, et avec l'intervention du grand pontife. Comme tu auras besoin des documents pour prouver que l'État est en danger, je te donne peu de chances de réussir.

— Ce qui revient à dire que je n'ai aucune charge contre ces gens ?

— Bien sûr, tout citoyen a le droit d'en poursuivre un autre devant un tribunal. Cependant, aucun magistrat romain ne peut être poursuivi pendant son mandat.

Il faut attendre qu'il ait quitté ses fonctions pour l'accuser d'agissements coupables. D'après ce que tu m'as dit, j'imagine qu'au moins un de ces conspirateurs est un magistrat en fonction.

— Ils le sont tous les deux, en fait.

— Quelle charge occupent-ils ?

— Ils sont tous les deux consuls.

— Eh bien ! fit Cicéron après un silence. Plus la peine de jouer aux devinettes. Tiron, je sens que tu as quelque chose à ajouter.

Qu'il attende l'accord de Cicéron pour s'exprimer était la seule marque de servilité que je remarquai jamais chez Tiron.

— Citoyen, me dit-il, les consuls de cette année n'ont plus qu'un mois à gouverner. Si tu arrives à réunir d'autres preuves contre eux, tu pourras les attaquer dès qu'ils quitteront leurs fonctions. Aucun d'eux n'a d'armée autour de Rome, et le commandement proconsulaire n'a pas encore été attribué. Si les preuves existent, le moment serait idéal.

— Tu te ferais aussitôt un nom en politique, approuva Cicéron. Tu pourrais même devenir consul avant d'avoir occupé une questure.

— Pour le moment, protestai-je, cette perspective ne me tente pas. Mes expériences récentes me font douter de la sagesse d'entreprendre une carrière politique.

— Dommage. Tu possèdes la qualification que j'estime la plus précieuse : le sens du devoir public. Une qualité rare, de nos jours. Tiron ?

— D'après ce que tu as dit, commenta Tiron, l'un des conspirateurs n'est autre que le consul élu. Ça complique les choses. Le consulat n'est pas une charge juridique, et, techniquement, un consul n'a pas le droit d'intervenir, mais la réalité politique est différente. Comme il devra gouverner en alternance avec son futur collègue, tu peux toujours essayer d'arranger les dates du procès pour les jours où son collègue est de fonction, mais ce sera délicat.

— Toutes mes félicitations ! s'exclama Cicéron. Tu es encore jeune, Décius, mais tu t'es déjà attiré non pas un mais trois ennemis parmi les plus puissants de ce monde. Cependant, tu m'as demandé un conseil juridique et je vais te le donner. Si tu désires poursuivre tous les conspirateurs en même temps, il te faudra attendre que le consul élu, dont je tairai le nom, ait quitté ses fonctions, ce qui se produira dans quelque treize mois et des poussières. D'ici là, les deux ex-consuls seront certainement en terre étrangère, à la tête d'une immense et puissante armée. Ces hommes peuvent être mis en accusation, ce qui arrivera probablement à Lucullus. Je te mets toutefois en garde, sauf à faire preuve d'insouciance, de ne pas entreprendre d'action en justice contre un général romain entouré de ses légionnaires et de ses pairs.

— Il ne reste donc plus d'espoir ? demandai-je, les rares que j'avais en arrivant s'étant déjà envolés.

— Je t'ai parlé en conseiller juridique, répondit Cicéron. Laisse-moi te parler à présent en homme et en ami. D'abord, martela-t-il en comptant sur ses doigts à la manière des avocats, les gens que tu souhaites poursuivre sont, pour des raisons pratiques, au-dessus des lois et de la Constitution. L'un d'eux est le plus grand général du monde ; un autre est le plus riche ; le troisième est, mis à part moi, le meilleur avocat du barreau. Chacun des deux consuls contrôle au Sénat un parti si puissant qu'il pourrait s'introduire dans le temple de Vesta et violer toutes les vierges sans encourir le moindre risque. Mieux, ces deux consuls ont chacun gagné la loyauté de milliers de soldats, féroces et impitoyables, les meilleurs que le monde ait connus. Autrefois, il était impensable que des généraux romains dirigent leurs légions contre Rome elle-même, mais Marius et Sylla ont changé tout cela.

Cicéron se pencha alors vers moi et se mit à parler avec conviction :

— Décius Cécilius, personne, personne, tu m'entends, ne condamnera jamais ces hommes pour avoir fomenté une conspiration contre un général ambitieux, ni pour le meurtre de deux affranchis et d'un étranger. Je m'étonne même que tu sois encore en vie. Je mets cela sur le fait que ces hommes aimeraient s'adjoindre le soutien des Metelli pour leurs projets futurs.

— C'est peut-être vrai des conspirateurs les plus puissants, admis-je. Mais on a tout de même tenté de m'assassiner. Figure-toi qu'un conspirateur de moindre envergure ne craint pas la colère des Metelli, ni les lois de Rome, ni, autant que je peux en juger, les foudres des dieux immortels.

— Je crois que j'ai deviné de qui tu parles, grimaça Cicéron. Ça ne m'étonnerait pas que nous ayons dîné à une même table il y a peu. Lui, tu peux t'en protéger. Va au *ludus* de Statilius et loue une bande de gladiateurs, comme tous les politiciens. Ces brutes font de bons gardes du corps.

— Ce n'est pas le genre de la famille, protestai-je en me levant. Marcus Tullius, je te remercie de tes conseils. Tu ne m'as pas laissé beaucoup d'espoir, mais tu m'as permis de clarifier certaines choses, et cela me sera fort utile.

— Tu n'as pas l'intention d'abandonner l'affaire ? s'étonna-t-il.

— Certainement pas. Ils ont assassiné des citoyens de mon district, et je dois mener mon enquête à terme.

— Dans ce cas, dit Cicéron en se levant pour me serrer la main, je te souhaite bonne chance. Tu iras loin, Décius… si toutefois tu survis.

Tiron me raccompagna.

Comme les avocats, pas plus que les médecins, n'avaient le droit de percevoir des honoraires, je réfléchis au cadeau que j'offrirais à Cicéron. Ces derniers temps, mes dettes saturnales s'accumulaient. En me rendant au Forum, je me souvins que je possédais un manuscrit original du poète Archias, que Cicéron adorait. Cela ferait l'affaire. Une consultation juridique coûtait moins d'efforts qu'une longue plaidoirie.

J'avais bien sûr d'autres préoccupations. Cicéron avait fort à propos et très succinctement clarifié ma position. J'étais l'enquêteur le plus indésirable de Rome et le candidat tout désigné comme prochaine victime. Mes plans pour dévoiler la conspiration étaient anéantis. Après tout, que l'un ou l'autre de ces généraux assoiffés de pouvoir et de richesses devienne le coq de la basse-cour, qui s'en souciait à Rome ? Que tel ou tel Oriental adipeux occupe le trône d'un quelconque royaume asiatique, qui s'en souciait ? Surtout, qui se souciait de quelques cadavres quand chaque matin en apportait des tombereaux ?

Moi, je m'en souciais. Mais je représentais une infime minorité. Je n'avais aucune chance contre Pompée ou Crassus, ni même contre Hortalus, fort bien. Je pouvais au moins poursuivre les assassins des résidants de mon district. C'était peu de chose au regard de la colossale partie qui se jouait, mais c'était dans mes compétences… si je restais en vie.

La journée, qui s'était légèrement adoucie, réchauffait suffisamment le sang des Romains pour les inciter à une activité modérée : les marchés du Forum s'animaient. On y vendait des produits de la ferme, mais je remarquai une abondance inhabituelle de devins. Périodiquement bannis de Rome, on avait cessé de les poursuivre depuis deux ans et ils avaient reparu peu à peu.

Les gens faisaient la queue pour consulter ceux qui lisaient dans les ossements, dans les étoiles, les faux augures et les vrais charlatans. C'était un signe d'affolement. Dans les moments de grande incertitude, un prophète illuminé pouvait à lui seul déclencher une panique générale qui se terminait souvent en émeute.

Au pied des Rostres, je vis César discuter avec un groupe de sénateurs et de citoyens. Il n'avait pas encore percé politiquement, mais il avait fait preuve d'une habileté considérable pour se gagner les faveurs des comices centuriates, et il avait obtenu une questure pour l'année suivante. Il m'aperçut et me fit signe de le rejoindre.

— Décius, tu es au courant ? m'interrogea-t-il. Une réunion extraordinaire du Sénat est prévue pour cette nuit.

L'interdiction des affaires publiques prenait fin au coucher du soleil.

— Non, je l'ignorais, avouai-je. C'est à propos de Lucullus ?

— Qui d'autre ? lança l'un des sénateurs, un homme que je ne connaissais pas. Je parie qu'on votera son rappel à Rome.

— Ça m'étonnerait, dit César. Ça signifierait qu'on attribue le commandement oriental à Pompée, et son parti n'est pas assez puissant pour forcer une décision pareille. Non, ce soir, nous verrons un décret sénatorial ordonnant à Lucullus de ne pas envahir l'Arménie.

Il parlait comme s'il était déjà sénateur, ce qu'il ne deviendrait qu'à la fin de sa questure. Plus tard, il ne s'exprimerait plus aussi librement en public, du moins pas avant qu'il ait atteint un tel pouvoir que personne ne se dresserait pour le contredire. À cette époque, cependant, il était aussi extravagant dans ses propos que dans ses dettes.

— J'aurai des nouvelles demain matin, dis-je, comme tous les citoyens.

César prit congé des autres et fit quelques pas avec moi, en me tenant par l'épaule, la tête baissée, un signe pour les éventuels importuns que nous étions engagés dans une discussion privée.

— As-tu eu quelque chance avec ton enquête ? me demanda-t-il.

— La chance ne s'est pas manifestée, si ce n'est pour me sauver la vie. Mais j'ai tout découvert, à part l'identité de celui qu'on a commandité pour assassiner Sinistrus et Paulus.

J'étais insensé de me confier ainsi à César, que je croyais volontiers impliqué dans la conspiration, du moins superficiellement.

— Tout ? s'étonna-t-il en me scrutant de son regard pénétrant.

— De l'œuf à la pomme, affirmai-je gaiement.

Je n'avais plus rien à perdre ; alors, me confier à lui ou à un autre…

— Il ne me reste plus qu'à trouver l'assassin, repris-je, et je rédigerai mon rapport pour le Sénat, avec les noms de tous les suspects. Pour ce faire, je citerai certains documents confiés au temple de Vesta dans un but contraire à la légalité.

César était pétrifié.

— Il faudrait que le grand pontife délivre un ordre exprès au Sénat !

— Il le fera quand il comprendra qu'un véritable danger menace l'État.

Le détenteur de cette haute prêtrise était Quintus Mucius Scaevola, qui, outre ses fonctions religieuses, était un juriste renommé qui avait enseigné le droit constitutionnel à Cicéron. Comme j'étais arrivé dans une impasse, j'avais décidé de tenter de donner le change afin de précipiter les événements.

— Décius, me confia César à voix basse, si j'étais toi, et puisque tu sembles prendre un malin plaisir à ta propre destruction, je resterais chez moi tant qu'il fait nuit. Tu n'es plus en sécurité dans cette ville. Si tu sais être discret, il se peut que tu t'en sortes avec un simple exil. Je te parle en ami.

— Et moi, je parle en tant que fonctionnaire de Rome. Je poursuivrai mon enquête tant que les meurtriers ne seront pas amenés devant la justice.

Je serrai la main que me tendit César, puis m'éloignai, accompagné par des regards curieux. César cherchait-il à être mon ami ? Même aujourd'hui, je ne peux répondre. Quand il gravissait les échelons du pouvoir, en bon politicien, César était l'ami de tout le monde. Mais c'était un être complexe et je ne peux certifier qu'il était insensible à l'amitié, surtout à celle de ceux qui affichaient une certaine probité, dont il était lui-même totalement dépourvu. Je dois avouer, cependant, que par la suite il m'épargna plus d'une fois quand nous devînmes ennemis et qu'il détenait alors tout le pouvoir.

Je ne tardai pas à m'apercevoir qu'on m'évitait ostensiblement, surtout les sénateurs. On jasait aussi beaucoup derrière mon dos. On n'en était pas à me bombarder de matières déplaisantes, mais l'atmosphère s'y prêtait. Le plus étonnant était que parmi la foule rassemblée sur le Forum, à peine un sur cent savait pourquoi j'étais soudain devenu un paria.

La raison en était simple : à travers les années de dictature, de proscriptions et de guerre civile, les Romains avaient acquis la faculté de deviner quand un homme avait perdu la faveur des puissants, et ils s'acharnaient alors sur lui avec la rage des chiens sur un infirme de leur horde. Pour moi, cela prouvait mieux qu'un long discours jusqu'où les Romains étaient tombés dans la servilité orientale. Jamais je n'ai eu le moral aussi bas que lors de cette longue marche qui me ramena du Forum à chez moi.

Lorsque j'atteignis mon domicile, la nuit commençait à tomber. Personne ne m'avait attaqué, ce qui ne laissait pas de me surprendre. Caton m'ouvrit avec cet air scandalisé qu'il affichait quasiment en permanence ces derniers jours.

— Maître, dit-il, un individu est arrivé tout à l'heure. Il a insisté pour t'attendre.

J'écartai Caton et eus la surprise de trouver Titus Milon dans mon atrium. Il grignotait des noix grillées et me gratifia de son sourire enchanteur dès qu'il me vit.

— Alors, toujours en vie ? Le bruit circule dans la rue que quiconque s'aviserait de prendre ta défense deviendrait aussitôt l'ennemi de Claudius et de sa bande.

— Le bruit circule dans les hautes sphères, rétorquai-je, que quiconque s'aviserait de m'adresser la parole s'attirerait les foudres de nos deux consuls.

— Ah, les aléas du pouvoir ! lâcha Milon. Tiens, fit-il en me tendant un rouleau de parchemin, j'ai quelque chose pour toi.

— Allons dans ma bibliothèque. Caton, apporte-nous des lampes.

Lorsque j'eus assez de lumière, je déroulai le parchemin. C'était un certificat d'émancipation pour un certain Sinistrus, esclave de H. Ager. La date ne suivait que de quelques jours l'achat du gladiateur du *ludus* de Statilius Taurus. Le préteur Quintus Hortensius Hortalus avait assisté à la cérémonie d'émancipation.

— Comment t'es-tu procuré ce document ? demandai-je, tout excité malgré mon abattement.

— Oh, j'ai refilé quelques pièces à l'esclave des archives.

— Les archives de Baïes ?

— Non, les grandes, ici, à Rome.

Il sourit encore, fort de son rôle décisif.

— On a déjà établi que j'avais peu de temps à vivre, n'est-ce pas, déclarai-je. Or, j'aimerais connaître le fin mot de l'histoire avant de mourir. Si Sinistrus a été acheté pour une propriété de Baïes, pourquoi son émancipation s'est-elle effectuée à Rome ?

Milon s'assit et étala ses jambes sur mon bureau.

— C'est un peu compliqué, expliqua-t-il, c'est pourquoi ça a pris du temps. Les gens de Macron à Baïes ont localisé la propriété et interrogé le régisseur. C'est un certain Hostilius Ager, et il se trouve qu'il a des dettes envers les collègues de Macron – une fâcheuse tendance à parier aux courses sur les Bleus. Ça a été facile de lui tirer les vers du nez.

— Ce qui a donné quoi ?

— D'abord, la propriété appartient à la famille de Claudius Pulcher. C'est pour l'instant une part de la dot de sa sœur, Claudia, mais Publius en possède le contrôle légal tant qu'elle ne sera pas mariée.

Un frisson glacé me parcourut l'échine.

— Quelles ont été les circonstances de l'achat de Sinistrus ? demandai-je.

— Rien de plus simple. Ager est venu à Rome présenter son rapport annuel à son maître, qui l'a envoyé à l'école de Statilius acheter cette brute gauloise. Ager a déclaré qu'il était terrorisé à l'idée de ramener l'animal jusqu'à Baïes et de lui trouver du travail, mais au lieu de ça, on lui a ordonné d'attendre à Rome quelques jours. Un beau matin, on lui a dit de se rendre chez le préteur pour affranchir l'esclave, et il est ensuite rentré à Baïes le jour même.

» C'était au pire moment de la rébellion servile, il était difficile de libérer un esclave, et il était formellement interdit d'émanciper un gladiateur. Le transfert de propriété a exigé une dispense prétorienne spéciale, et l'émancipation un acte extralégal du même préteur. Comme la cérémonie d'émancipation a eu lieu à Rome, le rapport figurait aux archives. Et Macron n'a pas mis longtemps pour découvrir qui était le préteur le plus malhonnête de cette année. Il m'a envoyé aux archives pour vérifier les registres d'émancipation de la préture d'Hortalus. Comme il y eut peu d'émancipations cette année-là, ça m'a pris moins d'une heure. Sortir le document des archives m'a coûté quatre sesterces.

— Je te rembourserai, promis-je. Évidemment, Hortalus n'a pas songé à cacher le document. C'était trois fois rien ; une simple faveur aux Claudii pour leur permettre d'acquérir un sicaire une année où c'était particulièrement difficile. Il ne pouvait pas deviner ce qui allait arriver à Sinistrus.

— Ça éclaire ton enquête ? demanda Milon.

Je déposai le parchemin sur le bureau d'un air dégoûté.

— Non. C'est juste une preuve supplémentaire. Hélas, j'ai cessé de croire qu'une preuve quelconque me permettra de poursuivre les responsables. Mais je veux *savoir* ! m'écriai-je en frappant d'un poing rageur le bureau innocent, faisant voler en l'air la vieille dague en bronze. Il me faut l'amulette, ajoutai-je soudain. C'est la clé de tout, j'en suis sûr.

— Tu sais où elle se trouve, non ? fit Milon.

— Oui, chez Publius Claudius, si elle n'a pas déjà été détruite. Mais il n'y a pas de procédure légale pour fouiller la maison d'un citoyen.

Milon me dévisagea comme si j'étais une espèce rare d'idiot.

— Tu n'as tout de même pas l'intention d'agir dans la légalité ? fit-il, médusé.

— Eh bien... euh... j'imagine qu'au point où j'en suis, ce serait plutôt puéril.

— Décius, il y a, ici, à Rome, les meilleurs cambrioleurs du monde. En plus, dans certains quartiers, les types commencent à éprouver un vif ressentiment pour ce jeune Asiatique qui se croit tout permis et qui se comporte comme s'il était chez lui. J'en connais quelques-uns. Ils peuvent s'introduire dans la maison de Claudius, la retourner de fond en comble, trouver ton amulette et disparaître avant le jour comme si rien ne s'était passé.

— Ils sont si forts que ça ? m'étonnai-je, époustouflé.

— Les meilleurs. Pour entrer dans la guilde, il faut avoir fait ses preuves.

J'étais horrifié... et légèrement émoustillé. Moi, Décius Cécilius Métellus, je me proposais de faire cambrioler la maison d'un citoyen ! La perspective de finir prématurément dans une tombe obscure modifiait ma notion de la légalité.

— C'est d'accord, acquiesçai-je enfin. Tu as carte blanche. Tu crois que tes hommes trouveront un objet de si petite taille dans une si grande maison ?

— Les objets de valeur ne sont pas les plus gros, expliqua Milon comme s'il s'adressait à un enfant naïf. Un cambrioleur ne s'introduit pas par la fenêtre pour en ressortir avec un bronze de Praxitèle grandeur nature. Ces types savent exactement où chercher. Ils peuvent dérober les bijoux qu'une femme porte à son cou sans la réveiller.

— Alors, envoie-les là-bas. Tu crois qu'ils seront revenus demain matin ? Le temps presse.

— Si l'amulette n'est pas au fond du Tibre ni coulée dans le bronze d'une nouvelle lampe, tu l'auras avant l'aube.

— Va.

Après son départ, je pris un papyrus, de l'encre, et j'essayai de rédiger mon testament. J'étais surpris par le peu de biens en ma possession. Formellement, je n'avais pas le droit de posséder de biens propres, car mon père était toujours en vie, mais la *patria potestas** n'était plus qu'une fiction. Je fis des documents d'émancipation pour Caton et Cassandre et leur léguai la maison. Le cas de mes affaires fut vite réglé. Je léguai mon armure de combat à Burrus, dont je savais qu'il avait un fils sur le point de rejoindre son ancienne légion, et je distribuai le reste de mes biens entre divers amis. Du moins espérais-je qu'ils étaient toujours mes amis.

Je m'éveillai en sursaut. Je m'étais endormi à mon bureau, et quelqu'un avait jeté un manteau sur mes épaules pendant la nuit. L'aube perçait à peine et je me demandai ce qui avait bien pu me réveiller. J'entendis alors qu'on grattait à la porte d'entrée.

J'ouvris mon coffre, pris ma courte épée, allai à la porte et l'ouvris brusquement. Milon était là, souriant comme d'habitude. Il présenta devant mes yeux un objet qui se balançait au bout d'un ruban. C'était l'amulette en forme de tête de chameau.

Je l'empoignai vivement et la retournai. Dans la lumière croissante du jour, je déchiffrai les mots gravés au dos de l'objet.

XI

— La cicatrisation est en bonne voie, déclara Asclépiade. Il n'y a pas d'inflammation, ni de suppuration. Évite les efforts violents et tu seras complètement rétabli dans quelques jours.

Ses esclaves refirent mon pansement.

— Pour ce qui est des efforts violents, dis-je, c'est mal parti. Je vais certainement devoir courir ou me battre.

— Bon, si tu es en danger de mort, ne te préoccupe pas trop de ta blessure. Tu risques de saigner et de souffrir, rien de plus.

— Je m'efforcerai d'être stoïque, dis-je, me sentant déjà presque en pleine forme. Étant donné les circonstances, ajoutai-je, j'ai décidé de ne pas attendre les saturnales. Je te prie d'accepter ce simple présent, avec mes sincères remerciements.

C'était un caducée d'une trentaine de centimètres, en argent massif, monté sur un socle d'albâtre. Ce n'était pas le banal caducée que porte Mercure dans les sculptures, avec deux serpents autour d'une tige surmontés d'une paire d'ailes. Non, c'était un objet plus antique, avec un seul serpent frappé de son nom propre, Asclépios, dieu de la guérison, fils d'Apollon. Je l'avais trouvé dans le quartier des orfèvres, en me rendant au *ludus*.

— Oh, mais il est magnifique ! s'exclama le médecin, visiblement sincère. Je le ferai monter dans une châsse. Je ne sais comment te remercier.

— C'est une maigre récompense pour tous les services que tu m'as rendus. Si les dieux le veulent, tu peux être sûr que je viendrai te consulter souvent.

— Je serai toujours à ton service, affirma-t-il en s'inclinant profondément dans un tourbillon de drapé. Tu ne peux pas savoir à quel point j'ai apprécié de te soigner. C'est tout de même plus intéressant que de recoudre des athlètes ou de diagnostiquer de faux symptômes chez des aristocrates en bonne santé.

— Puissions-nous toujours mener des vies intéressantes ! déclarai-je. Je vais voir de ce pas si je peux faire durer la mienne.

Avant de quitter le *ludus*, je m'arrêtai pour regarder l'entraînement des esclaves. Certains allaient mourir dans la prochaine *munera*, mais ils n'en poursuivaient pas moins leurs activités avec l'inhumaine sérénité propre aux gladiateurs. Sinistrus avait fait partie de leur groupe. Le vieux Dracon surveillait ses hommes d'un œil critique, et les entraîneurs criaient des instructions sur le maniement adéquat de la dague, de l'épée ou de la lance. Ces hommes n'attachaient pas la moindre importance à leur vie, et je décidai qu'un fonctionnaire romain, si humble fût-il, ne pouvait décemment montrer moins de mépris pour la sienne.

En sortant de l'école de gladiateurs, je fus rattrapé par mon vieux soldat, Burrus, et par Milon.

— Milon, je suis sûr que Macron ne veut pas que tu sois mêlé à ça, déclarai-je.

— Je ne lui ai pas demandé la permission. Je dois songer à ma réputation : je veux que l'on sache que je ne crains pas Claudius et je veux aussi afficher publiquement mon soutien à ta cause. Après tout, ajouta-t-il en me gratifiant de son éternel sourire, les Romains font semblant de te mépriser, mais chacun admire en secret un homme dont le sens exacerbé du devoir le pousse à risquer sa vie.

— Suffit ! s'écria Burrus, outragé, en menaçant de se ruer sur Milon.

— Pas de ça, intervins-je. Milon, tu es bien le personnage le plus étrange que j'aie rencontré, mais j'aime ta franchise, bien que tu sois un criminel. De nos jours, la franchise est une denrée rare parmi les classes respectables, il est donc bon de la reconnaître, d'où qu'elle vienne.

— Bien dit. Nous allons chez Claudius ?

— Pas encore. D'abord au Forum. J'ai l'intention de me livrer à un spectacle impie. Les Romains adorent le spectacle, et je vais leur donner matière à satisfaction.

— Magnifique ! s'exclama Milon. Puis-je être utile ?

— Je ne sais pas, mais tu peux venir, du moment que tu n'interviens pas. Surtout, pas de violence.

— Compte sur moi.

En chemin, Milon s'arrêtait de temps à autre pour faire un geste ; un individu sortait d'une porte ou d'un groupe d'oisifs, et Milon lui glissait quelques mots à l'oreille. Ses interlocuteurs étaient toujours de robustes gaillards ou des galopins qui formaient le gros des bandes de voyous, de même que les garçons de ferme formaient le gros des légions. Après chaque conciliabule, celui à qui Milon s'était adressé s'éclipsait en courant. Tout à mon désespoir, je ne le questionnai pas sur ses agissements.

En marchant, sachant que je risquais de ne plus revoir ma bien-aimée Rome, je me repaissais de sa vue. Les murs blanchis à la chaux, les petites fontaines à chaque coin de rue, les autels des dieux mineurs dans leur niche, tout m'apparaissait avec une indicible clarté, les couleurs aussi vives qu'à travers les yeux d'un enfant. Les pavés sous mes pieds, le martèlement des étameurs, même l'odeur de l'ail qui s'échappait des immeubles, tout semblait chargé d'une beauté majestueuse et d'un sens profond. J'aurais préféré que nous fussions au printemps, quand Rome est au faîte de sa splendeur, mais on ne peut pas tout avoir.

Le Forum bouillonnait quand nous y arrivâmes. La foule s'était rassemblée devant la Curie, autour des Rostres, et devant la basilique Aemilia où mon père siégeait ce jour-là. D'autres Romains affluaient des rues adjacentes. Je ne pouvais pas croire que j'étais la cause de cette effervescence. Je n'étais pas assez important. Cependant, au centre de la foule, près des Rostres, j'aperçus Publius Claudius. Dès qu'il me repéra, il s'avança vers moi, suivi par sa bande.

Je m'assurai que j'avais toujours ma dague et mon ceste, pour ce qu'ils allaient me servir. Non, pensai-je, il y a trop de monde ; il n'osera pas. Comme j'étais naïf !

Ils traversèrent le centre du Forum, pratiquement dégarni, repoussant les rares badauds qui se trouvaient sur leur chemin. Ils déferlaient comme s'ils allaient nous piétiner, puis ils hésitèrent et s'arrêtèrent à quelques pas de nous. Sachant qu'ils n'avaient pas brusquement acquis le respect de la loi en traversant le Forum, je me retournai. Une trentaine de jeunes gaillards s'étaient regroupés derrière nous. Aucun ne semblait porter d'armes, bien que certains s'appuyassent sur des cannes tout à fait légales, comme si une soudaine épidémie avait estropié la jeunesse romaine. Apparemment, Milon se composait sa propre troupe indépendante.

— Ainsi, la fierté du pieux et honorable Décius Métellus ne craint pas de chercher refuge parmi la racaille ! lança Claudius.

Vu les malotrus dont il s'entourait, le sarcasme était plaisant, mais sa bande l'accueillit avec des cris et des applaudissements.

— Il n'est jamais honteux d'être en compagnie de citoyens romains, rétorquai-je, à la grande joie de mes partisans.

Cette prise de bec était loin de valoir les flèches que Cicéron et Hortalus se décochaient dans les tribunaux, mais nous commencions à peine.

— Citoyens ? ironisa Claudius. Cette bande d'esclaves et d'affranchis ? On dirait qu'ils ont réussi à se déclouer des croix de Crassus.

Le jeu de mots était habile, mais il n'était pas de Claudius, qui manquait par trop d'esprit. Un auteur dramatique l'avait utilisé l'année précédente. Derrière mon dos, un sourd grondement répondit à l'injure, et je m'aperçus que certains de mes partisans avaient probablement fait campagne avec Spartacus. Pompée et Crassus ne les avaient pas tous faits prisonniers.

— Au moins, nous sommes tous romains, ripostai-je. Et à propos, comment va ton invité arménien ? Partagez-vous tous deux les mêmes goûts grecs ?

Mes partisans ne comprenaient pas à quoi je faisais allusion, mais ils s'esclaffèrent en voyant la réaction haineuse de Claudius.

— Allons-nous supporter longtemps les insultes d'un simple Métellus ? rugit-il. Et dont le parent a failli nous perdre l'Espagne ?

Sa bande poussa des cris de joie.

— Venant d'un homme qui conspire pour nous faire perdre le Pont et l'Arménie, c'est cocasse ! hurlai-je.

— Les Metelli sont des trouillards !

— Les Claudii sont des poules mouillées !

Le Forum explosa de rire et le visage de Publius s'empourpra. Les Claudii ne pouvaient laisser passer une telle injure.

Écumant de rage, Claudius sortit sa dague de sa toge et me chargea. J'avais déjà enfilé mon ceste à la main droite et je m'avançai. J'écartai la dague de mon bras gauche et lui décochai un coup de poing qui aurait dû lui arracher la mâchoire, mais un coup de coude malencontreux dévia l'impact, et le ceste lui racla seulement la joue. Il s'écroula comme une masse et, en un clin d'œil, le Forum retentit de lames entrechoquées, de jets de pierres et de coups de canne. Cela faisait des mois qu'une bonne émeute n'avait pas éclaté, et comme les Romains s'ennuient ferme en hiver, personne ne se fit prier pour se joindre à la fête. Je me débarrassai de deux autres inconnus, puis j'en vis cinq venir vers moi, la dague menaçante. On m'agrippa par-derrière et je crus ma dernière heure arrivée, mais je fus enlevé et me retrouvai bientôt dans une ruelle. J'entendis un rire familier et je compris que Milon et Burrus étaient venus à mon secours.

— Pas de violence, disais-tu ? pouffa Milon qui riait à s'en étrangler.

— Je n'aurais jamais cru qu'il déclencherait une bagarre en plein Forum, protestai-je.

— Ah, parce que tu ne le connais pas encore ! Enfin, il est peut-être mort. On ne peut pas dire que tu l'aies caressé gentiment.

— Non, ça m'étonnerait. On ne tue pas si facilement les serpents, ni les Claudii.

— Et maintenant ? interrogea Burrus.

— Chez Claudius, décidai-je.

Burrus semblait abasourdi.

— Mais tu viens de corriger le traître ! s'exclama-t-il. Ses amis ne vont pas tarder à le transporter chez lui.

— Ce n'est pas lui que ton patron veut voir, déclara Milon, amusé. Pas vrai ?

— Juste. Et Burrus a raison de penser que ses hommes vont bientôt rapporter sa carcasse. Il vaudrait mieux que je n'y sois pas quand ils arriveront, alors ne perdons pas de temps.

Nous contournâmes le Forum d'où parvenaient encore les échos de l'émeute, et nous traversâmes l'enchevêtrement des ruelles jusqu'à la maison de Publius Claudius. Là, je m'arrêtai le temps de rajuster mon habit ; le geste réveilla la douleur et m'arracha une grimace. Je soulevai ma toge et vis que le sang maculait ma tunique. Bon, il serait grand temps d'y penser plus tard.

Je frappai à la porte. Le *janitor* vint ouvrir.

— Décius Cécilius Métellus le Jeune, de la commission des Vingt-Six, pour voir la citoyenne Claudia Pulcher, annonçai-je d'une seule traite.

Le *janitor* héla un esclave à qui il répéta le message, puis il me fit entrer.

— Vous deux, attendez-moi dans l'atrium, dis-je à Milon et à Burrus. Je vais interroger Claudia en privé, mais accourez au moindre appel.

Burrus acquiesça, mais Milon me confia à voix basse :

— Ce n'est pas très sage. Publius et sa bande arriveront d'une minute à l'autre, et ton prince arménien est peut-être là, avec ses hommes.

Je n'y avais pas pensé, mais je ne l'aurais jamais admis.

— Ne t'inquiète pas. Il cherche à s'attirer les faveurs de Rome, pas à s'aliéner la ville en tuant l'un de ses fonctionnaires.

— Tu sous-estimes toujours ces gens, remarqua Milon. Enfin, fais comme tu le juges bon.

L'esclave reparut et je le suivis. Derrière moi, j'entendais Milon et Burrus se disputer. Burrus ne supportait pas les manières désinvoltes de Milon à mon égard.

Je me préparai pour l'épreuve à venir. Ces derniers temps, mes sentiments pour Claudia avaient suivi une pente déroutante. Je me devais de trouver une issue, mais ce fut en vain que je m'y efforçai. Sans doute aurais-je dû attendre ; la nuit m'aurait porté conseil. J'avais agi avec précipitation ; comme un jeune fou. Mais pourquoi aurais-je peur d'affronter Claudia alors que j'avais osé narguer son frère et ses canailles sur le Forum ? Je ne me l'expliquais pas moi-même.

Elle me reçut dans une petite salle, désinvolte et sereine. Elle s'assit, adossée à une fenêtre sculptée, la tête nimbée de lumière. Sa robe en tissu léger, bleu éclatant, dessinait ses formes généreuses. Elle rehaussait merveilleusement ses yeux, de même que les bijoux qu'elle portait : monture en or avec des lapis-lazuli et des saphirs. Elle avait l'air d'une patricienne jusqu'au bout des ongles, la ménade de notre dernière entrevue s'était métamorphosée.

— Décius, quel plaisir ! murmura-t-elle.

Sa voix, toujours chaude et intime, me traversa comme les vibrations d'une lyre trop tendue.

— Je suis désolé de paraître devant toi dans une tenue si négligée, déclarai-je.

Elle sourit du bout des lèvres.

— Ta tenue était autrement plus négligée la dernière fois que je t'ai vu.

Mes joues s'empourprèrent ; j'étais furieux qu'elle déclenche en moi une réaction si juvénile.

— Il y a eu une scène assez violente au Forum, annonçai-je d'un ton sec. Ton frère et ses tueurs étaient dans le coup.

Son visage se durcit.

— Tu ne l'as pas blessé, j'espère ?

— Oh, il s'en tirera, même s'il ne le mérite pas. Ses hommes vont sans doute le ramener ici, mais ils doivent d'abord le transporter chez un médecin.

— Que veux-tu, Décius ? J'ai peu de temps à t'accorder. Tu ne fais plus partie du jeu. Tu aurais pu, mais tu as choisi de jouer les imbéciles. Tu ne comptes plus maintenant. Sois bref.

— Un jeu ? C'est comme ça que tu vois les choses ?

— Quoi d'autre ? lâcha-t-elle avec un mépris supérieur. C'est le plus grand jeu du monde. On le joue sur une table où sont reproduits les royaumes, les républiques, les mers. Les hommes n'y sont que des pions que l'on déplace à volonté, selon l'adresse des joueurs... Et il y a, bien sûr, une part de hasard.

— La Fortune peut être une déesse capricieuse, remarquai-je.

— Je ne crois pas aux dieux. Si jamais ils existent, ils se moquent de ce que font les hommes. Non, je crois en la chance aveugle. Ça rend le jeu plus excitant.

— Et ce genre de jeu te fascine ? Les osselets, les dés, les courses, les *munera* sont devenus trop fades pour toi ?

— Ne dis pas de bêtises. Rien ne vaut le jeu dont je te parle. Le prix en est le pouvoir et une richesse qui dépasse les rêves les plus fous. Les pharaons, eux-mêmes, n'en ont pas connu de pareille. L'empire que nous avons bâti avec nos légions est, pour imposer la volonté d'un chef, le plus formidable instrument que le monde ait connu.

— Les légions de Rome n'existent plus. Elles sont devenues les armées personnelles de vingt généraux ou plus. Les quatre ou cinq plus puissants d'entre eux sont des ennemis mortels qui sont davantage occupés à en découdre entre eux et à accaparer toute la gloire qu'à étendre l'empire de Rome.

— Mais c'est justement le but du jeu ! s'exclama-t-elle avec un sourire éblouissant. Il ne restera à la fin qu'un homme pour contrôler toutes les légions, le Sénat ; tous le suivront, les patriciens et les plébéiens réunis. Finies les querelles de partis et les trahisons des sénateurs derrière le dos du chef.

— Un roi de Rome, en sorte ?

— Peu importe le titre, mais le pouvoir sera le même, en effet. Comme celui de l'ancien roi de Perse, mais en beaucoup plus grand.

— Marius, Sylla et d'autres l'ont déjà tenté, remarquai-je. Aucun n'a réussi, en dépit du nombre d'ennemis intérieurs qu'ils ont massacrés.

— C'étaient de piètres joueurs, affirma-t-elle avec calme. Ils étaient cruels, leurs soldats les vénéraient, mais ils n'étaient pas assez intelligents. Marius était trop vieux quand il s'est mis au jeu. Sylla avait tout gagné, mais il a décidé d'abdiquer, preuve de sa faiblesse d'esprit. Nous arrivons au stade final d'une immense *munera sine missione*, Décius. Quand tout sera terminé, il ne restera qu'un seul homme.

— Si tu veux bien me pardonner, ce n'est pas un jeu auquel les femmes participent.

Elle fit entendre un rire cristallin.

— Oh, Décius, tu es vraiment un enfant ! Les hommes et les femmes jouent simplement des partitions différentes. Tu ne me verras pas dans une armure scintillante, bien sûr, mais, tu peux y compter, quand le jeu sera terminé, je serai assise sur le trône, aux côtés du vainqueur.

Était-elle folle ? C'était difficile à dire. Les Claudii étaient fous, presque par définition, mais ils étaient loin d'être les seuls. Comme je l'ai déjà dit, la moitié de ma génération souffrait de ce mal. Je n'étais pas immunisé, moi-même. Claudia était peut-être de son temps, simplement.

— Dans ce jeu, remarquai-je, celui qui perd meurt.

— Où serait l'intérêt si les risques n'étaient pas les plus grands ?

— Et parfois, continuai-je, on a du mal à compter tous les joueurs. Ceux qu'on a crus éliminés réapparaissent.

Pour la première fois son assurance flancha. Elle croyait posséder toutes les réponses, et ce que je venais de dire suggérait le contraire.

— Où veux-tu en venir ? Ça n'a aucun sens.

Je sortis l'amulette et la balançai au bout de son ruban devant ses yeux effarés.

— C'était toi, Claudia. J'avais pensé à Claudius, ou même à Crassus et à Pompée, mais c'est toi qui as fait assassiner Paramédès d'Antioche. Et Sinistrus, et Sergius Paulus. Dans mon district !

Elle blêmit et ses lèvres se mirent à trembler. Non de peur, dont je la croyais incapable, mais de rage.

— J'avais dit à cette petite…

Elle s'arrêta net, comme un aubergiste arrête le débit de son amphore.

— Pour réussir une conspiration, Claudia, il faut obéir à certaines règles. « Premièrement, ne jamais laisser d'écrits. Deuxièmement, ne jamais se fier à un subordonné pour faire disparaître les preuves. Il s'en servira toujours pour te faire chanter. »

Claudia s'était ressaisie.

— Tu n'as rien contre moi. Ça ne prouve rien.

— Oh, mais si, au contraire ! Je pourrais te faire comparaître devant un tribunal avec cette petite amulette et convaincre le jury que tu es coupable de meurtre. D'après moi, tu es également coupable de trahison, mais un avocat avisé m'a certifié que c'était impossible dans ces termes. Pour l'instant, du moins. Tu ne seras donc pas précipitée la tête la première du haut de la roche Tarpéienne. Si l'on considère ta naissance, l'influence de ta famille et le fait que nos deux consuls actuels et l'un de nos futurs consuls sont également impliqués, tu t'en tireras peut-être avec un simple bannissement. Hors de Rome pour toujours, Claudia. Hors du jeu.

— Tu n'as rien, réitéra-t-elle, à court d'arguments.

— Ce qui est extraordinaire, dis-je, c'est que je ne me serais sans doute pas intéressé à la chose après l'avoir trouvée dans la demeure de feu Paramédès. Quelle importance peut avoir une simple amulette de bronze ? C'est parce que tu m'as envoyé un voleur – qui m'a d'ailleurs assommé – pour me dérober l'objet que ma curiosité a été éveillée. Tu n'aurais pas dû reculer devant un meurtre de plus, Claudia.

J'approchai l'amulette devant mes yeux et la regardai tournoyer au bout de son ruban.

— Un gage d'*hospitium*. Ancienne coutume d'une grande noblesse, tu ne trouves pas ? J'en ai reçu un moi-même, il y a quelques temps, de la part d'un soldat très honorable et très vieux jeu. De nos jours, l'honorabilité semble passée de mode. Nous vivons vraiment une époque décadente, comme mon père ne cesse de me le répéter. En tout cas, cette amulette vous identifie, Paramédès d'Antioche et toi, comme *hospites*. Où l'as-tu rencontré, Claudia ?

— À Délos, comme si ça faisait une différence ! Non seulement tu n'as pas de preuves contre moi, mais tu ne quitteras peut-être pas cette maison vivant. C'était au marché d'esclaves de Délos. J'étais lasse de Rome, et mon frère aîné, Appius, faisait voile pour l'Asie. Je l'ai persuadé de visiter les îles grecques. J'avais beaucoup entendu parler du grand marché aux esclaves de Délos et j'étais impatiente de le voir ; quand nous sommes passés près de l'île, j'ai demandé à Appius de m'y déposer en lui expliquant que je rentrerais à Rome après.

— Visiter un marché d'esclaves ! Tu as décidément des goûts particuliers, Claudia.

Elle haussa les épaules avec mépris.

— Chacun prend son plaisir où il veut. Toujours est-il que je fis la connaissance de Paramédès. Je m'aperçus tout de suite que ses contacts avec les pirates me seraient fort utiles. Nous échangeâmes les gages d'*hospitium*, et, quelques mois plus tard, il arriva à Rome, dans un rôle d'importateur de vins et d'huile.

— Et il avait besoin d'un patron pour avoir le droit de posséder des biens et de conduire ses affaires. Comme il est interdit aux patriciens de faire du commerce, tu l'as adressé à Sergius Paulus. Quel a été le rôle de Paulus ? Je dois avouer que je n'ai pas réussi à le démêler.

— Mon pauvre Décius ! Ainsi, certains faits échappent tout de même à tes facultés d'analyse ? J'ai fait en sorte que Paulus patronne Paramédès. Il était extrêmement riche et avait de nombreux clients de ce genre. Je lui ai fait des présents généreux et lui ai assuré qu'il me rendrait un grand service. Il ne devait surtout pas soupçonner la moindre relation entre la maison de Claudius et Paramédès. Les activités d'agent des pirates du Grec étaient quasiment légitimes, mais certaines choses devaient rester secrètes. Paulus était très désireux de plaire. Je me suis quasiment couchée à ses pieds, fit-elle avec une moue de dégoût. Peu importe leur richesse ou leur pouvoir, les hommes dans son genre sont toujours flattés par l'attention que leur portent les patriciens.

— Pauvre Sergius. Encore un pion d'éliminé.

— Il n'était rien. Un simple affranchi.

— C'est donc toi qui as parlé de Paramédès à Crassus quand il a voulu empêcher l'accord entre les pirates et Spartacus ?

— Oui, et j'aurais pensé que tu m'en serais reconnaissant, patriote comme tu l'es.

— Si Spartacus l'avait voulu, il aurait pris Rome, rétorquai-je. Cette canaille de Thrace et ses partisans voulaient seulement s'enfuir. Je ne m'y serais pas opposé. Il y a déjà bien trop d'esclaves en Italie.

— Tu as le cœur trop sensible, Décius.

— Oh, je ne ferai jamais un bon joueur dans ton jeu, c'est sûr. Quand les choses ont-elles commencé à se gâter, Claudia ? Paramédès t'était pourtant utile. Que s'est-il passé ? A-t-il tenté de te faire chanter ? C'est un penchant constant chez les conspirateurs.

— Oui, il a laissé entendre que Mithridate paierait cher certains renseignements. Comme il croyait que Crassus était encore plus riche que Mithridate, il espérait faire monter les enchères.

— Et dès que le jeune Tigrane est arrivé à Rome, Paramédès devenait inutile.

— Exactement.

— Tu as donc envoyé Sinistrus l'assassiner. J'imagine que l'incendie devait faire diversion ?

— En partie. Tes déductions sont judicieuses, Décius, dit-elle en me considérant d'un air approbateur. Dommage que tu n'aies pas décidé de te joindre à nous. Mon frère et les autres sont des entêtés dépourvus de jugement. Hortalus excepté. Oui, on a décidé que, puisque les Romains attachent davantage d'importance à un incendie qu'à un meurtre, leur attention serait accaparée par le feu. Paramédès n'était qu'un mort de plus, étranger de surcroît. En outre, il ne conservait que peu de choses chez lui. Le feu était supposé détruire les éventuels documents qu'il cachait dans son entrepôt.

— Ça nous amène à Sinistrus. Tu l'as acquis grâce à des manœuvres extralégales. Un acte mineur de corruption, mais les documents conservés aux archives permettent de rattacher Hortalus à la conspiration.

— Sinistrus n'était qu'un petit tueur qui travaillait pour moi. Je l'ai acheté discrètement et je l'ai affranchi pour qu'on ne puisse pas remonter jusqu'à moi. D'habitude, je le prêtais à Publius. Il était fiable et bien trop stupide pour trahir.

— Mais cette fois, pour ne pas prendre de risques, tu l'as éliminé, en te servant du jeune et mystérieux Asiatique. À propos, j'aimerais rencontrer cet entreprenant garçon.

Ma demande la fit sourire. Sur le moment, je crus qu'elle se moquait.

— Oui, Sinistrus avait cessé de nous être utile. De nos jours, les tueurs dans son genre ne manquent pas et on peut les acheter facilement. À ce stade délicat, il fallait écarter tous les risques. Je ne me suis aperçue que plus tard que Sinistrus avait négligé de reprendre l'amulette à Paramédès.

— Pas très malin, ton homme de main, compatis-je.

— Décidément pas. Bien sûr, quand j'ai découvert son oubli, il faisait déjà jour et on avait placé un garde devant la maison de Paramédès. C'est alors que tu as fourré ton nez là-dedans.

— Et que j'ai malencontreusement emporté l'amulette. Je te remercie de ne pas m'avoir fait assassiner, Claudia. Ça a dû te coûter de laisser un pion en vie.

— C'est Hortalus qui a défendu qu'on te tue, expliqua-t-elle avec une moue. C'est un sentimental indécrottable.

— Au temps pour mon charme viril.

L'ironie était affectée, mais ma tristesse bien réelle. J'avais, contre toute évidence, caressé l'espoir que Claudia éprouvait quelque sentiment pour moi.

— Pourquoi Sergius Paulus ? repris-je. Il n'a tout de même pas essayé de te faire chanter, lui ?

— Bien sûr que non. Il était trop riche. Quand j'ai découvert que tu avais été l'interroger, je suis allée chez lui aussitôt.

Je me demandai lequel de mes charmants collègues l'avait avertie de ma venue chez Paulus. Rutilius ? Optimius ? Junius, le scribe ? Oh, ils en étaient tous capables.

— Je sais, déclarai-je. J'ai vu ta litière quitter la maison. Bien sûr, j'ignorais que c'était la tienne. Je ne l'ai appris qu'après notre nuit mémorable, quand j'ai découvert celle que tu gardais dans ton domicile secret.

— Quelle indiscrétion ! C'est indigne de ton rang de fouiner comme tu l'as fait.

— Chacun utilise les dons que les dieux lui ont octroyés à sa naissance. Certains reçoivent la force, d'autres la faculté de commander, de jouer de la lyre, ou de composer des vers. Il m'a été donné une certaine disposition à fouiner dans les activités que certains voudraient garder secrètes.

— C'est bien digne d'un plébéien, persifla-t-elle. Toujours est-il que Paulus s'affolait. Les affranchis sont toujours inquiets, même les plus riches. Ils savent qu'ils peuvent tout perdre et retomber là d'où ils viennent. Paulus était très nerveux, il ne cessait de jacasser à propos de tes questions. J'ai essayé de le rassurer, mais je voyais bien que c'était inutile. Il en savait trop et il buvait trop. Nous n'avions plus besoin de lui puisque Paramédès avait été éliminé. J'ai donc décidé que Paulus subirait le même sort.

Une lueur d'étonnement traversa son regard.

— Je me demande pourquoi je prends la peine de te raconter tout ça.

— Mais il le faut, Claudia. Sinon, qui saura jamais quelle remarquable joueuse tu fais ? Je parie que tu ne racontes pas tout à tes associés.

— Ne me fais pas la leçon ! rugit-elle. Tu n'es pas aussi malin que tu le crois, mon pauvre Décius.

— Sans doute, admis-je.

J'appréhendais la question qui allait suivre.

— Une dernière chose, Claudia. Je sais que le but ultime de votre conspiration est de retirer le commandement de l'armée d'Orient à Lucullus et de l'octroyer à l'un de ceux que tu espères manipuler. Peu m'importe lequel. Je sais aussi que tu comptes installer le jeune Tigrane sur le trône de son père et faire de lui une marionnette à ta solde, et sans doute aussi le laisser prétendre gouverner le royaume de son grand-père, le Pont.

— Bien vu, acquiesça-t-elle. Et ta question ?

Je pris mon élan.

— Mon père fait-il, d'une manière ou d'une autre, partie de votre conspiration ?

— Ne sois pas ridicule ! fit-elle, méprisante. Hortalus prétend que Nez-Coupé est plus droit que le temple de Vesta.

Je poussai un profond soupir. C'était comme plonger dans un délicieux bain froid.

— Oh, il ne crache pas sur un petit pot-de-vin, admis-je, soulagé, à condition que ça ne tire pas à conséquence. Il refuserait de se compromettre dans une affaire touchant à la sécurité de l'État.

— Alors, pourquoi me l'as-tu demandé ?

— C'est qu'il a de mauvaises fréquentations. Hortalus, par exemple.

Il me fallut remplir ensuite un devoir bien pénible.

— Claudia, il est de mon devoir de t'arrêter et de te conduire devant le préteur pour répondre d'accusations de meurtres, d'incendie criminel et de conspiration. Toutefois, la tradition t'autorise une sortie honorable pour épargner le nom de ta famille.

Je fouillai sous ma tunique, sortis la dague de son étui et la jetai à ses pieds d'un geste grandiloquent. Elle posa un regard sur l'arme, puis me dévisagea d'un air amusé.

— Pourquoi cette dague ? s'étonna-t-elle.

— Je vais te laisser seule un instant afin que tu uses de ta prérogative.

— Pas la peine, assura-t-elle avec un sourire réjoui.

C'est une grave erreur que de faire des gestes grandioses dans de tels moments. À cet instant précis, un mince lacet enserra mon cou et un corps se pressa contre mon dos. Dire que je viens de me séparer de ma dague ! eus-je le temps de songer.

Au cours de ma vie, j'avais reçu des coups de couteau, d'épée, de lance, j'avais été percé de flèches, assommé, à demi noyé dans des rivières, des lacs ou dans la mer. Mais je suis bien placé pour affirmer que rien ne provoque une panique immédiate aussi intense que lorsque l'on a la respiration coupée et que l'on sait que la dernière bouffée d'air ne sera suivie d'aucune autre. Même la noyade ne déclenche pas une angoisse aussi vive, car on peut encore aspirer quelque chose, fût-ce de l'eau.

Mon esprit m'abandonna aussitôt pour céder à une terreur imbécile. Mes yeux jaillirent de leurs orbites et ma vue vira au rouge. Je tentai d'agripper mon agresseur, mais les articulations du squelette humain ne permettent pas ce genre de prouesses. Une paire de jambes entoura ma taille, et j'essayai avec une vanité futile de glisser mes doigts sous le lacet. Mais il était trop serré contre l'écharpe que je portais toujours pour camoufler les marques de mon étranglement précédent. Sinistrus avait connu le même sort. Lorsque Asclépiade m'avait fait sa petite démonstration, je m'étais posé une question sur Sinistrus, mais laquelle ? Ah oui, je m'étais demandé pourquoi il n'avait pas foncé contre un mur. Parce que c'était un idiot ; et j'en étais un autre.

Rassemblant mes dernières forces, je me précipitai contre le mur en me retournant au dernier moment afin d'écraser mon futur assassin contre une fresque plutôt réussie représentant Ulysse et les Lestrygons. J'entendis un grognement, accompagné d'un brusque halètement. Le lacet glissa et se détendit légèrement. C'était insuffisant pour laisser entrer l'air dans mon larynx comprimé, mais ça me rassura : il n'utilisait pas un nœud coulant ! Si je pouvais me débarrasser de cette petite crapule, je survivrais.

La pièce était trop étroite pour me permettre de prendre de l'élan. Des mesures urgentes s'imposaient. Ma vue se brouillait et le sang bourdonnait à mes tempes. Je m'accroupis le plus bas que je pus, les genoux complètement pliés, puis je bondis en l'air telle une catapulte. Dès que mes pieds quittèrent le sol, je jetai mon corps en avant pour effectuer un saut périlleux. En l'air, je m'efforçai d'augmenter mon poids afin de m'écraser avec le plus de force possible.

J'atterris sur le dos, dans un fracas bienvenu, brisant une petite table dans ma chute. Le lacet se desserra et j'aspirai une rageuse bouffée d'air, plus délicieuse que le meilleur falerne. Les jambes avaient relâché leur prise. Je plongeai une main sous ma tunique et je me retournai vivement en brandissant mon ceste qui allait servir pour la deuxième fois de la journée. Je restai un moment interloqué.

— Qu'est-ce que c'est ? s'écria Milon, depuis l'entrebâillement de la porte.

Le bruit l'avait fait accourir.

— Ça, dis-je en désignant mon agresseur au sol. Notre étrangleur, notre cambrioleur, notre jeune Asiatique. Il s'appelle Chrysis, et je dois avouer que c'est une femme aux multiples talents.

— Quand ils apprendront que leur encombrant rival est une femme, s'esclaffa Milon, les gars de Subure vont être furieux !

— Maître, intervint Burrus, n'étais-tu pas venu voir la citoyenne Claudia ?

J'examinai la pièce, mais Claudia avait disparu, naturellement. Je me relevai, les jambes encore flageolantes, et ramassai la dague à l'endroit où je l'avais jetée.

— Claudia, Claudia, murmurai-je. Toi, une joueuse si cruelle, et tu n'as même pas eu la présence d'esprit de me poignarder quand cette petite crapule me tenait à sa merci !

— Tu dis ? s'étonna Milon.

— Rien. Milon, je ne veux pas que cette créature s'échappe quand nous l'emmènerons chez le juge. L'attacher ne suffira sans doute pas.

— Qu'à cela ne tienne.

Et, de sa main énorme, il saisit les poignets de Chrysis, de l'autre, ses chevilles, puis il la jeta sur ses épaules, comme un chevrier porte un chevreau égaré.

— Elle ne s'échappera pas, affirma-t-il.

Je me frictionnai le cou. J'étais en vie parce que la coquine n'avait pas eu le temps de préparer son affaire. Elle avait utilisé ses cheveux en guise de garrot, au lieu du nœud coulant mortel. Je me souvins alors de la formule que j'étais censé employer. Abaissant une main sur l'épaule de mon agresseur, je déclarai :

— Chrysis, tu es en état d'arrestation. Suis-moi chez le préteur.

La maison était bien trop grande pour retrouver Claudia et je m'étais déjà assez attardé.

— Au Forum, ordonnai-je.

En sortant, nous entendîmes la troupe de Publius qui le raccompagnait chez lui ; nous partîmes donc dans la direction opposée. Les Romains sont habitués à voir les scènes les plus étranges se dérouler dans leurs rues, mais je dois dire qu'on nous regarda passer avec un vif étonnement et une curiosité égale. J'étais échevelé, ma blessure s'était rouverte, maculant de sang ma tunique et ma toge, et mes yeux rougis n'avaient pas encore réintégré leurs orbites. Derrière moi, marchait un grand jeune homme au sourire ironique, portant sur ses épaules une jeune fille filiforme. Elle avait beau gesticuler, elle ne s'échapperait pas de l'étau qui lui emprisonnait les pieds et les poings. Devant moi allait Burrus, qui écartait les badauds en clamant :

— Faites place au juge-enquêteur Décius Métellus !

Nous atteignîmes le Forum, qui se remettait à peine de la récente échauffourée. Des fruits jonchaient le pavé au milieu de flaques de sang et des comptoirs disloqués des marchands. Nous fûmes accueillis par des hourras et des injures, ce qui prouvait que les citoyens étaient toujours divisés à mon sujet, bien qu'il me semblât que les encouragements l'emportaient sur les injures. Nous traversâmes le Forum et nous dirigeâmes droit vers les marches de la basilique Aemilia, une foule grandissante sur nos talons.

Nous tombâmes au milieu d'un procès houleux, mais le tumulte cessa vite et tous les regards convergèrent sur nous. De sa chaise curule, mon père nous fixait d'un œil courroucé.

— Qu'est-ce que c'est ? tonna-t-il.

Je m'avançai, la toge ensanglantée et le reste à l'avenant.

— Pèr… euh, préteur, j'amène devant cette cour l'étrangère Chrysis, de la maison de Publius Claudius Pulcher. Je l'accuse du meurtre de Marcus Ager, ancien gladiateur du nom de Sinistrus, et du meurtre de Sergius Paulus, affranchi.

Père se dressa, le visage cramoisi.

— Si cela ne te dérange pas, je m'occupe d'un autre procès pour l'instant. Tu es toi-même accusé d'avoir provoqué une émeute !

— Par qui ? demandai-je. Par les partisans de Publius Claudius ? Qu'ils aillent en enfer ! Cette affaire a la préséance.

Mon éloquence reçut un accueil chaleureux. Dans ma jeunesse, la jurisprudence romaine était mouvementée et haute en couleur.

— Cette garce a étranglé Sinistrus et Paulus, et elle vient d'essayer d'en faire autant avec moi !

J'arrachai mon écharpe et exhibai le cercle livide qui marquait mon cou, soulevant dans la salle des hoquets admiratifs.

— Je suis curieux de savoir comment c'est arrivé, déclara mon père d'un ton sarcastique.

— C'est une acrobate et une contorsionniste, rétorquai-je en priant pour qu'on ne me demandât pas comment je connaissais ses dons. C'est pour cela qu'elle a réussi à se glisser tel un serpent par la fenêtre de Sergius Paulus. L'eunuque est innocent ! Qu'on le libère !

L'un des avocats qui chicanaient avant notre arrivée saisit la balle au bond.

— Prétends-tu, hurla-t-il, que cette fragile Asiatique a étranglé un tueur professionnel qui aurait pu l'écraser comme une mouche ?

J'empoignai ma toge d'une main et je pointai un doigt en direction du ciel, comme Hortalus quand il assenait un argument massue.

— Pour ses crimes, elle a utilisé une corde d'arc munie d'un nœud à l'orientale, un nœud coulant. Si vous voulez bien, je convoquerai le médecin Asclépiade qui vous fera une démonstration.

Cette dernière proposition provoqua des applaudissements nourris. Je procurais aux spectateurs un divertissement bien supérieur à celui qu'ils suivaient avant mon interruption intempestive.

— De plus, ajoutai-je, profitant des manifestations de sympathie, cette femme n'est qu'un pion dans une machinerie plus…

Soudain, une main s'abattit sur mon épaule. Je me retournai pour apercevoir un licteur tenant ses faisceaux avec nonchalance.

— Décius Cécilius Métellus le Jeune, fit-il, je t'arrête pour troubles à l'ordre public. Suis-moi.

D'autres licteurs m'empoignèrent.

Pendant qu'on me traînait dehors, je criai par-dessus mon épaule :

— Enchaînez-la à un mur par le cou ! Et doublez les chaînes ! Cette furie s'échapperait d'un trou de souris !

XII

La prison Mamertine n'est pas l'endroit le plus pittoresque de Rome. C'est une cave sous le Capitole. J'y passai deux jours, seul, ce qui prouve la diligence des autorités romaines dans l'arrestation des criminels. L'endroit était froid et lugubre, éclairé seulement par le trou muni de barreaux par lequel on m'avait fait descendre. Au moins, depuis que cette histoire embrouillée avait commencé, j'avais enfin le temps de réfléchir sans risque d'être distrait ou agressé.

Je passai presque tout mon temps à maudire ma bêtise, surtout en ce qui concernait Claudia. La traîtresse m'avait magistralement roulé, ayant tout de suite deviné à quel imbécile elle avait affaire. En fait, mon enquête s'était enlisée après notre nuit sauvage dans son refuge secret avec la talentueuse Chrysis. À part la confusion et la gêne que j'avais ressenties, le fait qu'elles aient toutes deux passé la nuit avec moi pendant que Paulus se faisait assassiner avait déjoué mes soupçons. Mais l'eunuque avait affirmé que l'aube se levait quand il avait été réveillé par le silence de son maître. Chrysis s'était donc éclipsée et avait tué Paulus pendant mon sommeil.

J'étais intrigué par la réaction des consuls. Marius m'aurait simplement fait assassiner par ses tueurs.

Sylla m'aurait couché sur la liste des proscrits, pour que je me fasse poignarder par le premier citoyen qui en aurait eu l'occasion et aurait ainsi eu le droit de réclamer une part de mes biens. Mais l'époque était plus calme, et on y mettrait les formes constitutionnelles. Comme je n'avais pas commis de crime capital, un empoisonnement discret était à envisager.

Il y avait, bien sûr, l'éventualité de la mort de Publius Claudius. Bien que celle-ci m'eût réjoui, elle aurait entraîné une accusation de meurtre. Contrairement aux magistrats, un simple commissaire ne bénéficiait pas de l'immunité, mais les hommes libres par leur naissance étaient rarement condamnés à mort pour meurtre, surtout s'il avait été commis au cours d'une bagarre. Les Romains adultes étaient censés savoir se défendre, et si Publius n'avait pas réussi à me tuer le premier dans une rixe loyale et en plein jour, il ne méritait pas la pitié du jury.

C'était ce qui se serait passé en temps ordinaire, en tout cas. La seule chose qui me sauverait peut-être, c'était que les consuls continuaient de prétendre que nous étions en temps ordinaire. Je m'en tirerais sans doute avec un bannissement. Pour moi, c'était à peine mieux qu'une condamnation à mort : j'avais toujours détesté quitter Rome. Si je devais être banni, il y avait la perspective d'un éventuel retour. Pompée et Crassus pouvaient très bien être renversés, ou Hortalus rechercher les faveurs de ma famille, ou ils pouvaient mourir tous les trois, ce qui n'était pas à exclure. Ou bien Lucullus pouvait rentrer en triomphateur, s'offrir le consulat et se souvenir que j'avais essayé de l'aider. Il ne faut jamais compter sur la gratitude des puissants, mais comprends, lecteur, que je cherchais désespérément une issue favorable à cette malheureuse conjoncture.

Mon geôlier était un esclave public à qui on avait arraché la langue, et sa compagnie n'était pas des plus divertissantes. J'en arrivais à souhaiter qu'un criminel atterrisse dans ma prison. Un bandit des rues aurait sans doute su ce qui se tramait dans la ville, et il m'aurait dit si le public m'était favorable.

Au Forum et dans la basilique, l'attitude des citoyens m'avait semblé prometteuse, mais les Romains sont tellement versatiles ! Des nouvelles d'une défaite en Asie, ou d'un tremblement de terre à Messine, les retournaient en un clin d'œil. Pour peu qu'il voulût y mettre le prix, Crassus pouvait se souvenir opportunément de la mort d'un parent à honorer et déclarer une journée de courses au cirque. Pour le coup, le public m'oublierait sur-le-champ. Heureusement que le froid et la pluie des derniers jours avaient empêché les courses d'avoir lieu. En outre, Pompée et Crassus étaient des partisans des Bleus, et une victoire des Verts (quasiment assurée) risquait d'être interprétée comme un mauvais présage pour eux.

Bien sûr, il ne me vint pas à l'idée que je pusse être trop insignifiant à leurs yeux pour qu'ils se préoccupassent de mon sort. Le deuxième jour, longtemps après le crépuscule, une voix venue d'en haut me tira de mes ratiocinations.

— Tu es là, crétin ?

— Où aurais-je pu aller, père ? rétorquai-je.

— On te jette une corde. Attrape-la, on va te remonter.

Il faisait aussi noir que dans les latrines de Cerbère ; j'errai en trébuchant sur la paille avant de buter contre la corde. Je m'agrippai aux nœuds, puis tirai un coup sec, et on me hissa comme un vulgaire seau d'eau. Ma blessure labourait mon flanc de mille aiguilles de feu, mais je commençais à m'y habituer. La pièce où je me retrouvai était éclairée par une torche à la lueur de laquelle mon père m'examina d'un œil critique.

— Tu aurais bien besoin de te laver et de te raser, remarqua-t-il.

— Les bains et les barbiers se font rares par ici, répliquai-je.

Ça ne le démonta pas.

— Dommage, fit-il, parce que tu vas paraître devant la Curie.

C'était une mauvaise nouvelle. Les réunions nocturnes du Sénat étaient exceptionnelles et supposaient toujours un désastre. J'arrangeai de mon mieux ma toge ensanglantée et je coiffai mes cheveux en désordre d'une main tremblante. Nous quittâmes la prison et nous nous dirigeâmes vers la Curie, précédés par une torche portée par l'un des jeunes esclaves de mon père.

— Tu seras soulagé d'apprendre que Publius Claudius est en vie, m'annonça père.

— Non, ça m'attriste, au contraire. J'espère qu'il est au moins gravement blessé.

— Un mal de crâne et quelques vilaines cicatrices sur le visage. Mais explique-moi plutôt ce que tu faisais avec un ceste. Ce n'est pas une arme digne.

— J'aurais préféré une épée, approuvai-je. Mais un bon citoyen n'est pas censé en porter dans le *pomerium**. Le ceste fait seulement partie de l'équipement des athlètes.

— Hum ! Tu ferais un bon avocat.

Je devrais peut-être expliquer qu'en ce temps-là le *pomerium* était toujours l'antique tracé que Romulus avait délimité avec une charrue tirée par un bœuf blanc et une vache. Ces limites ont aujourd'hui été reculées de plus d'un mille.

— Cette femme, cette Chrysis, m'empressai-je de demander, a-t-elle avoué ?

— Bien sûr qu'elle a avoué. Tu ne crois tout de même pas que j'aurais pris la peine de te sortir de ton trou si tu avais traîné une innocente devant mon tribunal ?

— Fantastique ! Claudia a donc été arrêtée ?

— Hein ? De quelle Claudia parles-tu, mon garçon ? La sœur de Publius ? Que vient-elle faire là-dedans ?

Mon enthousiasme sombra aussi vite qu'il était remonté.

— Mais qu'a-t-elle… ?

Mon père me fit taire d'un geste impatient.

— Cesse tes bavardages. C'est une affaire importante et nous avons peu de temps. J'ai usé de toute mon influence pour que les charges contre toi soient abandonnées. Tu as agi plus par pure stupidité que par franche crapulerie, comme j'aurais pu le redouter. Le jeune Cicéron m'a dit que tu étais allé lui demander des conseils juridiques. C'était une bonne initiative, même si Cicéron ne connaîtra jamais aussi bien le droit que notre patron, Hortalus. Lequel t'aurait en outre conseillé sans que tu aies à le récompenser.

— Je ne voulais pas le déranger, mentis-je.

Mieux valait laisser Hortalus hors du coup tant que je n'étais pas sûr de son jeu. Je commençais à flotter dangereusement.

— Que tu te sois mis dans un tel pétrin pour un étranger et deux affranchis, ça me dépasse, mais j'essaie de te décharger de ta commission avec quelques semaines d'avance afin que tu sois mon légat* et que tu me précèdes en Hispanie citérieure. Si tu quittes Rome pour un an ou deux en attendant que cette histoire soit oubliée, tu pourras rentrer plus tard avec moi quand je postulerai pour le consulat.

C'était mieux que rien : un bannissement temporaire plutôt qu'une exécution définitive. J'avais rêvé de traîner les conspirateurs devant le tribunal et je redescendais enfin sur terre : c'était en effet un rêve. Je commençais à admettre qu'il me faudrait plusieurs années avant d'obtenir justice, et que quelques jours d'enquête suivis par un procès flamboyant n'y suffiraient pas. Ma carrière débutait à peine, je ne possédais pas grand-chose, mais j'avais au moins du temps devant moi... si je survivais à mes malheurs.

Nous gravîmes les marches de la Curie. Mon père m'arrêta sous la colonnade.

— Je t'attendrai ici, me dit-il. Souviens-toi, ta vie dépend de ton comportement devant tes juges.

Il posa une main sur mon épaule, un geste d'affection rare chez lui. Les pères romains considèrent l'affection paternelle comme une répugnante maladie étrangère.

— Montre-toi humble, parle avec révérence et ravale ta fierté. Les hommes devant qui tu vas te présenter ne s'embarrassent pas de formalités légales. Ils ne respectent que le pouvoir, et tu n'en as aucun. J'ai déjà utilisé toute l'influence que je possède, ton sort est entre tes mains. On ne peut agir contre les hommes qui, de nos jours, contrôlent la République, qu'à partir d'une position forte. Ça prendra du temps et beaucoup de travail. Maintenant, va, et fais preuve de sagesse, pour une fois.

Je me gardai de répondre et m'éloignai pour pénétrer dans la Curie. N'entendant pas, en approchant de la salle du Sénat, le murmure habituel des conversations étouffées, je me demandai ce qui allait de travers. Lorsque j'entrai dans la salle elle-même, je crus d'abord à une farce : la salle était déserte.

Puis je m'aperçus qu'elle n'était pas tout à fait vide. Deux hommes étaient assis sur la rangée inférieure, nos deux consuls pour l'année en cours : Marcus Licinius Crassus et Gnaéus Pompeius Magnus. Ils s'entretenaient à propos de documents étalés entre eux sur le banc. Lorsque je m'approchai, l'un d'eux leva la tête.

— Ah, jeune Décius ! Viens nous rejoindre.

C'était Pompée.

— Qu'allons-nous faire de toi, Décius ? s'interrogea Crassus en fixant sur moi un regard bleu, glacial.

— Si vous possédez des charges, dis-je, la procédure adéquate serait de me conduire devant le tribunal pour que l'affaire soit examinée.

— Tu te trompes d'époque, Décius, intervint Pompée. Les tribunaux sont bons pour les affaires civiles, mais tu es mêlé à une affaire étrangère.

— Je croyais que les affaires étrangères étaient du ressort du Sénat ? m'étonnai-je.

— C'est toujours le cas, dit Crassus, mais le Sénat vote selon nos directives.

— Dans ce cas, pourquoi s'entourer de secret ?

— Voilà déjà quelque temps que ta vie ne tient qu'à un fil, rétorqua Crassus avec humeur. Tu as défait ce fil brin par brin et tu as eu bien tort de tirer trop fort dessus, à l'instant même.

Pompée l'apaisa d'un geste.

— Décius, fit-il d'un ton affable, que crois-tu avoir contre nous ? Qu'un simple commissaire ait l'impudence de nous attaquer tous les deux, c'est déjà beaucoup, mais je ne vois pas quelles preuves tu possèdes contre quiconque. Pourrais-tu nous expliquer ?

— Des meurtres ont été commis dans mon district, j'ai fait mon devoir.

— Et tu as appréhendé le coupable, termina Crassus. C'est fort louable, et je t'en félicite. Chrysis a tout avoué, comment elle a procédé et pour le compte de qui.

— Dans ce cas, je m'étonne que Claudia Pulcher n'ait pas été arrêtée, dis-je.

Pompée afficha un air de grande stupéfaction, digne d'un acteur tragique.

— Claudia ? Ton aversion pour son frère te fait perdre la tête. Chrysis nous a avoué avoir obéi aux ordres du prince Tigrane d'Arménie. Un règlement de comptes avec les pirates, semble-t-il.

— Il paraît que le prince a fui la ville, ajouta Crassus.

— Je veux interroger cette Chrysis, exigeai-je.

— Tu n'es pas en position d'exiger quoi que ce soit, dit Pompée. De toute façon, tu arrives un peu tard : elle est morte. Elle s'est pendue avec ses propres cheveux, dans sa cellule du Champ de Mars.

— Je vois. Talentueuse jusqu'au bout.

— N'est-ce pas ? acquiesça Pompée. C'est effectivement dommage, mais nous avions auparavant obtenu toute l'histoire de sa bouche. Nous avons rédigé notre rapport au Sénat ce matin même.

— J'imagine que vous avez conduit l'interrogatoire personnellement ?

Tous deux acquiescèrent.

— Et qu'un préteur y assistait ?

— Bien sûr, dit Pompée. Nous avons scrupuleusement suivi la loi. Marcus Glabrio présidait.

Glabrio était l'un des clients de Pompée, et son ancien subordonné aux armées.

— Qui s'est chargé de la torture ? demandai-je, devinant déjà la réponse.

— C'est Marcus Volsinius, dit Crassus. L'un de mes anciens centurions. Un homme très compétent.

— Je n'en doute pas, rétorquai-je. Quand on a supervisé la crucifixion de six mille esclaves !

— Nous n'aurions pas engagé un amateur, expliqua Pompée. De toute façon, le dossier est clos. Chrysis est arrivée à Rome de Délos avec la suite de Paramédès d'Antioche. Quand Tigrane est venu à Rome incognito et qu'il a résidé dans la demeure de Paramédès, il a suborné la jeune femme, d'abord en utilisant la crainte qu'inspiraient sa naissance et son rang, puis en l'appâtant avec ses richesses. Apparemment, ses talents étaient bien connus des pirates et Tigrane se réjouissait d'en disposer à sa guise. Toujours est-il que lorsqu'il partit habiter chez Publius Claudius, elle le suivit.

— Sait-on pourquoi le prince a été habiter chez Claudius ? demandai-je, comprenant qu'ils refermaient toutes les portes que j'avais ouvertes au cours de mon enquête.

— Décius, tu me choques ! s'exclama Pompée. Le prince n'aurait jamais assassiné un homme chez qui il habitait. C'eût été immoral ! Même un Arménien dégoulinant de graisse respecte les lois sacrées de l'hospitalité !

— Il s'est installé chez Claudius parce que je l'y ai envoyé, intervint Crassus contre toute attente. J'avais vaguement rencontré Tigrane au cours de mes négociations avec les pirates pendant la guerre servile. Il est venu me trouver il y a peu pour me demander si je connaissais une maison décente où il pourrait résider pendant son séjour. Évidemment, vu l'état des relations entre la République et le royaume de son père, il ne pouvait pas demander l'hospitalité d'un consul et il ne voulait pas que sa présence fût officiellement reconnue. Je savais que Publius avait la jouissance de la maison familiale depuis que son frère aîné et sa sœur étaient partis en Asie. C'est une maison spacieuse et les Claudii ont toujours aimé frayer avec la royauté. À l'époque, cette solution semblait parfaitement innocente.

— Rien n'est jamais innocent avec les Claudii, soulignai-je.

À ma surprise, les deux hommes partirent d'un joyeux éclat de rire.

— C'est vrai qu'ils sont turbulents, admit Crassus.

— Et vous comptez utiliser Publius pour semer le trouble et la discorde dans l'armée de Lucullus. Fomenter une mutinerie, peut-être.

— Enfin, Décius, comment espères-tu faire croire une chose pareille ? Le garçon a besoin d'acquérir une expérience militaire s'il veut postuler pour une charge. Quoi de plus naturel que de rejoindre l'armée de Lucullus ? C'est en Asie qu'il faut combattre, c'est là-bas que se bâtissent les réputations. Et pourquoi chercherait-il à miner l'autorité de Lucullus ? Sa sœur aînée est mariée à Lucullus. Son frère aîné, Appius, est dans son armée depuis des années, et il l'a toujours servi avec loyauté. La logique voudrait que Publius préserve ses propres intérêts en mettant ses capacités au service de Lucullus. Si malgré cela, Publius devait se rebeller contre son beau-frère... Eh bien, conclut Pompée avec un sourire, nous dirions que Publius a agi en véritable Claudius.

— Il se fait tard, remarqua Crassus, et notre consulat touche à sa fin. Décius, crois-tu vraiment que tu possèdes assez de preuves contre mon collègue ou moi-même ?

Bien sûr, je pouvais faire citer les documents du temple de Vesta, mais au risque de compromettre la *virgo maxima*, ma grand-tante, femme irréprochable s'il en fut, et je n'aurais jamais envisagé de porter atteinte à sa réputation, même pour échapper à la croix. Il y avait aussi le document prouvant qu'Hortalus avait contrevenu à la loi en libérant Sinistrus, mais j'écartai cette solution. Si j'avais eu d'autres pièces à conviction, ce document aurait constitué un apport significatif. En lui-même, il ne prouvait qu'une banale corruption en vue de délivrer un certificat d'émancipation ; faute on ne pouvait plus mineure.

— J'avais une amulette dans mes effets au moment de mon arrestation ; une tête de chameau en bronze.

— On ne m'a pas parlé de cet objet. Voici ce qu'on t'a confisqué, dit Pompée en désignant ma dague et mon ceste, posés sur le banc, à côté de lui. Personne ne doit porter d'armes à l'intérieur du *pomerium*, mais il faudrait arrêter la moitié de la population si nous devions faire respecter la loi.

La disparition du gage d'*hospitium* ne me surprenait pas. Ils avaient raison, je n'avais strictement rien contre eux. Sinistrus et Chrysis, les deux assassins, déjà morts, les aveux de l'Orientale obtenus légalement, j'aurais l'air d'un imbécile en rouvrant le dossier. Je ne possédais aucune preuve de trahison, aucune preuve de conspiration. Il ne me restait que la vie, et le mieux pour l'instant était de faire mon possible pour la conserver.

Crassus m'étudia de son regard froid.

— Décius, nous avons toléré ta conduite pernicieuse par respect pour ta famille et ton père, le préteur urbain. Il nous a demandé de te décharger de tes fonctions afin que tu puisses le précéder en Espagne citérieure comme son légat. Nous avons décidé de satisfaire à sa requête.

Il me tendit un rouleau de parchemin portant les sceaux du Sénat et des consuls.

— Voici tes ordres. Dès l'aube, à l'ouverture des portes, tu prendras la route pour Ostie. Tu t'embarqueras sur le premier bateau pour l'Occident.

— Naviguer en décembre équivaut à une condamnation à mort, remarquai-je en prenant le rouleau.

— Il y a des morts moins agréables que la noyade, dit Crassus. Offrir un généreux sacrifice à Neptune t'aidera peut-être.

— Bien sûr, intervint Pompée, tu connaîtras sans doute quelques problèmes pour arriver jusqu'aux portes de la ville. Publius Claudius, ou Clodius, comme il souhaite se faire appeler, est un homme de rancune. Il te faudra traverser les troupes de ses partisans.

— Et ce n'est pas tout, ajouta Crassus. J'ai entendu dire que Macron avait ordonné à ses hommes de ne pas s'en mêler. Il retient cette canaille de Milon. Tu ferais bien d'emporter ça, conclut-il en me tendant la dague et le ceste. Tu en auras besoin.

Pompée replongea le nez dans ses papiers.

— Ce sera tout, Décius. Bonne chance.

Mon père affichait un air figé quand il me vit sortir de la Curie, mais je l'entendis pousser un soupir de soulagement. À ma grande surprise, Milon l'avait rejoint.

— J'ai appris qu'on t'avait libéré de Mamertine, et je suis venu, expliqua-t-il.

— Peut-il se produire quelque chose dans cette ville sans que tu l'apprennes ? demandai-je.

— J'essaie de me tenir informé.

— Comment ça s'est passé ? demanda père.

— J'ai été en quelque sorte condamné à mort avec sursis, dis-je.

En chemin, j'expliquai ce qui avait été dit, mais évitai de mentionner le nom d'Hortalus pour ne pas blesser père.

— Tu t'en tires à bon compte, déclara-t-il. Certes, c'est une mauvaise saison pour naviguer, mais tu peux remonter la côte et accoster en cas de tempête.

— Pour l'instant, je me préoccupe surtout d'arriver jusqu'à Ostie, rétorquai-je.

— Je ne pourrai pas te prêter main-forte, s'excusa Milon.

— Oui, je l'ai appris.

— Claudius n'osera tout de même pas te tuer en public ! protesta père, ce qui déclencha notre hilarité, à Milon et à moi.

— Je me demande encore pourquoi ils ont été si cléments, m'étonnai-je. Bon, c'est vrai, je n'ai rien fait de mal et j'ai rempli mon devoir avec célérité, mais ça n'a jamais empêché ces deux-là de massacrer leurs ennemis.

La réponse de Milon me surprit.

— C'est parce qu'ils étaient de bonne humeur. On le serait à moins, quand on pense à ce qui leur arrive.

— C'est pour cela que j'ai insisté pour que tu sois entendu aujourd'hui, renchérit père. J'ai pensé que le moment était bien choisi.

— Expliquez-moi, suppliai-je, médusé.

— Le testament de Sergius Paulus a été rendu public ce matin, me raconta père. Il a laissé une grosse partie de sa fortune aux consuls et aux différents magistrats, y compris, ajouta-t-il en s'efforçant de ne pas broncher malgré l'éclair de gourmandise qui traversa son regard, un legs assez généreux en ma faveur.

— Et il a libéré tous ses esclaves, enchaîna Milon. Tous, sans exception, et le bougre en possédait des milliers. Il a laissé à chacun de quoi s'installer comme affranchi, et il a légué le reste aux consuls et aux préteurs.

Je réfléchis un instant, puis m'exclamai :

— Sergius Paulus, vieille fripouille, vieux renard ! Je comprends maintenant pourquoi tu rédigeais un nouveau testament chaque année ! Tu partages tes biens entre les magistrats en fonction et personne ne remettra en question les émancipations.

Père s'éclaircit la gorge.

— C'est juste, le testament viole ouvertement la limite légale pour les émancipations testamentaires. Mais je ne vois pas très bien qui irait contester.

Je ris aux larmes. Pour la première fois depuis longtemps, j'étais vraiment heureux. Paulus venait de me prouver que Rome pouvait encore engendrer des citoyens généreux, même sous la forme d'un gras et riche affranchi aviné.

Nous quittâmes mon père devant chez lui. Avant de me souhaiter une bonne nuit, il déclara :

— Tu as bien rempli ton devoir, Décius.

Venant de lui, c'était un beau compliment.

Milon me raccompagna ensuite jusqu'à ma maison.

— J'aurais aimé t'aider à quitter la ville, me dit-il. Je suis vraiment désolé.

— Tu m'as déjà beaucoup aidé, et je t'en remercie, assurai-je. Au pire, je pourrais peut-être terminer le travail que j'avais commencé sur Claudius au Forum.

— Une vraie parole de Romain ! déclara-t-il en riant de toutes ses dents. Je passerai le mot, ce soir. Qui sait, ça peut donner des résultats.

— Tu ne dors donc jamais ?

— Je te l'ai dit, je fais mon trou en travaillant quand les autres dorment. Je serai là demain, Décius, promit-il, même si je ne réussis pas à convaincre mes hommes de nous donner un coup de main.

Et il disparut dans la nuit.

Il me restait quelques heures avant le lever du jour. Caton et Cassandre étaient ravis de me revoir, bien que scandalisés par ma tenue débraillée. Je demandai qu'on me fît couler un bain chaud et ôtai mes habits maculés.

Au moins mes affaires étaient-elles prêtes et mon testament rédigé. Le peu que j'avais tenait dans une malle de voyage. Je cherchai des gages d'*hospitium* qui pourraient me servir, sans penser que je n'arriverais peut-être pas à sortir vivant de Rome. Étrangement, les événements des derniers jours avaient tous tourné autour de simples gages d'hospitalité comme ceux que j'étais en train de répertorier. Les voies des hommes et des dieux sont impondérables, et les choses les plus triviales comptent parfois autant que les plus importantes. Je songeai à étudier la philosophie lorsque la vie me deviendrait trop fastidieuse.

Même la perspective du jour à venir n'arrivait pas à gâcher ma bonne humeur. Je chantai dans ma baignoire étriquée et ne bronchai même pas quand Caton me rasa maladroitement à la lueur de la lampe. Puis je m'étendis et sombrai aussitôt dans un sommeil sans rêves.

Malgré la brièveté de mon somme, je m'éveillai frais et dispos. Je me levai, enfilai des vêtements propres, accrochai ma dague et mon épée à ma ceinture et jetai une toge neuve sur mes épaules. L'heure n'était pas au légalisme tatillon. Dès que les premières lueurs du jour filtrèrent par mes fenêtres, je sortis dans mon atrium. Burrus m'y attendait. Il faisait un bruit de ferraille à chacun de ses gestes, car il avait endossé son armure avant de venir. J'étais ému : le vieux soldat courait à une mort certaine s'il essayait de me protéger, mais il se gardait par décence d'afficher son courage et souriait simplement d'une drôle de façon.

— Je te salue, patron. Attends un peu de voir ce qui est dehors. On dirait que la guilde des archers s'est donné rendez-vous devant chez toi.

Je me demandai ce qu'il pouvait bien vouloir dire. Dans l'entrée, je fus encore plus surpris de trouver mes autres clients, tous deux trop âgés pour être d'aucune utilité dans une rixe, mais prenant leur devoir très au sérieux. Un client se doit de protéger son patron. C'est alors que je vis qui attendait dans la rue.

Une foule encombrait le pavé, et presque toutes les têtes étaient coiffées d'un bonnet phrygien, le bonnet pointu des archers mercenaires, que portaient aussi certains prêtres. Les esclaves en mettent également le jour de leur émancipation. Ces gens m'acclamèrent comme des déments dès que je mis le pied dehors. À mon grand embarras, certains s'avancèrent et se jetèrent à genoux pour m'embrasser les pieds.

— Qu'est-ce que c'est ? m'étonnai-je.

— Ce sont les affranchis de Sergius Paulus, patron, expliqua Burrus. J'ai quasiment dû me battre pour arriver chez toi, ce matin. Ils te sont reconnaissants, et ils font bien. Si tu n'avais pas été là, les bougres seraient déjà pendus sur leur croix. Le gros eunuque le premier.

Un homme, en qui je reconnus le majordome de Paulus, se fraya un chemin jusqu'à moi.

— Nous avons entendu dire que vous aviez besoin d'une escorte, maître. Nous ne pouvions pas vous laisser quitter Rome sans un cortège adéquat.

Il se tourna vers deux jeunes et robustes gaillards.

— Allez chercher les bagages du maître, ordonna-t-il.

Caton, qui bredouillait de confusion, conduisit les deux jeunes à ma chambre.

— À la porte d'Ostie ! cria alors le majordome à la foule.

Avec un tonitruant hourra, la foule m'entoura ; on me hissa sur des épaules et ce fut dans cet appareil qu'on me porta jusqu'à la porte. En traversant la ville, il me sembla que la moitié de Rome était dans les rues, riant et s'étonnant de ce nouveau prodige. Bien que ce ne fût pas sur notre chemin, la foule enthousiaste fit un détour par le Forum. Dans l'ombre d'une ruelle, j'aperçus la tête bandée de Publius Claudius, les yeux brûlant de haine, au milieu de sa bande de coupe-jarrets. Le sang étrusque des Claudii bouillait de rage, car Publius en était réduit à m'injurier par signes, auxquels je répliquai par un geste trivial très populaire chez les Romains.

J'ai commandé des troupes, comme le doit chaque Romain qui fait carrière dans la fonction publique, mais je n'ai jamais été un grand général et le Sénat ne m'a jamais accordé un triomphe. Toutefois, je ne crois pas qu'aucun triomphateur ayant paradé de la voie Sacrée au Capitole ait jamais ressenti l'émotion que j'éprouvai ce matin-là, juché sur des épaules d'affranchis.

Arrivés à la porte, mes admirateurs me posèrent au sol afin que je puisse continuer la route avec la dignité requise. Une grande partie de la foule m'accompagnerait jusqu'à Ostie et me tiendrait compagnie jusqu'à mon embarquement. En passant sous la porte d'Ostie, j'aperçus Titus Milon qui me faisait de grands signes d'adieu.

Au-delà de la porte s'étend la Via Ostiense, flanquée de tombes et de mémoriaux. C'était un matin de décembre, gris et venteux, et la pluie menaçait. Pourtant, le paysage ne m'avait jamais semblé si beau. Pour une fois, il n'y avait pas de croix le long de la route.

Ces événements prirent place durant quinze jours de l'année 684 de la ville de Rome, l'année du consulat de Pompée et de Crassus.

GLOSSAIRE

(Les définitions s'appliquent
au dernier siècle de la République)

Acta : Rue assez large pour le passage d'un véhicule.

Affranchi : Esclave émancipé. À la seconde ou troisième génération, les affranchis devenaient des citoyens de plein droit.

Assemblées du peuple : Elles étaient au nombre de trois : les comices centuriates qui élisaient les magistrats supérieurs et deux assemblées tribales : les comices tributes (*comitia tributa*), qui élisaient les magistrats inférieurs, et le *consilium plebis*, composé uniquement de plébéiens, qui élisait les tribuns de la plèbe et les édiles plébiens.

Augure : Prêtre chargé d'observer certains signes et d'en tirer des présages pour l'État.

Basilique : Édifice civil qui servait de tribunal par mauvais temps.

Caldarium : Étuve dans les bains romains.

Calendes : Le premier jour de chaque mois.

Censeur : Magistrat élu tous les cinq ans, chargé d'établir le recensement et d'exclure du Sénat les membres indésirables. Il pouvait interdire certaines pratiques religieuses ou certains luxes immoraux. Il y avait deux censeurs et chacun pouvait casser le jugement de l'autre. Portant la toge prétexte, ils circulaient dans la chaise curule, mais, la charge ne donnant pas droit à l'*imperium*, ils n'étaient pas accompagnés de licteurs. Les censeurs étaient généralement élus parmi les ex-consuls.

Centurion : Issu des rangs, c'était le commandant d'une centurie qui, en pratique, ne comportait qu'une soixantaine d'hommes.

Ceste : Courroie de cuir garnie de plomb, parfois renforcée par des pointes de bronze, dont les athlètes s'entouraient les mains pour le pugilat.

Chaise curule : Chaise de camp pliante qui faisait partie des insignes des magistrats curules et des flamines de Jupiter.

Champ de Mars : Situé à l'extérieur des remparts, c'était autrefois le lieu de rassemblement et d'exercices de l'armée, plus tard réservé aux réunions des assemblées populaires.

Circus : Piste de courses et le stade qui l'englobait. Le cirque originel, le Circus Maximus, entre les monts Palatin et Aventin, était aussi le plus grand. Plus tard, le cirque de Flaminus, plus petit, fut construit sur le Champ de Mars.

Client : Plébéien qui se mettait sous la protection d'un patricien appelé « patron » et qu'il devait défendre à la guerre ou devant les tribunaux. Les affranchis devenaient les clients de leurs anciens maîtres.

Cognomen : Le nom de famille, qui comprend chaque souche d'une gens ; par exemple : Caius Julius *Caesar :* Caius de la souche des César de la gens Julia. Certaines familles plébéiennes, notamment les Marii et les Antonii, n'adoptèrent jamais de *cognomen.*

Comices centuriates : À l'origine, réunion militaire annuelle de citoyens avant de rejoindre leur armée (les centuries). Ils élisaient les plus hauts magistrats. Vers le milieu de la République, ils n'étaient plus qu'un corps électoral.

Compluvium : Ouverture pratiquée dans le toit pour laisser entrer la lumière.

Consul : Magistrat suprême de la République. Deux consuls étaient élus chaque année. Leurs insignes étaient la chaise curule et la toge prétexte. La charge comprenait l'*imperium* et chaque consul était escorté de douze licteurs. Après sa magistrature, le consul était assigné à un poste de proconsul hors de Rome. Il détenait le pouvoir absolu dans sa province.

Curie : Sénat de Rome, situé sur le Forum.

Dictateur : Dirigeant choisi par le Sénat et les consuls dans des cas d'extrême urgence. Pour une période limitée, n'excédant jamais six mois, il était doté d'un *imperium* illimité pour résoudre une crise. Contrairement aux consuls, il ne pouvait pas être contredit et n'était pas redevable de ses actes une fois sa mission accomplie. Ses insignes étaient la chaise curule et la toge prétexte, et il était accompagné de vingt-quatre licteurs. Exceptionnelle, la dernière dictature eut lieu en 202 avant J.-C. Les dictatures de Sylla et de César étaient anticonstitutionnelles.

Dignitas : Sentiment de dignité, honorabilité.

Dioscures : Castor et Pollux, les fils jumeaux de Zeus et de Léda. Les Romains les vénéraient comme protecteurs de la ville.

Édile : Magistrat élu chargé de l'entretien des édifices, de l'allocation des céréales, de la morale publique, de l'organisation du commerce et des jeux. Seuls les édiles curules portaient la toge prétexte et circulaient en chaise curule. Les édiles plébéiens avaient uniquement le pouvoir de percevoir des amendes. Cette magistrature était considérée comme un marchepied pour une carrière politique. La charge n'impliquait pas l'*imperium*.

Eques (pl. *Equites*) **:** Ordre des chevaliers. À l'origine, des citoyens assez riches pour fournir leurs propres chevaux et servir dans la cavalerie. Ils formaient l'élite aisée de la classe moyenne. Les publicains, les financiers, les banquiers et les usuriers provenaient de la classe équestre.

Faisceaux : Assemblage de verges liées autour d'une hache avec des bandes rouges et symbolisant le pouvoir de châtiment corporel ou capital du magistrat. Ils étaient portés par les licteurs qui marchaient devant les magistrats curules, les flamines de Jupiter, les proconsuls et les propréteurs des provinces.

Flamine : Grand prêtre attaché au service d'une divinité. Le collège des flamines était composé de trois patriciens et de douze plébéiens. Le flamine de Jupiter portait la toge prétexte, qui devait être tissée par sa femme, avait droit à la chaise curule, était accompagné d'un licteur et pouvait autrefois siéger. Il devint difficile de remplir le collège des flamines car ils étaient nommés à vie et n'avaient plus le droit de participer à la vie politique.

Forum : Place du marché où se tenaient les assemblées du peuple et où se discutaient les affaires publiques. Le premier, le Forum romain, entouré des temples et édifices publics les plus importants, était le lieu où siégeaient les tribunaux. Lorsqu'on le pava, il fut réservé aux seules affaires publiques et le marché fut transféré au forum bovarium, près du Circus Maximus.

Garum : Saumure élaborée avec le suc de poissons divers servant de sauce ou utilisée en cuisine.

Génie : Esprit qui présidait à la destinée de chacun, à une collectivité, à une organisation, à un lieu.

Gens : Groupe de famille dont les chefs descendaient d'un ancêtre commun. Le *nomen* d'une gens patricienne se terminait toujours par -ius. Ainsi, Caius *Julius* Caesar était Caius de la famille César, de la gens Julia.

Gladiateur : Littéralement « qui combat avec le glaive ». Esclave, prisonnier de guerre, criminel condamné ou volontaire libre, il combattait, souvent jusqu'à la mort, dans les *munera.*

Gladius : Le court et large glaive à double tranchant porté par les soldats romains. Utilisé comme poignard à l'origine. Les gladiateurs se servaient d'un glaive plus petit, au dessin plus ancien.

Gravitas : Gravité, dignité.

Guerre servile : Rébellion des esclaves menée par le gladiateur thrace Spartacus en 73-71 avant J.-C., et écrasée par Crassus et Pompée.

Haruspice ou **Aruspice :** Membre d'un collège d'Étrusques, il examinait les entrailles des victimes sacrificielles pour en tirer des présages.

Hospitium : Arrangement d'hospitalité réciproque. Lorsqu'il visitait une cité, l'*hospes* (pl. *hospites*) avait droit au gîte et au couvert, à une assistance devant les tribunaux, aux soins en cas de blessure ou de maladie, et à un enterrement honorable s'il venait à mourir pendant son séjour. Les deux familles étaient liées par l'*hospitium*, qui se transmettait à leurs descendants.

Imperium : L'ancien pouvoir du roi de lever et de conduire des armées, d'ordonner et d'interdire, d'infliger des châtiments corporels ainsi que la peine capitale. Les consuls et les préteurs qui se partageaient l'*imperium* étaient redevables de leurs actes après avoir quitté leur charge. Seul un dictateur possédait l'*imperium* illimité.

Insula : Littéralement « île ». Grand pâté de maisons de plusieurs étages.

Itinera (pl. *itinerae*) **:** Rue trop étroite pour le passage des véhicules. La plupart des rues de Rome étaient des *itinerae.*

Janitor : Concierge esclave, ainsi appelé à cause du dieu Janus, gardien des portes.

Légat : Commandant adjoint nommé par le Sénat pour accompagner les généraux et les gouverneurs. Également, ambassadeur appointé par le Sénat.

Licteur : Garde, souvent un affranchi, porteur des faisceaux. Il convoquait les assemblées, veillait aux sacrifices publics et exécutait les châtiments.

Liquamen : Appelée aussi *garum*, c'était la sauce de poissons fermentés omniprésente dans la cuisine romaine.

Ludus (pl. *ludi*) **:** Jeux publics officiels, courses, théâtre, etc. Également école de gladiateurs.

Munera (toujours au pluriel) **:** Jeux spéciaux en dehors du calendrier officiel au cours desquels combattaient les gladiateurs. Jeux funèbres à l'origine, ils étaient dédiés aux morts. Dans les *munera sine missione*, tous les vainqueurs étaient tués : les participants combattaient parfois en séquence, ou tous ensemble jusqu'au dernier. Les *munera sine missione* étaient périodiquement interdits.

Nobiles : Famille patricienne ou plébéienne dont un membre avait occupé le consulat.

Nomen : Nom d'un groupe de famille ou d'une gens ; par exemple, Caius *Julius* Caesar.

Nones : Le 7 du mois de mars, mai, juillet et octobre. Le 5 des autres mois.

Novus Homo : Littéralement, « homme nouveau ». Le premier d'une famille à détenir le consulat, ce qui conférait à celle-ci le statut de *nobiles*.

Optimates : Le parti des « meilleurs », c'est-à-dire des aristocrates et leurs partisans.

Patria potestas : L'autorité absolue du *pater familias* sur les enfants de sa maison, qui ne pouvaient détenir de propriété du vivant de leur père ni se marier sans sa permission. En principe, le père avait aussi droit de vie et de mort sur ses enfants, ou de les vendre, bien que sous la République ce droit fût tombé en désuétude.

Patricien : Descendant d'un des pères fondateurs de Rome. À la fin de la République, il ne restait qu'une quinzaine de gens patriciennes.

Patron : Un homme possédant un ou plusieurs clients à qui il devait aide, conseils et protection. La relation était héréditaire.

Pécule : Les esclaves romains n'avaient pas le droit de posséder des propriétés, mais ils pouvaient gagner de l'argent en dehors du foyer. Cette somme, appelée pécule et gardée par le maître, pouvait être utilisée pour acheter leur liberté.

Péristyle : Cour intérieure entourée d'une colonnade.

Plèbe : Second ordre du peuple romain (opposé à patriciat).

Pomerium : Tracé originel de l'enceinte de la ville attribué à Romulus. C'était en fait un espace consacré à l'intérieur et à l'extérieur des murs. Il était interdit de porter des armes ou d'enterrer les morts dans le *pomerium*.

Pontife : Membre du collège des ministres du culte. Il contrôlait les cultes privés et publics ainsi que le calendrier. À la fin de la République, il y avait quinze pontifes : sept patriciens et huit plébéiens.

Leur chef était le grand pontife, titre détenu aujourd'hui par le pape.

Populares : Le parti des gens du peuple.

Praenomen : Nom d'émancipation, comme Marcus, Sextus, Caius, etc. Par exemple, *Caius* Julius Caesar : Caius de la famille des César de la gens Julia. Les femmes prenaient la forme féminine du nom paternel ; ainsi, la fille de Caius Julius Caesar s'appellerait Julia.

Préteur : Magistrat élu pour un an en même temps que les consuls. Le principal était le préteur urbain qui jugeait les affaires civiles entre citoyens. Le préteur *peregrinus* traitait les affaires impliquant des étrangers. La charge comportait l'*imperium*. À la fin de leur mandat, les ex-préteurs devenaient propréteurs et gouvernaient les provinces proprétoriennes avec un *imperium* absolu.

Prétoire : Tente du général dans un camp. Résidence officielle du gouverneur dans les provinces.

Proscription : Mise hors la loi, condamnation sans jugement des adversaires politiques. On pouvait tuer un proscrit et réclamer une récompense : souvent une partie de son patrimoine.

Publicain : Chevalier romain qui prenait à ferme le recouvrement des impôts. Les contrats étaient établis par les censeurs et valables cinq ans.

Pugio : La dague à double tranchant des soldats romains.

Questeur : Magistrat d'abord chargé d'assister les consuls en matière financière et criminelle. Questeurs urbains chargés de la gestion des deniers publics à Rome ; questeurs militaires, lieutenants des consuls ou des généraux ; questeurs provinciaux, assistants du gouverneur. Ils étaient élus annuellement par la *comitia tributa*. À la fin de sa charge, le questeur devient proquesteur dans une province.

Quirinus : Nom de Romulus divinisé. Patron des divinités de Rome.

Rostres (les) : Monument du forum commémorant la bataille d'Antium (aujourd'hui Anzio) en 338 av. J.-C. Décoré avec les éperons (les rostres) des navires pris à l'ennemi, son socle servait de tribune aux harangues.

Salii : « Les Danseurs ». Deux collèges de prêtres dévoués à Mars et à Quirinus. Chaque collège était composé de douze jeunes patriciens dont les parents étaient toujours en vie. Pour leurs fêtes, ils revêtaient des tuniques brodées, un casque et un plastron de bronze, et chacun portait l'un des douze boucliers sacrés (*ancilia*) et un bâton. Leur rituel était si ancien qu'au Ier siècle avant J.-C. plus personne ne comprenait leurs chants ni leurs prières.

Saturnales : Fêtes célébrées en l'honneur de Saturne entre les 17 et 23 décembre, au cours desquelles les esclaves prenaient la place de leurs maîtres et qui étaient l'occasion de diverses réjouissances endiablées et d'échanges de cadeaux.

Sénat : Conseil souverain constitué de trois cents à six cents hommes ayant détenu au moins une fois une charge élective. Vers la fin de la République sa principale autorité résidait dans la politique étrangère et dans la nomination des généraux. Les sénateurs avaient le privilège de porter le *laticlave*, tunique ornée d'une large bande pourpre.

Sica : Dague à un seul tranchant, ou courte épée de taille variable. Prisée des hommes de main, utilisée par les gladiateurs thraces dans l'arène, elle était considérée comme une arme déshonorante.

Solarium : Jardin et patio sur le toit d'une maison.

Spathe : Épée des chevaliers romains, plus longue et moins large que le glaive.

Spina : Mur peu élevé qui traversait le cirque.

SPQR : « *Senatus populusque Romanus.* » Le Sénat et le peuple de Rome. Formule personnifiant la souveraineté de Rome et utilisée dans la correspondance officielle, les documents et les travaux publics.

Strophium : Bande d'étoffe portée par les femmes sous ou sur l'habit pour soutenir la poitrine.

Subligaculum : Petit tablier pour cacher la nudité. Sorte de caleçon.

Subure : Faubourg niché sur les pentes inférieures du Viminal et de l'Esquilin, et connu pour ses taudis, ses échoppes bruyantes et ses habitants tapageurs.

Tarpéienne (roche) : Crête rocheuse de l'extrémité sud-ouest du Capitole. D'après la légende, Tarpéia, vestale romaine qui aurait livré la citadelle de Rome aux Sabins, y était enterrée. C'était de là qu'on précipitait les criminels.

Temple de Jupiter Capitolin : Le temple le plus important de la religion officielle. Les processions triomphales s'y achevaient par un sacrifice.

Temple de Saturne : Le trésor de l'État était conservé dans sa crypte. C'était également un dépôt militaire.

Temple de Vesta (*atrium vestae*) : Abri du feu sacré entretenu par les vestales. Il était dédié à la déesse de la Terre. On y conservait des documents, surtout des testaments.

Toge : Ample pièce d'étoffe sans coutures dans laquelle les Romains se drapaient. Blanche pour les classes supérieures, plus sombre pour les pauvres et pour le deuil. La toge prétexte, bordée d'une bande pourpre, était portée par les magistrats curules, les prêtres pendant les offices et par les garçons avant leur majorité. La toge *picta*, pourpre, bordée d'étoiles d'or, était portée par un général pour la célébration d'un triomphe, et par un magistrat lorsqu'il donnait des jeux.

Tonsor : Esclave exerçant l'activité de barbier et de coiffeur.

Tribu : À l'origine, les trois classes de patriciens. Sous la République, tous les citoyens appartenaient aux tribus : quatre tribus urbaines et trente et une tribus rurales. Les nouveaux citoyens étaient enrôlés dans une tribu existante.

Tribun : Élu plébéien doté d'un pouvoir législatif et du droit de veto aux décrets du Sénat. La fonction ne donnait pas droit à l'*imperium*. Les tribuns militaires étaient élus parmi les jeunes gens de rang sénatorial ou chevaleresque et assistaient les généraux. Souvent le premier pas vers une carrière politique.

Triomphe : Cérémonie honorifique, décernée par le Sénat pour saluer une victoire militaire. Le général victorieux devait attendre en dehors de l'enceinte de la ville, car son commandement cessait dès qu'il franchissait le *pomerium*. Appelé triomphateur, il recevait un accueil glorieux et était traité comme un dieu pendant une journée. Un esclave se tenait en permanence derrière lui et lui rappelait son état de mortel afin de ne pas offusquer les dieux.

Triumvir : Commissaire romain chargé, conjointement avec deux autres collègues, d'une branche de l'administration. César, Pompée et Crassus, le triumvirat le plus célèbre. Plus tard, le triumvirat d'Antoine, d'Octave et de Lépide.

Tunique : Chemise longue, avec ou sans manches, portée sous la toge à l'extérieur, ou seule dans la maison. La tunique laticlave, bordée au cou d'une large bande pourpre, était portée par les sénateurs et les patriciens. Les chevaliers portaient la tunique angusticlave, bordée d'une étroite bande pourpre. Pour célébrer un triomphe, un général revêtait la tunique *picta*, pourpre, brodée de palmes d'or.

Via (pl. *Viae*) **:** Large voie. Dans la cité, les *viae* étaient assez larges pour que deux véhicules puissent se croiser. Sous la République, il n'y avait que deux *viae* : la Via Sacra, qui traversait le Forum et qu'on empruntait pour les processions religieuses et les triomphes, et la Via Nova, qui longeait le Forum.

Vigile : Garde de nuit. Les vigiles devaient appréhender les criminels, mais leur tâche principale consistait à surveiller les débuts d'incendie. Ils étaient armés d'un simple bâton et portaient des seaux.

Cet ouvrage a été imprimé par

FIRMIN DIDOT

GROUPE CPI

Mesnil-sur-l'Estrée

pour le compte des Éditions 10/18
en avril 2005

Dépôt légal : mai 2005
N° d'édition : 3717 – N° d'impression : 73602

Imprimé en France